CAÍDA POR VOCÊ

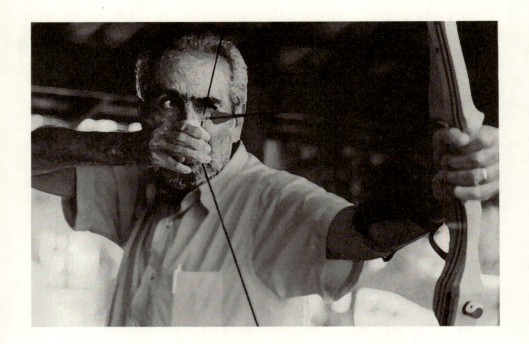

O Arqueiro

GERALDO JORDÃO PEREIRA (1938-2008) começou sua carreira aos 17 anos, quando foi trabalhar com seu pai, o célebre editor José Olympio, publicando obras marcantes como *O menino do dedo verde*, de Maurice Druon, e *Minha vida*, de Charles Chaplin.

Em 1976, fundou a Editora Salamandra com o propósito de formar uma nova geração de leitores e acabou criando um dos catálogos infantis mais premiados do Brasil. Em 1992, fugindo de sua linha editorial, lançou *Muitas vidas, muitos mestres*, de Brian Weiss, livro que deu origem à Editora Sextante.

Fã de histórias de suspense, Geraldo descobriu *O Código Da Vinci* antes mesmo de ele ser lançado nos Estados Unidos. A aposta em ficção, que não era o foco da Sextante, foi certeira: o título se transformou em um dos maiores fenômenos editoriais de todos os tempos.

Mas não foi só aos livros que se dedicou. Com seu desejo de ajudar o próximo, Geraldo desenvolveu diversos projetos sociais que se tornaram sua grande paixão.

Com a missão de publicar histórias empolgantes, tornar os livros cada vez mais acessíveis e despertar o amor pela leitura, a Editora Arqueiro é uma homenagem a esta figura extraordinária, capaz de enxergar mais além, mirar nas coisas verdadeiramente importantes e não perder o idealismo e a esperança diante dos desafios e contratempos da vida.

CAÍDA POR VOCÊ

AMY LEA

Título original: *Woke Up Like This*
Copyright © 2023 por Amy Lea
Copyright da tradução © 2024 por Editora Arqueiro Ltda.
Publicado mediante acordo com Amazon Publishing, www.apub.com, em colaboração com Sandra Bruna Agência Literária.

Todos os direitos reservados. Nenhuma parte deste livro pode ser utilizada ou reproduzida sob quaisquer meios existentes sem autorização por escrito dos editores.

coordenação editorial: Taís Monteiro
produção editorial: Ana Sarah Maciel
tradução: Camila Fernandes
preparo de originais: Luíza Côrtes
revisão: Carolina Rodrigues e Pedro Staite
capa: Caroline Teagle Johnson
imagens de capa: Shutterstock - Gualtiero Baffi; Rudchenko Liliia
diagramação e adaptação de capa: Gustavo Cardozo
impressão e acabamento: Cromosete Gráfica e Editora Ltda.

CIP-BRASIL. CATALOGAÇÃO NA PUBLICAÇÃO
SINDICATO NACIONAL DOS EDITORES DE LIVROS, RJ

L467c

Lea, Amy
    Caída por você / Amy Lea ; tradução Camila Fernandes. - 1. ed. - São Paulo : Arqueiro, 2024.
    288 p. ; 23 cm.

    Tradução de: Woke up like this
    ISBN 978-65-5565-614-5

    1. Ficção americana. I. Fernandes, Camila. II. Título.

23-87541   CDD: 813
                      CDU: 82-3(73)

Gabriela Faray Ferreira Lopes - Bibliotecária - CRB-7/6643

Todos os direitos reservados, no Brasil, por
Editora Arqueiro Ltda.
Rua Artur de Azevedo, 1.767 – Conj. 177 – Pinheiros
05404-014 – São Paulo – SP
Tel.: (11) 2894-4987
E-mail: atendimento@editoraarqueiro.com.br
www.editoraarqueiro.com.br

Para a Amy de 17 anos

Nota aos leitores
Por Mindy Kaling

Eu não resisto a uma história de amadurecimento. Foi por isso que me apaixonei por *Caída por você*, uma comédia romântica encantadora sobre Charlotte Wu, uma aluna do ensino médio extremamente dedicada e obcecada por seus objetivos que se vê numa situação bem esquisita.

Charlotte sempre tira nota máxima, foi aprovada no processo seletivo de uma ótima faculdade e quase conseguiu a atenção do cara de quem estava a fim. Mas, ao cair de uma escada enquanto fazia a decoração do baile de formatura, Charlotte acorda numa cama desconhecida, com 30 anos de idade, e percebe que está noiva de seu arqui-inimigo. Os dois são obrigados a se unir para encontrar o caminho de volta aos 17 anos e descobrem que a vida é mais do que lutar por sucesso acadêmico.

Assim como a série *Eu nunca...* e o filme clássico *De repente 30*, o romance de Amy Lea me lembrou que os sentimentos empolgantes e complicados que temos na adolescência nunca desaparecem por completo.

Lista de desejos de Charlotte Wu para o ensino médio

(Escrita por Charlotte Wu, 13 anos – a ser completada por Charlotte Wu aos 17, no último ano.)

— ~~Participar do grêmio estudantil e do comitê do anuário escolar~~

— ~~Estar no quadro de honra todos os anos – de preferência em primeiro lugar~~

— Tirar carteira de motorista (não consegui, sem comentários)

— ~~Ser convidada para a festa de fim de ano do Tony Freeman~~

— Ser presidente do grêmio estudantil (fui implacavelmente sabotada)

— ~~Ficar bem colocada em todos os vestibulares~~

— Passar a Semana da Farra com a Kassie (em andamento)

— Ser convidada para o baile (até agora, nada...)

— Ter um baile de formatura mágico (em andamento)

Capítulo um

Um mês antes do baile

O baile de formatura é a noite mais importante da vida de um adolescente, e não tente me convencer do contrário. Sei o que você está pensando – é muito auê por causa de uma festa igual a qualquer outra. E é lógico que existem formas infinitas de o baile dar muito, mas *muito* errado:

- Seu par pode te dar um pé na bunda para ficar com uma ex mais bonita, e você vai ficar sozinha num canto escuro enquanto todo mundo dança coladinho a música que *você* pediu para tocar.
- Os bojos de silicone que você enfiou no sutiã para realçar o decote podem escapar quando você se abaixar demais na pista de dança. (Pergunta como é que eu sei.)
- Um dos caras da banda pode ficar bêbado com o ponche de cereja e acertar um jato de vômito em cheio no seu vestido.
- Você pode passar a noite inteira perseguindo um rato de laboratório cheio de doenças que alguém soltou, enquanto todo mundo só olha, horrorizado.

A situação pode passar de tranquila a trágica num piscar de olhos. Confia, eu vi a versão original de *Carrie, a estranha*. Mas, tirando a rainha do baile ensanguentada, telecinética e assassina, cite uma ocasião melhor para marcar o fim de quatro anos incansáveis de olimpíadas sociais e acadêmicas. É o rito de passagem que merecemos. Uma noite fabulosa para trocar aqueles livros pré-vestibular manchados de lágrimas por um traje de gala com um preço exorbitante que você nunca mais vai usar. Uma noite para esquecer que você não conseguiu entrar na faculdade dos seus sonhos. A última noite para ser adolescente, antes de a vida adulta te dar uma voadora nas partes íntimas.

Sendo vice-presidente do grêmio estudantil, criar uma noite mágica para eu lembrar com carinho quando estiver frágil e enrugada, exigindo um desconto de terceira idade num sorvete de passas ao rum, é uma missão que levo muito a sério.

Foi por isso que passei o fim de semana todo preparando minha apresentação no PowerPoint: *Volta ao mundo numa noite mágica.* Ela vem com um orçamento para cada item, fornecedores de comida, uma lista de DJs muito bem avaliados e outra de objetos de decoração, incluindo balões redondos, translúcidos e estampados com os continentes em folha de ouro que cintilam quando a luz atinge o ponto certo.

Estou à mesa da cozinha, aflita com a cor da fonte da apresentação, quando minha mãe entra arrastando os pés. Seu cabelo loiro está desgrenhado e preso numa trança embutida de dois dias atrás, e ela ainda está de pijama, embora precise estar na farmácia, trabalhando, daqui a menos de meia hora.

– Faz tempo que você acordou? – pergunta para mim.

Ela fica na ponta dos pés para pegar no armário sua caneca vermelha de futura escritora de best-sellers. Ainda não publicou nenhum livro, mas muitas vezes a encontro debruçada no laptop até tarde da noite, entornando um Red Bull atrás do outro, digitando freneticamente até os olhos se fecharem.

– Fui para a cama cedo. Levantei mais ou menos na mesma hora em que você foi dormir – respondo, enchendo a boca de mingau de aveia enquanto olho as horas no computador.

– Essas olheiras debaixo dos meus olhos valeram a pena. Adivinha só.

Percebo o entusiasmo na expressão da minha mãe, e não é pelo fato de eu ter deixado o café pronto para ela.

– Finalmente desenvolvi aquela ideia no segundo ato.

– Não é melhor me contar no carro? Temos que sair daqui a pouco – aviso enquanto ela serve o café sem a menor pressa.

Quando se trata da minha mãe, o atraso é inevitável, por isso em geral prefiro ir para a escola de bicicleta. Infelizmente, minha bicicleta ainda está no conserto, nas mãos do Doutor Bike (o hacker de 13 anos da minha rua que também conserta bicicletas por um preço camarada).

Indiferente, minha mãe apoia o quadril no balcão e começa a passear pela tela do celular.

– A gente tem muito tempo.

Não temos, não, mas não me dou ao trabalho de discutir. Eu amo minha mãe, mas ela é o meu oposto em praticamente todos os aspectos. Parece uma guerreira loira de olhos azuis que saiu direto do elenco de *Vikings*, enquanto eu sou asiática, estou em desvantagem vertical, tenho cabelo escuro e olhos "da cor do abismo" (um elogio lunático e equivocado do meu ex-namorado).

Ao contrário de mim, minha mãe só tem pressa depois das onze e sempre esquece as coisas importantes – o sutiã, por exemplo. Sempre foi assim, mesmo antes de o meu pai ir embora. Mas a maternidade solo imposta a ela só piorou a lentidão. Aos 9 anos, colei um cronograma de atividades extracurriculares separadas por cores na porta da geladeira para que ela não esquecesse mais de me buscar na natação. Ao longo dos anos, fazer listas e montar cronogramas passou a ser minha meditação. É o que me relaxa quando a vida começa a sair do controle.

Com a caneca fumegante na mão, minha mãe olha para a tela do computador por cima do meu ombro, ainda sem pressa.

– Como está ficando a apresentação? Estou vendo que você mudou o fundo de novo.

– A estética é importante – explico.

– Não acha que dezessete slides é muita coisa?

– Opa, eu comecei com 25. Esta é a versão resumida.

Afinal, *a magia está nos detalhes.*

Admito que acabei de inventar essa citação, mas tenho certeza de que alguém sábio disse isso em algum momento da história.

Ela desaba na cadeira à minha frente com uma expressão solidária, mas confusa.

– Não acredito que você perdeu a festa do Tony Freeman para fazer isso.

– Mãe, você é a única mãe na história da humanidade que fica decepcionada porque sua filha menor de idade não foi encher a cara na maior festa do ano.

Na verdade, minha mãe me estimula ativamente a sair à noite, porque ela não pôde fazer isso na minha idade. Os pais dela eram bastante rígidos. Então, agora ela tenta viver através de mim.

– A Kassie disse que tinha uns universitários na festa – acrescento.

– Que eu saiba, você vai estar na faculdade daqui a... – ela faz uma pausa para consultar um relógio de pulso imaginário – ... três meses.

– Pois é. E a escola só termina depois que eu planejar o baile de formatura perfeito.

O baile é uma das últimas tarefas que restam na minha lista de desejos do ensino médio. Só vou ter paz depois de cumpri-la.

– Tá. A lista de desejos – resmunga minha mãe, escorregando na cadeira e esticando as pernas compridas.

Ela acha ridículo vincular o sucesso da minha passagem pelo ensino médio a uma lista que fiz quando tinha 13 anos. Talvez seja. Mas não existe sensação melhor do que a de ultrapassar cada marco, um por um.

Vou até a pia lavar minha tigela de mingau, na esperança de que ela entenda a deixa e vá trocar de roupa.

Em vez disso, ela se espreguiça e boceja.

– Só espero que você esteja priorizando a diversão. Você se acabou de estudar para o vestibular. Não quer aproveitar? Viver um pouco em vez de se estressar com coisas que não pode controlar?

Ela fala como se fosse fácil decidir não se estressar. Como se eu pudesse largar tudo de repente.

– Não – respondo entre o tilintar dos pratos e a água saindo da torneira. – Prefiro prestar atenção em tudo o que pode dar muito, muito errado. Além disso, detectar erros de gramática num PowerPoint é um prazer subestimado.

Ela ri.

– Minha viciadinha em adrenalina. Mas é sério: não precisa ter tanta pressa de ser adulta.

– Por que não? Sendo adulta você pode fazer o que quiser. Comer o que quiser. Pode até decidir ter um bichinho – acrescento, tentando não lembrar que minha mãe se esqueceu de dar ração para meu peixinho dourado enquanto eu estava no acampamento de verão. Descanse em paz, Herbert.

– Desculpe te decepcionar, mas a vida de adulto é só um ciclo interminável de tarefas, obrigações, pesquisas no Google sobre como fazer consertos domésticos e gastos com coisas que você detesta. Tipo esponja e detergente.

– Ela aponta vagamente a pia atrás de mim.

A sua vida, né, mãe? Mas não digo isso em voz alta.

– Olha, essa esponja de aço inox operou milagres. O investimento valeu a pena.

Minha declaração provoca um menear de cabeça de puro deboche.

– O que eu quero dizer é que passo metade do tempo fingindo saber o que estou fazendo, e a outra metade ignorando todos os meus problemas e esperando eles sumirem. Alerta de spoiler: não somem. E o corpo da gente, como fica? Numa hora você está comendo pacotes de batata frita e no instante seguinte está tomando suplemento de fibra e usando compressa quente nas costas. – Ela finge estalar as costas para dar um efeito dramático.

– Uau, mãe. Valeu por pintar essa imagem deprimente.

– Vida de adulto é isso – rebate ela, dando de ombros como quem diz *você vai ver daqui a uns anos.*

Cheia de otimismo em relação ao meu futuro incerto, pego a mochila que deixei perto da porta.

– Prefiro tomar suplemento de fibra e ter dor nas costas a ser adolescente com hora para dormir. Mas primeiro...

– O baile – conclui minha mãe.

Capítulo dois

Infelizmente, os outros alunos não se envolvem tanto quanto eu na execução do rito de passagem perfeito.

A reunião do grêmio estudantil para planejar o baile começou há quinze minutos e nem sinal do nosso belo presidente.

Kassie (secretária do grêmio e minha melhor amiga), Ollie (gerente de arrecadação de fundos) e Nori (gerente de criação) não parecem se abalar com o atraso do nosso líder. Kassie e Nori estão ocupadas demais prestando atenção a cada palavra do Ollie. Ele sempre traz as fofocas mais quentes da Escola Maplewood, e a de hoje, ao que parece, está fervendo.

– Hoje de manhã tinha duas pessoas do clube de teatro se pegando na academia – explica ele, de forma sugestiva, as sobrancelhas grossas subindo e descendo. – O treinador Tanner que contou.

Nori está empoleirada na cadeira feito uma coruja, com a pipoca nas mãos, manteiga e tudo.

– Se pegando *como*?

Ollie faz um gesto lascivo com as mãos, o que me diz mais do que eu precisava saber.

Kassie arfa, chocada, como se ela e Ollie já não tivessem feito muito mais que isso – como no encontrinho deles no banheiro na minha festa de 16 anos, por exemplo. Desde então, não uso mais aquele banheiro.

– Na academia? Os caras têm colhão.

Dou uma bufada.

– Literalmente.

Eles passam os doze minutos seguintes comentando outros boatos de gente transando em lugares da escola (incluindo a mesa do diretor Proulx).

Enquanto isso, com a mandíbula tensa, eu aponto o lápis até quase acabar com ele e olho o relógio.

Estou quase sugerindo começar a reunião sem o ilustre presidente quando a porta se abre. Todos gritam de alegria, nem um pouco incomodados. É claro. Afinal, todo mundo *adora* o J. T. Renner.

– O treino de corrida demorou – anuncia ele ao entrar, sem remorso, com o peito largo estufado como se não devesse a menor satisfação a ninguém.

Hoje a camiseta dele, azul-marinho e colada, está dando um duro danado. O tecido se estica em volta dos bíceps num esforço mal disfarçado para acentuar os músculos. Não me entenda mal, não tenho absolutamente nada contra músculos. Sendo uma nerd magricela sem uma única célula atlética em todo o corpo, tenho inveja de quem consegue abrir a tampa de uma garrafa d'água sem dificuldade e subir uma escada sem perder o fôlego. No entanto, eu me reservo ao direito de ser implicante quando esses músculos estão ligados ao Renner, cuja cara presunçosa me deixa com vontade de me enfiar num buraco.

– Tudo bem, Renner. Ninguém aqui tem *mais nada* para fazer – digo com uma voz melosa.

Ele se joga na cadeira ao meu lado, esticando as pernas mais longas que o normal debaixo da mesa. O tênis esquerdo dele está a uns dois centímetros da minha sapatilha de verniz amarelo-mostarda, e não gosto nem um pouco disso. Ele me olha de cara feia, como sempre faz quando eu o chamo pelo sobrenome. Todo mundo se refere a ele como J. T.

– Perdi alguma coisa importante? – pergunta ele, esticando o braço bronzeado para pegar uma das barrinhas de granola sem nozes que eu generosamente forneci.

Como tenho 17 anos e sou muito madura, desloco a pilha de barras cinco centímetros para a esquerda. *Se quiser comer tem que ralar, otário.* Mesmo assim ele consegue pôr as patas sujas numa delas sem se abalar.

– Estamos *só* fazendo a reunião mais importante até hoje – digo, altiva.

Ele rasga a embalagem da barra com violência enquanto realiza uma rigorosa inspeção da minha blusa de gola alta e da saia xadrez no mesmo tom.

– Bela roupinha, Char. Verde-diarreia é a cor perfeita para você.

– Valeu. É para combinar com seus olhos.

Só para constar, minha blusa é verde-oliva.

Nori abana a mão como se fosse uma varinha mágica, lançando um feitiço de mentira para dissolver a tensão.

– Gente, tenho um FaceTime com minha curandeira energética daqui a quarenta minutos. Vamos começar.

Ollie abre o caderno numa página nova.

– Vamos repassar o orçamento depois da projeção da venda de ingressos – anuncia ele, mal segurando uma risadinha quando a Kassie afaga a coxa dele debaixo da mesa.

Era inevitável a Kassie se apaixonar pelo Ollie, que é um legítimo gato (imagine o Michael B. Jordan vinte anos mais novo), no primeiro dia do nono ano. Bastou olhar para o Ollie com aqueles ombros largos de *linebacker* e a paixonite dela pelo Renner se transformou numa lembrança remota.

Um pouco de contexto: a Kassie e o Renner se conheceram num campeonato beneficente de vôlei de praia poucos dias antes de começarem o ensino médio. A seguir veio uma pegação gostosa porém insignificante encostada numa árvore. Mas, assim que conheceu o Ollie, a Kassie se esqueceu na hora daquele jeito meio apático de Noah Centineo do Renner, de seus olhos verde-mar (que infelizmente não têm cor de diarreia) e dos cachos despenteados que lembram raspas de chocolate.

Estou ciente de que essa é uma descrição cativante do Renner. Mas o fato é que ele parece mesmo um cruzamento de todos os atletas das boas comédias românticas. Seu superpoder é enfeitiçar as pessoas com aqueles olhos de cachorrinho perdido e um sorriso constante e reluzente. Se quer saber minha opinião, é pura feitiçaria.

Tem alguma coisa errada com gente que sorri demais. Desde o começo desconfiei em segredo que ele era bom demais para ser verdade, e ele provou que eu tinha razão.

Vamos voltar quatro anos, na primeira semana do ensino médio. Durante um total de quatro dias e meio posso ter desenvolvido uma paixão microscópica pelo Renner (como eu disse, feitiçaria). Na primeira aula ele sentava na minha frente. Todo dia ele se virava para trás, exibia os dentes perfeitos e pedia emprestado um dos meus vários lápis. Numa semana usei um pacote inteiro, mas era minha hora favorita do dia.

Em um desses momentos, em vez de pedir um lápis, ele me passou um bilhete que dizia: *Festa de volta às aulas? Marque Sim ou Não.*

Foi difícil conter meu entusiasmo. Por dentro, eu estava dando cambalhotas e socos no ar. Mas, por fora, me limitei a abaixar o queixo num aceno controlado e marquei *Sim*.

Eu me arrependi de ter respondido tão cedo quando contei para a Kassie depois da aula, sentindo um calorão de nervoso diante da expressão descaradamente insondável que ela fez.

– Posso voltar atrás e dizer que não – ofereci humildemente, apoiada no corrimão. – Sei que deveria ter te perguntado primeiro. É que achei que você não ia ligar para isso agora que está com o Ollie. Mas eu entendo, já que você ficou com o Renner e...

Ela balançou a cabeça, dispensando minhas palavras antes de subir depressa a escada.

– Tecnicamente, deveria mesmo. Mas ele não é o meu tipo – garantiu enquanto eu a seguia. – Não me entenda mal, estou feliz por você. Foi só... uma surpresa.

Nunca imaginei que teria um par na festa de volta às aulas (mesmo que isso estivesse na minha lista do primeiro ano). Também não achava que o Renner me visse como algo além da amiga tensa e irritante da Kassie. Além disso, estou acostumada a ser invisível. Se nosso grupo de amizades fosse uma comédia romântica, a Kassie seria a protagonista – a linda garota dos sonhos com uma risada contagiante. Depois viria a Nori, que vive de acordo com as próprias regras, soltando umas tiradas malucas. Depois, eu. Não sou ousada, nem gata, nem divertida. Não sou nem charmosa o bastante para ser a heroína certinha com colete de lã que "só precisa se soltar de vez em quando". Sou uma personagem *terciária*, a amiga mãezona e dedicada que cuida de todo mundo nos bastidores mas não contribui em nada para a trama.

Mas estou divagando. De volta à festa. Renner e Ollie planejavam buscar a mim e a Kassie na casa dela. Pedimos uma pizza e passamos várias horas no quarto dela nos arrumando, fantasiando sobre nossos futuros encontros.

– Não esquece de levar umas balas de hortelã. Com certeza ele vai te beijar – declarou a Kassie, passando um pó iluminador translúcido no meu nariz.

Fiquei animada, imaginando meu primeiríssimo beijo sob as luzes refletidas pelo globo de discoteca.

– Você acha?

– Com certeza. E tem uma coisa que ele faz com a língua...

Pronto. Mais um lembrete de que, tecnicamente, o Renner beijou a Kassie primeiro. Esse tipo de comentário me deixava constrangida, apesar de ela não ter essa intenção. Minha amiga só estava tentando dividir isso comigo, e, racionalmente, minha insegurança não era culpa dela.

Apesar de saber que estaria para sempre em segundo lugar depois da minha melhor amiga, naquela noite eu me senti bonita com meu minivestido de cetim rosa-claro. Kassie disse que ele realçava minhas pernas. Minhas bochechas já estavam doloridas de tanto sorrir de afobação. Mas, quando chegou, Ollie estava sozinho, com uma expressão solene. Na mesma hora meus olhos se encheram de lágrimas.

– O J. T., hã... cancelou de última hora. Falou alguma coisa sobre uns planos que esqueceu – explicou ele às pressas antes de a Kassie me levar para dentro.

– Tem uma coisa que você precisa saber sobre o J. T.: ele é bem galinha. Ouvi dizer que ele está saindo com uma menina do vôlei, a Tessa, de Fairfax – contou Kassie, limpando meu rímel borrado com um pedaço de papel higiênico.

– Por que você não me falou? Se eu soubesse, não teria topado ir com ele. – Funguei, sentada na bancada do banheiro dela.

Ela soltou um suspiro trêmulo, hesitante.

– Você ficou tão feliz quando ele te convidou... que eu não quis jogar um balde de água fria.

– Aff, ele é muito babaca! Eu deveria falar umas verdades para ele – resmunguei, fechando os punhos no colo.

– Não. – Ela respondeu num tom de voz firme, arregalando os olhos. – Sabe qual é a melhor vingança? Ter uma noite maravilhosa, dançar com todos os amigos dele e esquecer que ele existe. – Ela estendeu a mão e me ajudou a levantar.

Ao contrário do conselho da Kassie, eu nunca esqueci. Também não perdoei.

Na segunda-feira, na primeira aula, o Renner tentou pedir desculpas.

– Sei que você ficou brava – disse ele.

– Não fiquei, não. Só fiquei decepcionada porque você não teve nem coragem de falar comigo pessoalmente.

Esperei que ele revelasse a verdade – que estava interessado em outra pessoa. Mas ele não fez isso. Não ofereceu nem uma única explicação.

– Desculpa. – Foi só o que disse.

Fiquei encarando o quadro-branco, querendo que ele se virasse e nunca mais me dirigisse a palavra.

– Vai aceitar meu pedido de desculpas? – insistiu ele, batucando com os dedos na minha mesa.

– Sinceramente, Renner, não esquenta a cabeça. Só topei ir com você porque a Kassie pediu.

É claro que era mentira. Ele tinha me humilhado. Passei o fim de semana na cama, chorando e comendo Cheetos, mas *nem ferrando* ia contar isso para ele. Aprendi com meu pai que a decepção era inevitável. E ficar triste quando ele não vinha, como na minha formatura do ensino fundamental, não mudava nada.

– Nossa – disse Renner, franzindo o rosto.

Depois se virou para a frente, irritado.

Bem feito. Nem preciso dizer que desde então não nos damos bem.

Kassie, distraída, afofa seu cabelo espesso de Blake Lively, que vai até a cintura, para dar volume, algo que faz mais ou menos quarenta vezes por hora.

– Como falta um mês, é melhor a gente pedir para montar as bilheterias do baile na hora do almoço – sugere ela, sem saber que eu já cuidei disso.

Porém, não comento nada. Ela fica de mau humor quando faço as coisas sem consultar ninguém. "O comitê do baile é um trabalho em equipe, não uma missão solo", ela gosta de dizer.

Renner levanta a mão preguiçosamente.

– Peraí, peraí, peraí. A gente já decidiu se o ingresso inclui jantar?

Solto um suspiro enfurecido, apertando a lapiseira na minha mão. Vejo que ele pegou uma das minhas três lapiseiras de reserva.

– Não, pela décima vez, o ingresso não inclui jantar. Você saberia disso se tivesse vindo às duas últimas reuniões.

– Não tenho culpa se é temporada de atletismo. Desculpa se eu tenho vida própria. Aliás, recomendo muito.

O Renner me lança um daqueles olhares presunçosos.

Ele insinuou mesmo que eu não tenho vida própria? Quer dizer... não está totalmente enganado. Tenho amigos, mesmo que não consiga sair com eles tanto quanto gostaria. Quando não estou servindo sorvete no Delícia na Casquinha ou estudando, geralmente estou no meu habitat natural, rolando a tela inicial da Netflix, incapaz de decidir se vou ver *Para todos os garotos que já amei I, II* ou *III* pela quingentésima vez, só para acabar passando horas no TikTok. Mas prefiro usar lentes de contato a semana inteira a admitir isso na frente do Renner.

– Minhas sinceras desculpas. Entre cumprir a *sua* função como presidente e a *minha* como vice-presidente, ter vida própria nem me passou pela cabeça. Mas eu adoraria ficar com a sua. – Abro um sorriso.

Ollie, que sempre é o árbitro, abana o caderno como se fosse uma bandeira.

– Já resolvemos qual vai ser o tema?

Encaro isso como uma deixa para sacar meu tablet, que contém os dezessete slides mágicos do baile. É hora de deixar todo mundo de boca aberta.

Tecnicamente, eu e o Renner deveríamos propor juntos um tema para o diretor Proulx. Mas, como o Renner está curtindo a vida adoidado, fiz isso sem ele. Deve parecer que sou supercontroladora, né? Talvez eu seja, mas não posso deixar o baile nas mãos desse "cara com uma visão do todo" autoproclamado e seu jeito relapso de ver a vida.

O Renner abafa uma risadinha debochada com a dobra do cotovelo quando a tela do projetor é tomada por fotos vibrantes de marcos emblemáticos.

Faço o melhor que posso para ignorá-lo, concentrando-me nos outros rostos, relativamente tranquilizadores.

– Imaginem. Os convidados precisam de um passaporte para entrar no baile. Vamos viajar pelo mundo todo numa única noite mágica. Em vez de uma mesa de jantar com pratos e cadeiras, vamos ter estações com todo tipo de aperitivos. Comida chinesa, mexicana, etíope, italiana. E isso abre um leque de possibilidades na decoração. Estou pensando em cópias de papelão gigantescas de todos os marcos mais famosos, cordões de pisca-pisca, cortinas de tule cintilante...

Uns quinze minutos depois, quando minha apresentação termina, todo mundo aplaude devagar – menos o Renner. A Kassie está quase pegando no sono no ombro do Ollie e a Nori desenha no próprio pulso.

O Renner gira *meu* lápis como se fosse uma batuta. Parece estar tentando resolver uma equação complexa, prestes a explodir seu pobre cérebro de ervilha. Cruzamos olhares por um momento perturbador antes de ele dizer, simplesmente:

– Não.

Eu pisco, atordoada.

– *Não?*

Nori, Kassie e Ollie se ajeitam nas cadeiras, como se estivessem na plateia de uma luta no UFC, ansiosos à espera de pancadaria e banho de sangue.

Renner dá de ombros e se inclina mais para trás na cadeira. Está praticamente na horizontal, exalando babaquice por todos os poros.

– Acho que dá para fazer coisa melhor do que Volta ao Mundo.

Ele diz "volta ao mundo" como se fosse uma ideia boba e batida, como se já a tivesse ouvido milhares de vezes. Enfatiza o comentário revirando os olhos, mas só meia-volta; não se dá ao trabalho nem de fazer uma volta completa.

– E qual é o problema da Volta ao Mundo? – pergunto num tom de voz equilibrado.

– Como vamos escolher que comida pedir? E quais marcos? Tenho descendência polonesa e alemã. Quero *pierogies* e linguiça. Se não tiver, vou me sentir excluído.

– Adoro quando um menino branco fica estressadinho quando o assunto não é ele – provoca Nori.

Renner assente em sinal de respeito.

– *Touché*, mas meu argumento é válido.

– Não vamos deixar ninguém de fora – garanto. – Vamos sondar as origens de todo mundo e...

Ollie levanta a mão.

– O argumento do J. T. faz sentido, Char. É meio que... invasivo sair por aí perguntando qual é a etnia das pessoas.

– É verdade – concorda Kassie com relutância. – Adorei a ideia, mas acho que é um tema muito amplo. Vamos pensar em alguma coisa um pouco mais descontraída e divertida.

Renner levanta as sobrancelhas com cara de *eu te disse*, contente por ter roubado a minha cena. É um dos passatempos favoritos dele, depois de adorar o próprio reflexo e deixar as pessoas na mão em ocasiões especiais.

Cruzo os braços, ofendida. Eles têm razão. Não levei em conta a questão gritante da privacidade, mas não consigo deixar de sentir que rejeitaram minha proposta cedo demais sem pensar em formas de adaptá-la. Traidores.

– Então, o que o senhor presidente propõe?

Ele dá de ombros.

– Que tal... – Ele olha para o teto, como se a resposta estivesse lá. – Fundo do Mar?

Só de pensar nisso me dá vontade de desmaiar. "Fundo do Mar" significa algas marinhas cafonas, máquinas de bolhas de sabão, âncoras... e decoração de peixes. Na noite mais mágica da adolescência? Alguém me segura.

– Não. De jeito nenhum. Só por cima do meu cadáver.

Ele me encara; é um desafio.

– Vamos votar.

Capítulo três

Duas semanas antes do baile

Temos o prazer de convidar você para...

Fundo do Mar

Um orgulhoso oferecimento da turma do
último ano da Escola Maplewood

Sábado, 15 de junho
Das 19h à 00h
Ginásio A da Escola Maplewood

Ingressos:
$ 40 por pessoa
$ 75 por casal
$ 50 na porta

* Ver calendário social do último ano abaixo:

3-7 de junho: provas
10-12 de junho: Festival de Pegadinhas, Simpósio do
Último Ano, Pintura de Tijolos
13 de junho: Festa do Pijama
14 de junho: Dia da Praia
15 de junho: Noite do Baile
22 de junho: Formatura

– O baile já era.

É isso que resmungo quando vejo o desenho da baleia maluca e sorridente nos nossos ingressos recém-laminados para o evento. Se qualquer outra pessoa tivesse proposto Volta ao Mundo, o Renner teria sido totalmente a favor. Mas, como fui eu, ele teve que esculhambar a ideia.

Finjo soluçar num vestido de tafetá particularmente horroroso. Ao me ver, a vendedora franze as sobrancelhas tatuadas do outro lado da butique. Ela está irritada porque eu, a Nori e a Kassie estamos interrompendo seu episódio de reality show na hora do almoço. Eu me jogo ao lado da Nori no banco acolchoado que fica na frente do provador.

– Este é o meu melhor trabalho. Uma legítima obra de arte. Você tá acabando comigo.

As pulseiras douradas da Nori tilintam quando ela ergue o ingresso do baile à luz da loja, admirando sua criação de todos os ângulos. Seu iPad está sempre à mão para que ela possa desenhar quando vier a inspiração. É supertalentosa e capaz de deixar até uma pedrinha do quintal de casa visualmente interessante.

– O baile vai ser incrível, não importa o tema – diz Kassie num tom ríspido, com a voz abafada pela cortina da cabine.

– Não com tentáculos de água-viva gigantes pendurados no teto do ginásio. – Estremeço só de pensar. – Sabia que as águas-vivas nem têm cérebro?

– Tá, mas elas conseguem se clonar. Nós, seres humanos, com nossos cérebros grandes e inúteis, não podemos fazer isso – argumenta Nori.

Olha as coisas que a gente aprende na aula de biologia.

Fatos aleatórios sobre as águas-vivas à parte, todo mundo está feliz com o tema Fundo do Mar – menos eu. Até mesmo o diretor Proulx, eternamente ranzinza.

As duas últimas semanas foram uma sequência sem fim de provas e convites para o baile. O pedido mais memorável foi o do Ollie. Depois de organizar um *flash mob* no jogo de sexta-feira, o pessoal do time de futebol americano tirou a camisa, revelando letras pintadas de azul no peito de cada integrante que formavam a frase: *Baile, Kassie?* Era inevitável que a Kassie e o Ollie fossem juntos, assim como é inevitável que sejam coroados a rainha e o rei do baile, se casem (eu vou ser a madrinha) e tenham bebês de rosto perfeitamente simétrico, que por sua vez vão procriar com os meus filhos (se meu plano de nos próximos vinte anos me casar com um homem confiável de olhar doce e extremamente parecido com o Charles Melton der certo).

– Char, vou dizer isto com amor: talvez seja melhor você ficar de fora e deixar a gente cuidar disso – sugere Kassie. – Sei que você está superestressada com as provas e...

– *Ficar de fora?* Do baile?

Por impulso, começo a coçar o pescoço. A ideia de não estar no controle me dá urticária.

– Estou estressada num nível *moderado* por causa das provas, obrigada – explico.

A Nori me lança um olhar de sabe-tudo.

– A Kassie tem razão. Você já ficou no comando de todos os eventos desse ano. Tipo, passou a Feira do Dia dos Namorados correndo pra lá e pra cá, estressada com a máquina de algodão-doce que quebrou. Não conseguiu nem entrar na roda-gigante.

Antes que eu possa argumentar que o baile de formatura é o evento *mais importante* de todos, a Kassie sai do provador desfilando com um vestido vermelho de lantejoulas que vai até o chão e parece uma segunda pele. As fendas profundas de cada lado chegam perigosamente perto do quadril. Ela sobe no pedestal e rebola de um lado para o outro, canalizando o puro poder estelar da J. Lo.

– Vermelho-roubei-seu-namorado – declara ela com um sotaque inglês falso. – Como diz a minha mãe. Deixa meu peito grande ou não?

A Nori finge proteger os olhos.

– Do seu peito eu não sei, mas essa cor é ofensiva. Só de olhar, meus olhos estão lacrimejando.

O tom de voz dela é um pouco agudo. Ela e a Kassie são no máximo *aminimigas*; eu sou a cola que de alguma forma mantém nosso trio improvável junto. Em defesa da Nori, a Kassie é igual a um bumerangue: sempre vira a conversa de volta para si mesma. Como quando a Nori terminou com sua primeira namorada, dois anos atrás, e a Kassie decidiu que era um momento apropriado para reclamar que o Ollie não a convidou para passar as férias com a família dele na Disney.

Apesar dessa tendência à futilidade, a Kassie também tem um outro lado totalmente diferente. A Kassie que conheci no acampamento quando tínhamos 9 anos, que decidiu ser minha protetora quando minha casa era o último lugar em que eu queria estar, que me deu seu prendedor de cabelo estampado de bolinhas, dizendo que era o acessório perfeito para minha "roupa da Britney Spears retrô". A Kassie que me busca de carro depois do meu turno diabolicamente longo na Delícia na Casquinha para sair sem rumo cantando música romântica aos berros. A Kassie que me dá roupas quase sempre, dizendo que não servem mais nela, embora eu saiba que não é verdade.

A Kassie sabe que minha mãe se desdobra entre dois empregos – de dia (e de má vontade) como assistente de farmácia e à noite como aspirante a escritora. Não sou pobre, mas, ao contrário da maioria dos meus colegas da escola, não posso comprar as roupas e os eletrônicos mais modernos. A Kassie sabe de tudo isso e nunca comentou com ninguém. Às vezes, sinto que tenho uma dívida com ela.

– A cor é bonita – rebato em tom defensivo, e me viro para a Kassie. – Mas você poderia vestir um saco de batata e usar caixas de lenços de papel no lugar dos sapatos e ainda ser coroada a rainha do baile.

– Acho que não é esse. Não combina com o tema – declara ela, passando a mão pelo corpete justo.

– O *tema* – resmungo amargamente, entrando com a Nori no provador.
– O Renner estraga tudo. Ele é igual àquela mancha de molho marinara no meu Keds branco que não sai de jeito nenhum, não importa quantas vezes minha mãe passe alvejante.

– Sei que vocês se odeiam, mas, pela sua saúde mental, você não pode deixar que ele te afete desse jeito. Para ele, é um estímulo – avisa Kassie, como se fosse culpa minha ele ser o flagelo da minha existência.

– Não esqueça o que ele fez comigo! – grito de trás da cortina.

– A gente tinha 14 anos. E ainda era obcecada pelo Shawn Mendes. Você precisa perdoar e esquecer – responde ela enquanto me enfio num vestido roxo de cetim.

Só para constar, *continuo* obcecada pelo Shawn Mendes. Além disso, tenho a memória infalível de um golfinho.

E a coisa vai muito além do baile de volta às aulas:

As transgressões de J. T. Renner contra mim: a história completa

- *9º ano – me dispensou antes do baile*
- *9º ano – me chamou de "puxa-saco" e "queridinha da professora"*
- *9º ano – fez uma piada de pênis durante a apresentação do meu trabalho de biologia*
- *10º ano – convidou a turma inteira para uma festa na casa dele, menos eu*
- *10º ano – apontou em voz alta um erro de digitação na minha apresentação de PowerPoint sobre a história da Guerra Civil*
- *11º ano – me acusou de soltar um peido horroroso na festa de fim de ano da Lucy H.*
- *11º ano – riu da minha cara por ser a única menina da turma que não ganhou uma flor, nem um doce, nem um cartão no Dia dos Namorados*
- *11º ano – tirou sarro do meu desempenho na aula de direção*
- *11º ano – me venceu injustamente num debate na aula de direito*
- *12º ano – ainda se gaba de ter vencido o debate do ano anterior*
- *12º ano – o trauma emocional causado pelas provocações dele me fez reprovar no exame de direção – duas vezes*
- *12º ano – afirma ter ultrapassado minha pontuação no vestibular (não apresentou nenhuma prova disso)*
- *12º ano – A ELEIÇÃO DO GRÊMIO ESTUDANTIL*

Depois de todas as transgressões do Renner, o grêmio estudantil foi a cereja do bolo. Fui representante do nono ano até o décimo primeiro, e todo o corpo estudantil da escola sabia que a presidência era minha. Trabalhei incansavelmente por três anos para isso.

As atividades extracurriculares são fundamentais para a pós-graduação, da qual vou precisar para me tornar conselheira escolar. Elas também são importantes para concorrer a bolsas de estudo, às quais passei as férias de primavera me candidatando. Na verdade, tenho uma entrevista na semana que vem para uma bolsa de 20 mil dólares da Fundação Katrina Zellars – uma organização sem fins lucrativos que financia aspirantes a educadores. Minha mãe guardou o máximo que pôde na minha poupança para a faculdade, mas ainda não é suficiente para pagar nem um semestre no dormitório de uma universidade.

Em todo caso, eu estava chapada de endorfina, ensaiando meu discurso de vitória porque ia me candidatar à presidência sem oposição. Porém, dois dias antes da eleição, o Renner decidiu se lançar candidato sem o menor planejamento e sem ter qualquer experiência no grêmio estudantil.

Quando o confrontei, perguntando por que ia concorrer, ele disse:

– Porque eu sabia que isso ia te irritar. E eu vim pela zoeira.

Zoeira. É assim que o Renner leva a vida. "Eu vim pela zoeira" é até a bio dele nas redes sociais.

Ao contrário de mim, ele não tinha plataforma eleitoral. Passei horas intermináveis debruçada no meu laptop, consultando colegas, estabelecendo minhas pautas, como o apoio ampliado a diversos clubes, a criação de um bufê de sanduíches e saladas no refeitório e a igualdade de condições para as meninas nos programas esportivos.

Enquanto isso, o Renner ficou quinze minutos despejando absurdos sem qualquer preparação e de alguma forma eloquentes sobre o espírito coletivo e a garantia de que todas as vozes seriam ouvidas, canalizando o carisma espontâneo do Barack Obama.

E, como todo mundo adora o J. T. Renner, ele ganhou a eleição com 75%.

Ainda não consigo falar sobre isso sem chorar que nem uma condenada. A obsessão do Renner em arruinar minha vida me custou a faculdade dos meus sonhos na Costa Oeste. A conselheira de admissões da universidade não disse isso abertamente, mas acho que não ficou nada impressionada com minha posição de vice-presidente – e não de presidente. A única vantagem é que agora vou fazer faculdade por aqui mesmo, com a Nori.

Saio do provador com o vestido roxo, subindo no pedestal com um resmungo deselegante. Eu me sinto uma noiva naquele programa *O vestido ideal*, mas sem doze espectadores íntimos e queridos exibindo vários graus de amargura em relação às minhas núpcias.

Este vestido de cetim não realça nem um pouco meu corpo de um metro e meio. Meu peito achatado preenche só metade dos bojos ridiculamente grandes. Pareço mais uma criança de 5 anos usando as roupas da mãe do que uma adolescente a um ano da idade adulta.

A Nori pula no pedestal ao lado do meu com um conjunto de blusa e saia-trompete amarelo-ouro, fazendo uma careta séria de modelo esfomeada num desfile da Paris Fashion Week.

– Só você fica bem com uma cor dessas. Ficou linda – digo a ela antes que a dúvida a afete.

A vendedora chega com o vestido verde-esmeralda que eu estava espiando na vitrine pendurado nos braços.

– Ainda quer provar esse, querida? – pergunta ela a Nori.

A Nori pisca e aponta para mim, confusa.

– Hã... minha amiga é quem queria provar.

A vendedora crava uns olhos de falcão em mim, sem dúvida avaliando minha extraordinária semelhança com uma berinjela.

– Ah, é.

Afobada e envergonhada, ela entra na minha cabine do provador e pendura o vestido esmeralda no gancho.

A Nori olha para mim, achando graça. Não é a primeira vez que as pessoas nos confundem, apesar de não sermos nem um pouco parecidas. Ela é coreana, alta e pálida, com cabelo multicolorido na altura dos ombros. E eu sou meio chinesa, meio branca, com cabelo comprido e escuro. Nossa escola até que é bem diversa, mas sempre tem um esquisito que fica encarando ou alguém que faz uma piada besta sobre asiáticos e matemática. Ao que parece, pelo simples fato de ser asiático, seu lugar entre os melhores alunos está garantido.

Assim que saio do provador com o vestido verde, a Kassie contorna meu pedestal para fazer um vídeo. A Nori assente com vontade no espelho, indicando sua aprovação, enquanto eu me viro para me avaliar de perfil.

Por incrível que pareça, o modelo frente única alonga meu tronco e minhas pernas curtas.

– Acho que tenho até o sapato perfeito para combinar – comento.

No mês passado comprei sapatos de salto ortopédicos com palmilhas especialmente acolchoadas para a formatura.

A Kassie revira os olhos.

– Não é aquele sapato de velhinha usar na missa, é?

Eu suspiro, fingindo estar ofendida. Passei semanas vasculhando as profundezas da internet em busca deles.

– Não são sapatos de velhinha usar na missa. São *funcionais*. A sustentação do arco plantar é importante. Só preciso amaciar um pouco.

Aviso: minha história com salto alto é conturbada. A primeira vez que usei num baile do nono ano, o salto esquerdo entalou no gramado em frente à minha casa e eu caí de cara num canteiro de roseiras cheias de espinhos. Corta para o Baile da Primavera no décimo ano: descobri que a sandália vermelha de salto agulha que comprei on-line era literalmente de *stripper* (não que eu julgue). Fiquei parecendo o Bambi com pernas de pau, muito mais alta que o meu par de 1,50 metro, o Jamie Nemi.

Se eu pudesse realizar *uma* coisa nesta vida, seria fazer justiça aos chinelos. Eles têm a péssima reputação de serem desleixados, mas são funcionais pra caramba. Infelizmente, duvido que consiga promover a revolução dos chinelos antes do baile. Por isso, tive que sucumbir aos saltos geriátricos.

A Nori ajeita a cauda do meu vestido.

– Esquece o sapato feio. Esse vestido é *tudo*. Se você não comprar ele já, eu vou comprar para você. Fim de papo.

– Você tem cinco minutos para decidir. Senão a gente vai se atrasar para a aula – avisa Kassie.

Ela tira da bolsa um tubo de brilho labial cintilante e aplica uma quantidade generosa, estalando os lábios para o espelho.

Eu olho para meu reflexo e seguro o cabelo do jeito que sempre imaginei, num coque baixo, frouxo e romântico. Lembro como me senti confiante ao me arrumar para o baile de volta às aulas, olhando-me no espelho manchado de spray fixador de cabelo do quarto da Kassie. Mas estou determinada a fazer com que o próximo baile tenha um desfecho melhor. Se é para gastar metade das minhas economias numa noite só, melhor ficar maravilhosa.

– Tá. É isso aí. Este é o vestido perfeito!

A Nori dá um gritinho e bate palmas.

– Viu? O baile vai ser incrível. Com ou sem peixes.

Dou uma bufada.

– Eca. Nunca mais coloque *peixes* e *baile* na mesma frase.

A Kassie balança a cabeça feito a mãe descontente de cinco crianças que não param de brigar no banco de trás da minivan.

– Por favor, não quebra a cara do J. T. no baile. Vamos viver uma última noite sem drama, tá?

– Pode deixar – concordo. – É só ele ficar na outra ponta da limusine. Bem longe de mim.

Capítulo quatro

Quatro dias antes do baile

O Clay Diaz está passando pela minha mesa na hora do almoço.

Sabe aquela cena de filme adolescente em que o interesse amoroso sexy chega em câmara lenta pelo corredor? É ele agora mesmo. Só falta tocar "Watermelon Sugar", do Harry Styles. Com 1,78 metro, todo o seu corpo de atleta de cross-country está iluminado pelo feixe de luz branca e celestial que entra pela janela do refeitório. O cabelo sedoso e pretíssimo voa numa brisa inexistente, como o de um ator atingido pelo vento num comercial de carro de luxo.

Seguro com força a bandeja do meu almoço à medida que a distância entre nós diminui. De repente, questiono todas as decisões que já tomei na vida. Será que esse coque alto faz minha cabeça parecer gigante? Renner disse uma vez que minha cabeça é "colossal", e desde então ando paranoica pensando se prender o cabelo dessa forma acentua o tamanho dela. Será que estou comendo meu sanduíche do Subway de forma sugestiva demais? O que é que eu faço com as mãos? Será que ele consegue ouvir meu coração martelando dentro do peito?

Em geral, os caras não me deixam catatônica, mas ninguém mais na escola tem o raciocínio rápido do Clay, os olhos castanhos e expressivos, a mandíbula perfeitamente marcada e uma única covinha na bochecha esquerda.

Conforme ele passa por mim no espaço estreito entre as mesas, curvo a cabeça de um jeito formal e lento (e esquisito), como se ele fosse da realeza britânica ou coisa parecida. Ele abre um sorriso que quase me atira no reino espiritual.

– Oi, Canadá!

O Clay me chama de Canadá desde fevereiro, quando fizemos nossa última aula de simulação da ONU.

– Hã, oi, Clay... quer dizer, Turquia.

No momento em que reaprendo a falar, e só depois de lembrar qual país ele representou, ele já está na mesa de sempre com o pessoal da simulação da ONU e do clube de debate, a maioria dos quais sem dúvida vai governar o país.

É sempre assim. Desde que entramos na simulação da ONU – um evento no qual os alunos fazem o papel de embaixadores e que pode durar até cinco dias –, no primeiro ano do ensino médio, mal trocamos mais que duas frases. Para ser justa, o Clay tentou começar algumas conversas aqui e ali. Mas, como sou desajeitada demais para dar respostas com mais de uma palavra, o papo praticamente morreu na hora. Uma vez, ele até se sentou ao meu lado no ônibus para uma reunião de cúpula, mas no mesmo instante esqueci como respirar. Além disso, comecei a suar nas axilas e não tive escolha a não ser me esconder debaixo de um blazer de lã grossa. Meu desempenho naquele dia, no mínimo, não foi dos melhores.

Por que sou assim? Queria ter a espontaneidade da Kassie com os caras.

Ela tira os olhos do celular e abre um sorriso malicioso.

– Você ainda vai lá em casa hoje à noite? – pergunto enquanto mordo o sanduíche.

A Nori e a Kassie planejavam comemorar o fim das provas e a minha entrevista para a bolsa de estudos (agendada para hoje depois das aulas) lá em casa, mas a Nori cancelou porque sua tia misteriosamente rica está na cidade. Em segredo, fico feliz por sermos só eu e a Kassie. Hoje em dia, é raro fazermos alguma coisa só nós duas.

A Kassie me olha hesitante, meio distraída com o pessoal barulhento do segundo ano na mesa ao lado.

– Ai, saco... O Ollie pediu para eu filmar o treino de futebol dele para o treinador da faculdade.

Como é que eu previ que isso ia acontecer?

– Não tem problema – digo depressa, forçando um sorriso tranquilizador.

O que mais eu poderia dizer? Não posso obrigar minha melhor amiga a me fazer companhia. Mesmo assim, é péssimo perder o tempo que nos resta juntas, principalmente porque daqui a apenas três meses vamos ficar separadas por quase 1.300 quilômetros. A Kassie vai com o Ollie para Chicago, porque ele ganhou uma bolsa integral de futebol americano. Ela vai tirar um ano de folga, o que provavelmente será melhor. Há três dias, não parava de mudar de ideia entre se formar em criminologia e administração. Se bem que, para falar a verdade, o sonho dela é ser a esposa rica de um atleta profissional, o que eu respeito, porque essa vida não é para as de coração fraco.

– Te adoro. – A Kassie me sopra um beijo de lado antes de torcer o nariz para a mais nova mistura de *smoothie* da Nori. – O que é isso aí que você tá bebendo? Parece lama.

A Nori toma metade do copo tão rápido quanto é humanamente possível, tapando o nariz.

– É suco de cenoura, couve, mirtilo, uma dose de proteína em pó à base de plantas e uma dose saudável de lágrimas de macho – responde ela com indiferença.

A Kassie faz um movimento de agarrar com a mão.

– É bem a minha praia. Dá aqui.

A Nori entrega o copo para ela e se vira para mim.

– Ah, a propósito, temos que transferir o restante do aluguel da limusine daqui a uns dias. Você acha que até lá vai ter um acompanhante?

Dá para perceber que ela detesta ter que perguntar isso, mas admito que estou complicando a conta. Sou a única pessoa na limusine sem acompanhante, apesar de haver um lugar reservado para um. Fui teimosa e me agarrei à esperança de que a esta altura alguém teria me convidado. Infelizmente, além de realizar o baile perfeito, ser convidada para o baile ainda está pendente na minha lista de desejos do ensino médio.

– *Lógico* que ela vai levar um acompanhante. Não precisa pressionar – diz Kassie antes que eu tenha a chance de responder. – Você vai reagir, botar um cropped e convidar o Clay? Agora que ele tá solteiro, você não tem mais desculpa.

O Clay namorou a Marielle MacDonald – a "doida dos cavalos" da escola – por anos. Eles frequentavam a sorveteria no meu turno e dividiam uma casquinha de sorvete de hortelã e de baunilha com caramelo. Uma vez, vi o Clay lamber um pouco de sorvete na bochecha dela, me deu ânsia de vômito e fiz um barulho bem audível atrás do balcão. Eles ouviram e tive que fingir que era tosse.

– Mas a solteirice dele está confirmada mesmo? – questiono, adiando a resposta.

– Tá, sim. Ele mudou a foto de perfil em todas as redes sociais – afirma Nori, embora eu já saiba disso.

Se existe uma coisa em que a Kassie e a Nori concordam, é que eu deveria convidar o Clay para o baile (e que se danem as normas de gênero). Em geral, eu concordaria. Não quero ficar aqui feito uma florzinha recatada esperando o Clay olhar na minha direção. Mas como é que vou convidá-lo para o baile se ele me faz esquecer meu próprio nome? Pensei seriamente em convidá-lo numa carta escrita à mão, deixar o envelope no colo dele e sair correndo. Mas, pelo jeito, minha incapacidade de me comunicar com ele não é apenas oral – toda vez que tento escrever essa carta, me dá um branco na cabeça.

– Só para você saber, Mercúrio está retrógrado. É melhor tomar cuidado com a abordagem – acrescenta Nori.

– Tudo bem. Já aceitei que meu destino é segurar vela.

Abaixo a cabeça, estremecendo ao pensar que vou ser a única solteira na limusine.

A Kassie revira os olhos.

– Para com isso. Você vai convidar o Clay *hoje*.

Ela fala como se fosse fácil. Mas, como eu já disse, para ela é. Mesmo sem o Ollie, teria uma fila de caras ansiosos por uma chance de ir ao baile com ela.

– Essa semana estou ocupada demais para encarar a rejeição – resmungo.

Afinal de contas, é a Semana da Farra, e, como vice-presidente, estou supervisionando todas as atividades. A mais importante é a Festa do Pijama do Quarto Ano, em que todo mundo que vai se formar traz sacos de dormir e passa a noite no ginásio. Depois, vem o Dia da Praia – quando pulamos as aulas da sexta-feira para fazer um bate-volta na praia na véspera do baile. É a semana das pegadinhas épicas, com os professores e os alunos. No ano passado, os corredores foram tomados por aproximadamente 3.493.483 copos vermelhos de festa, balões e alunos "cochilando" pelos cantos.

É só terça-feira e as pegadinhas já começaram. Ontem, no treino de corrida, três alunos com máscaras do Gollum correram pelados na pista. Agora, a gracinha deles ficará preservada para sempre no YouTube.

A Kassie me censura com o olhar.

– Só tô ouvindo desculpa esfarrapada. Vai, amiga. Imagina vocês dois juntinhos nas fotos do baile. Ele não parece aquele cara da novela? O de cabelo despenteado? Ele até que é sexy, meio hipster que ouve bandas desconhecidas. – Ela vira para trás, lançando um olhar de admiração para ele.

Ouço uma voz detestável perto de nós:

– Quem é sexy?

No meio de uma mordida no sanduíche, fecho os olhos com força, torcendo para que o Renner sentado na cadeira ao lado seja só uma miragem de horror.

Seu cheiro cítrico confirma que não.

– Não é da sua conta – retruco, nervosa demais para detonar verbalmente o perfume dele.

Olho para minhas amigas, avisando em silêncio que é melhor não falarem do Clay na frente de ninguém, muito menos do Renner. Não podemos confiar a ele essa informação ultrassecreta.

– Alguém quer batata frita extra? – pergunta ele, oferecendo uma segunda embalagem de papelão cheio de batata com sal.

– Por que você tem duas porções? – pergunta a Nori, pegando uma batatinha. Ela é o urubu do nosso grupo, sempre pronta para rapar as nossas sobras.

– A tia da cantina me adora – responde ele, dando de ombros casualmente, apesar de ser fato conhecido que a rabugenta Tia Libby da Cantina despreza todos os seres, principalmente os humanos. Ela é famosa por murmurar ofensas vagas enquanto o pessoal passa com as bandejas.

– Enfim, estamos tentando arranjar alguém para ir ao baile com a Charlotte – diz Kassie, como se eu fosse um caso lamentável de caridade.

O rosto do Renner fica radiante enquanto ele empurra as batatas extras para elas.

– Rá! Vai dar trabalho. Tem certeza que quer fazer isso de graça?

– Qualquer um teria sorte de ir com uma gata delicinha que nem a Char – retruca Nori, apontando o polegar de forma não muito discreta na direção do Clay.

Renner, infelizmente, é mais observador do que parece e segue o polegar da Nori com o olhar, levantando a sobrancelha.

– O Clay Diaz? É com ele que você quer ir?

Antes que eu possa negar, a Kassie se adianta.

– Se não der certo com ele, tenho uma lista de opções. Sei que você gosta de ter um Plano B – acrescenta ela, olhando para mim como quem sabe das coisas.

Os olhos do Renner chegam a brilhar.

Sinto o suor brotar no meu rosto. Foi-se o plano de manter meu interesse pelo Clay em segredo. Contrariada, eu me inclino para espiar a lista de opções mais realistas, torcendo para isso distrair o Renner.

A Kassie solta um pigarro.

– Curtis Carlson?

– Não. A Jasmine me mata.

Curtis é o ex mais recente da minha amiga Jasmine. E, depois de passar a maior parte de uma festa do pijama em um ritual de exorcismo queimando numa fogueira um agasalho do Curtis, além de chinelos, fotos e todos os presentes que o garoto deu para a Jasmine, ir ao baile com ele seria inaceitável.

– Moe Khalifa?

Inclino a cabeça, pensando.

– Fiz um projeto em grupo com ele na aula de direito. É um cara legal, fez a parte dele. E me ajudou a recuperar um pouco da minha confiança na humanidade, ao contrário de certas pessoas.

Olho para o Renner sem disfarçar. Ele sorri feito o palhaço pirado daquele livro do Stephen King.

– O Khalifa vai convidar a Naomi – comenta ele. – Ouvi ele dizer isso no vestiário, todo se achando.

A Kassie continua a lista cada vez menor de pares em potencial.

– Tá, e o Kiefer Barry?

Antes que eu possa recusar, Renner bufa.

– O Barry? O cara é um porre. Próximo.

Infelizmente, ele tem razão. O Barry é um daqueles caras que tentam impressionar as pessoas citando Nietzsche e Voltaire numa conversa qualquer. O filtro de fiapos da minha máquina de lavar é mais interessante que ele.

– Damian Mackey?

Faço *shh* para Kassie. O Damian está sentado a apenas três mesas de distância.

– Imaturo demais – sussurro no exato momento em que ele dispara uma bola de papel e cuspe através de um canudo de plástico.

A Kassie suspira e vira a tela do celular para baixo.

– Não é por nada, não, mas você não pode se dar ao luxo de ser tão exigente assim em cima da hora. Não tem mais nenhum cara solteiro com um visual aceitável.

Tenho vontade de dizer: *Obrigada por me lembrar, Kass.* Mas não digo. Sei que a intenção dela é boa.

A Nori bate na mesa com a palma da mão.

– Peraí, Char. Você quer um homem maduro, né?

Levanto a sobrancelha.

– Existem espécimes desse tipo?

– E o meu primo Mike? – sugere ela. – Ele é calouro na faculdade. É supermaduro. O livro preferido dele é *O conto da aia.*

Sinto um friozinho momentâneo na barriga. Um cara que gosta de literatura feminista? Louvado seja. Só encontrei o Mike uma vez, numa reunião de família da Nori. Ele é muito gente boa e bonitinho de um jeito discreto e não ameaçador; com certeza é do tipo que segura a porta para a gente passar e ainda agradece.

Renner dá um sorrisinho.

– Um universitário, hein?

– Não quero mais saber dos caras do ensino médio – digo, decidida.

Isso faz o Renner revirar os olhos. Fico chocada ao saber que os olhos dele não estão alojados na nuca.

– Ah, é. Você é madura demais para nós. Porque um cara de fraternidade que enche a cara todo fim de semana está muito mais à sua altura.

– Primeiro, o meu tipo *nunca* enche a cara – começo a argumentar. – Meu tipo fica na biblioteca, estudando, levando o futuro dele a sério. E, segundo, não fale como se você não fosse se enfiar de cabeça na lambança das fraternidades assim que puser o pé no campus. Daqui a um ano e meio é você que vai estar lá, fazendo lavagem estomacal depois de beber até cair.

A Nori ri pelo nariz. É uma imagem muito fácil de visualizar.

O Renner parece meio magoado.

– Você acha mesmo que eu vou ser um cara tosco de fraternidade?

– É o seu destino, como um dos caras mais populares da escola – confirmo.

– Que eu saiba, tenho livre-arbítrio. Mas beleza.

– Sai dessa, Renner. A maioria das meninas comeria o próprio braço para ter uma chance de ficar com você, e você é fraco demais para resistir ao poder que isso te dá – explica Kassie.

Um arrepio desce pela minha espinha quando olho bem para o desenho perfeito dos lábios do Renner. Por uma fração de segundo, me pergunto se ele beija tão bem quanto a Kassie falou.

Ele gargalha com gosto e o pensamento desaparece da minha mente.

– Sério, vocês acham que as meninas topariam autocanibalismo para ter um gostinho disso aqui? – Ele faz gestos dramáticos com uma batatinha indicando o próprio corpo.

– Eu acho – admito, relutante. – Todo mundo adora você, só Deus sabe a razão.

– Menos você.

Ele finge uma cara de tristeza, baixando o olhar. Não me preocupo em corrigi-lo.

– Fique sabendo que muitas meninas já me rejeitaram.

Abro a boca, fingindo estar chocada.

– Quem te rejeitou? Preciso pedir o autógrafo delas.

– A Carrie-Anne Johnson no sétimo ano. A Nathalia Green, na verdade foi no mês passado. E...

– Você foi rejeitado por um total de *duas* meninas em dezessete anos de vida. Quanta dor! – Aperto meu peito numa agonia falsa, e minhas amigas riem.

– Olha aqui, meu ego é muito frágil!

– Estou ciente. Enfim, Nori, o Mike pode ser. Seria uma boa oportunidade de pedir uns conselhos sobre planejamento de refeições – eu digo, batucando no queixo com os dedos.

O Renner olha para mim como se eu fosse uma extraterrestre.

– Você vai passar a noite do baile falando de planejamento de refeições na faculdade? Que chatice.

Enterro um alfinete mental na minha almofada de alfinetes imaginária em forma de J. T.

– Desculpe, não sabia que falar sobre o nosso futuro imediato era tão chato.

Ele dá de ombros.

– Faltam menos de duas semanas para a formatura. Não vou perder esse tempo pensando na faculdade.

– Enfim, gente... – diz Nori, tentando evitar mais um bate-boca entre nós. – J. T., quem é a sortuda que vai ao baile com você?

– Por quê? Quer ir comigo?

Ele dá aquela piscadinha idiota que, por incrível que pareça, só ele consegue fazer sem parecer um pervertido descontrolado. Ele está brincando, obviamente, porque todo mundo sabe que a Nori vai com a Tayshia. Elas voltaram depois de ficarem um mês separadas.

A Nori dá um tapinha simpático no ombro dele.

– Você não está capacitado para lidar comigo. Foi mal, parceiro.

– J. T., eu te disse lá no grupo que a Andie está esperando você convidar ela – comenta Kassie, examinando as próprias unhas estampadas de leopardo que ela passou a aula anterior inteira pintando.

Sua voz começa a ficar mais baixa quando ela percebe o erro que cometeu. Eles têm um grupo de bate-papo separado, sem mim e a Nori. Descobri no ano passado, quando ela me entregou o celular dela e pediu para tirar uma foto sua no parque. Não admiti que sei disso, porque tenho quase certeza de que deve ter sido outra pessoa quem criou o grupo. A Kassie não me excluiria de propósito.

– Peraí, a Andie? Ela não está mais com aquele tal de Travis da St. Ben's? – pergunta o Renner.

Andie é a segunda melhor amiga da Kassie há mais tempo do que o normal – cerca de seis meses, desde que começaram a trabalhar juntas na loja dos pais da Kassie. Andie tem o QI de um pãozinho doce (mas eu não usaria isso contra ela) e é naturalmente estilosa. É a menina que consegue usar o boné e a camisa de flanela do namorado e ainda assim ficar delicada e bonita. Enquanto isso, o restante da turma, eu inclusa, parece um bando de aprendizes num canteiro de obras. Além disso, ela é alta como uma modelo de passarela e segura de si o bastante para exibir o umbigo por aí. Basicamente, é o contrário de mim.

Meu relacionamento com a Andie parece o da Kassie com a Nori. Somos amigas, seguindo as sutilezas de bom-tom do ensino médio, mas garanto que não vamos manter contato depois da formatura. Não me entenda mal, ela é gente boa. Mas só uma daquelas pessoas com quem não quero ficar sozinha, porque não teríamos nada sobre o que conversar.

– Ela e o Trav nunca namoraram sério. Ele era muito grudento – explica Kassie.

O Trav também chegava a todas as festas completamente bêbado, doidão a ponto de fazer xixi na piscina do Ollie, mas ela não cita essa parte.

– A Andie precisa de alguém que combine com a energia dela. Alguém mais confiante – explica Kassie, piscando para o Renner.

Dou uma bufada.

– Confiança é o que não falta aí.

– Ué, confiar em si mesmo é bom. – Os olhos do Renner brilham de interesse, como sempre acontece quando alguém afaga o ego dele. – Eu ia curtir a Andie. Ela é muito gata.

A Kassie dá um gritinho, empolgada por ajudar a formar pelo menos um par adequado.

– Ai, meu Deus. Se vocês tivessem um filho ele seria lindo!

Sou tomada por uma ânsia de vômito ao imaginar o Renner em ação, não importa quantos músculos definidos ele tenha no abdômen (seis, mas quem é que está contando?). O cheiro do almoço de alguém – peixe aquecido no micro-ondas – a algumas mesas de distância não ajuda em nada.

E é nesse momento que vejo o Clay sair do refeitório. Numa rara reviravolta, ele está sozinho, em vez de cercado por seus amigos superinteligentes. Talvez essa seja a minha chance.

Além disso, a Kassie tem razão. Passei o ensino médio inteiro nutrindo uma paixonite patética por ele e não fiz absolutamente nada a respeito, o que não combina nada comigo. Sou batalhadora. Eu me jogo de cabeça, faço e aconteço. Posso muito bem convidar um cara para o baile. Que se dane a lista de desejos.

Eu me levanto e vou atrás do Clay.

Capítulo cinco

Quando saio do refeitório, com os dedos apertados dentro dos sapatos de salto alto, o Clay sumiu.

A Nori achou que seria uma boa ideia "amaciar" os sapatos, mas o que eu queria mesmo era jogá-los no lixo. "Aprovados por ortopedistas" coisa nenhuma! Estou convencida de que o salto alto é o calçado do diabo.

O arco-íris de tijolos recém-pintados na parede chama minha atenção enquanto vou mancando derrotada até meu armário pegar os livros do próximo tempo. É tradição que cada estudante prestes a se formar pinte seu nome num tijolo, eternizando-se nas paredes da escola. Já reservei o meu ao lado do tijolo compartilhado da Kassie e do Ollie, embora ainda não tenha começado a pintar – principalmente porque encostar o pincel na parede parece um ato de encerramento.

Ainda me lembro de passar por esses corredores pela primeira vez. Kassie e eu atravessamos as portas rindo e correndo, de braços dados, prontas para enfrentar o mundo. A ansiedade nos animava, e fofocávamos sobre todos os alunos que vinham de outras escolas de ensino fundamental.

É claro que, ao contrário da Kassie, minha autoconfiança era só fachada.

Na verdade, quando entramos no ginásio barulhento para a reunião de boas-vindas dos calouros, minhas entranhas estavam mais retorcidas do que um yakisoba. Kassie pegou meu pulso e sussurrou:

– Endireita a postura e sorri.

Fui logo atrás enquanto ela subia a arquibancada, passando por um mar de rostos ansiosos. Eu a havia puxado para a esquerda ao ver uma fila vazia, mas ela me puxou para a direita até um espaço muito conveniente, bem na frente do Ollie e do Renner.

Tive inveja da capacidade da Kassie de abrir caminho até o cara com quem tinha ficado uns dias antes como se não fosse nada de mais. Acontece que o sorriso não era para o Renner. Kassie mirou no Ollie.

O Renner abriu um sorriso arrasador que quase me fez despencar da arquibancada e me disse:

– Oi, eu sou o J. T.

Quando eu ia apertar a mão dele, a Kassie me lançou um olhar de aviso, lembrando-me de não ser uma daquelas "meninas de sempre" que se apaixonam pelo Renner, com seu carisma de líder de seita.

Em resposta, abri um sorriso tímido e me afastei, só para o caso de a Kassie ainda gostar dele. Afinal, ela ficou com ele primeiro.

Viro à esquerda num corredor relativamente vazio, e um par de passos pesados de brutamontes me ultrapassa. Renner. Ele estreita os olhos ao passar como um daqueles profissionais de marcha atlética. Tem um único objetivo, assim como eu: chegar aos armários primeiro.

Ao contrário dos armários altos, bonitos e reluzentes que vemos nos filmes, os da nossa escola são aqueles detestáveis com metade do tamanho, empilhados em cima uns dos outros. E, como a vida adora me torturar, meu armário fica logo abaixo do armário do Renner. É impossível mexermos neles ao mesmo tempo sem que a minha cabeça vá parar perto da virilha dele.

Todo dia é uma corrida desesperada para ver quem vai tomar posse do território primeiro. Já o derrotei cerca de 70% das vezes, não que eu esteja contando nem nada disso.

Incorporo a *Emily em Paris* correndo por ruas de pedra com seus saltos de 10 centímetros, embora eu pareça mais um caranguejo com ferimentos graves e sem uma das patas.

Triunfante, o Renner chega primeiro. Com quase 30 centímetros de altura a mais que eu, a vantagem dele é injusta.

– Aliás... – começa a dizer, com a postura ampla e sem a menor pressa de pôr a combinação na fechadura do armário – estou pensando em ir à loja de aluguel de decoração de festas depois da escola para pegar as coisas do baile. Bora comigo?

É tradição que o grêmio decore o lugar de manhã para podermos participar das brincadeiras na Semana da Farra.

Eu pisco bem devagar.

– Por que está *me* convidando? O *presidente* não deveria estar no controle de tudo?

– E estou. Eu ia com o Ollie, mas ele deu para trás como sempre. Igual a Kassie faz com você – diz ele como quem sabe das coisas.

Estou chocada que ele tenha percebido meus problemas com a Kassie. Nunca reclamo dela para ninguém, nem mesmo para a Nori.

– O Ollie também vive te dando bolo, é? – pergunto.

Ele olha contrariado para o armário.

– O tempo todo. Na real, é bem irritante. Às vezes, parece que eles não ligam para ninguém além deles mesmos. – Ele para um momento enquanto finalmente abre o armário e recomeça, como se estivesse arrependido de falar mal deles: – Então, bora? Porque depois não quero saber de você pegando no meu pé por causa de alguma besteira tipo a cor do guardanapo.

Tento disfarçar meu sorriso. Esse é o jeito rústico dele de pedir ajuda porque, no fundo desse cérebro de ervilha, ele sabe que não tem a menor ideia do que fazer.

– A cor do guardanapo é importante. Não precisamos daquele azulzinho brega estragando a decoração.

– Posso saber o que é azulzinho brega?

Eu estalo os dedos, procurando as palavras.

– Aquele azul berrante e feio. Tipo o logo do Facebook.

Ele respira fundo, parecendo ofendido.

– O que você tem contra o azul do Facebook?

– É uma cor deprimente.

– É bom saber. Vou encomendar com urgência um fardo inteiro de guardanapo azul-deprimente.

Não sei se ele está falando sério ou não.

– Quer saber, não se preocupe com isso. Vou sozinha e pronto – digo, dispensando-o.

Ele me olha por um bom tempo.

– Como presidente, eu deveria ir para supervisionar.

– Isso, sim, é novidade – digo, irônica. – Pode confiar, já planejei muitos bailes de escola sem você. Posso muito bem assumir esse.

– Como você vai carregar toda a decoração sozinha? Não vai caber no cesto da sua bicicleta.

Olho para o Renner com raiva. Ele tem razão. E minha bicicleta está fora de serviço.

Ele deve ver as engrenagens girando dentro da minha cabeça e aproveita.

– Então a gente se vê na saída depois do quarto tempo.

– Hoje tenho a entrevista da bolsa de estudos da Fundação Katrina Zellars. Pode ser amanhã depois das aulas?

– Não, já tenho outro compromisso – responde ele, cheio de si.

– Atirar em latas de cerveja atrás da Lanchonete Pôr do Sol com o Pete, é? Me poupe. Vocês podem remarcar.

Alguma coisa na declaração dele me intriga. Desconfio que o pessoal da turma esteja saindo sem mim – *de novo*. Na semana passada, descobri que tinham feito um churrasco na casa da Andie. A Kassie ignorou a mensagem que mandei naquele dia, mais cedo, perguntando o que ela ia fazer.

Às vezes parece que o nosso grupo é igual a uma cebola. Tem o miolo: Kassie, Ollie e Renner. Depois vêm as camadas externas: as pessoas que são cada vez menos essenciais para o grupo maior, como Andie e Pete, depois Nori e eu.

Fico pensando se eu seria amiga deles se não fosse pela Kassie (não que eu seja "amiga" do Renner). Provavelmente não. São todos atletas, e eu não consigo nem quicar uma bola de basquete sem quase quebrar o nariz. (Nem queira saber.) A única razão pela qual consegui uma nota decente em educação física foi por causa dos trabalhos escritos sobre questões de saúde.

Renner contrai a mandíbula.

– Não, tenho planos de verdade. Não dá para cancelar.

Não tenho energia para tentar adivinhar nada, por isso dou de ombros.

– Que tal sexta de manhã?

– Não dá. É o Dia da Praia.

Eu suspiro. Ele tem razão. É tradição concluir os preparativos do baile antes da festa do pijama e da praia. Afinal, ninguém quer ficar decorando um salão enquanto todo mundo toma sol à beira-mar.

– Posso perguntar para o pessoal do aluguel se podemos passar lá amanhã de manhã antes da aula? – sugere ele. – Nós dois temos o primeiro tempo vago. Podemos começar a decorar cedo.

A simples ideia de passar a manhã inteira com o Renner me dá vontade de fazer faxina só para desestressar. Mas também não confio na decisão sobre a cor dos guardanapos.

– Tá.

Eu me encosto no armário ao lado, segurando os sapatos, vendo os alunos chegarem do almoço. "Accidentally in Love", do Counting Crows, toca nos alto-falantes da escola. É uma das doze músicas antigas que os professores tocam entre as aulas para indicar que é hora de ir para a sala.

Enquanto isso, o Renner fica ali, digitando mensagens no celular na frente do armário aberto. Faço um esforço enorme para regular minha respiração. *Hoje não vou escolher a violência. Hoje não vou escolher a violência.*

– Olha a hora, Renner – eu aviso.

Minha voz vai sumindo quando vejo o alto do cabelo do Clay virando a esquina. Ele anda na minha direção, lindo demais para meus meros olhos mortais. Cruzamos olhares de longe e eu me lembro do que a Kassie disse no refeitório. *Bota um cropped e reage.*

Qual é a pior coisa que pode acontecer se eu convidar o Clay para o baile? Se ele recusar, não vou mais vê-lo depois da formatura mesmo. Afinal, ele vai estudar em Stanford, do outro lado do país. Eu não ficaria numa posição pior do que a que estou agora (além de amargar a fúria fria da humilhação, mas não vamos adiantar essa parte).

Não é fruto da minha imaginação ele sustentar o contato visual comigo enquanto passa. E com certeza não estou imaginando o olhar atrevido que ele me lança antes de parar para conversar com o Joey Mathison.

É isso aí. Chegou o momento. É agora ou nunca.

Começo a elaborar um plano: vou pegar meus livros e a mochila, depois me aproximar dele toda tranquila e casual, como se estivesse indo para a sala, ainda que a aula de cálculo seja na direção contrária.

Antes que perca a coragem, empurro as pernas do Renner com o cotovelo para pegar minha mochila.

Ele me olha espantado.

– Caramba. Que cotovelo ossudo. Eu fico roxo fácil, tá?

– Não sabia que você era tão delicado – respondo, abrindo a porta o mais rápido possível bem na canela dele.

A pancada me proporciona uma alegria momentânea. Não tenho o hábito de sentir prazer com a dor dos meus adversários, mas o Renner facilita demais. Babaca do jeito que é, ele abre as pernas ainda mais em vez de sair da frente, deixando um espaço minúsculo para eu puxar a mochila e guardar os sapatos.

– Renner, é sério. Deixa de ser paspalho por dois segundos e sai da frente.

– *Paspalho*. Essa é nova. Pelo menos, é mais original que *palerma*.

– Tem muito mais de onde veio essa.

Consulto mentalmente o catálogo de xingamentos cruéis que reuni para momentos como este. Mas, como sempre, não consigo dizer mais nenhum sob pressão. Contento-me em rosnar:

– Sai. Agora.

Ele retorce o rosto, confuso.

– Sossega. Eu nem tô te bloqueando.

E é então que vejo: o tecido fino do bolso da frente da minha mochila enganchou num pedaço de metal quebrado da porta.

Obviamente irritado por eu estar fungando no cangote dele, o Renner dá um puxão na minha mochila para soltá-la. Com um movimento rápido, o tecido gasto se rasga como um lenço de papel. Meus absorventes internos de reserva, os dez (sim, *dez*, porque sou precavida), desmoronam do rasgo como uma avalanche, espalhando-se no chão do corredor. Fico paralisada de horror absoluto enquanto eles rolam em todas as direções aos pés das pessoas feito bolinhas de gude.

Nesse exato momento, o grupo barulhento do primeiro ano chega a *berrar* diante dessa visão. Saem do caminho com saltos dramáticos, colidindo com armários, desviando-se dos absorventes como se fossem minas terrestres.

Até o Renner, pela primeira vez, fica sem palavras, provavelmente registrando minha humilhação na memória para uso futuro.

Tenho vontade de bancar o Forrest Gump e sair correndo, descalça mesmo. Fugir da escola, fugir de Maplewood. Eu poderia adotar uma identidade completamente nova, até usar peruca. Sempre quis ter cabelo loiro. Mas, como eu sou *eu*, sou obrigada a arrumar minha bagunça. Pelo menos, tento.

Começo a engatinhar entre as pernas das pessoas numa triste tentativa de recuperar os absorventes antes que mais alguém os veja. É como uma versão da vida real daquele jogo do sapinho (que, aliás, é um jogo horrível para crianças) tentando atravessar a rua sem ser atropelado. Não admira eu não ter carteira de motorista. Eu grito quando o tênis de corrida enorme do Sylvester Brock esmaga minha mão no processo e grito de novo ao quase levar um chute na testa de um calouro que corre na velocidade máxima. Começo a tentar imaginar o que fiz para merecer um destino tão inclemente. Devo ter feito alguma coisa muito tenebrosa numa vida passada. Pelo menos, é o que a Nori diria.

Ao me levantar, de rosto vermelhíssimo, recolhi exatamente oito absorventes. Todo mundo – até mesmo a Judy Holloway, a menina que usa orelhas de gato e rosna para os inimigos – está me julgando. Clay e Joey estão chocados, de boca aberta. E o pior é que um absorvente fugitivo está rolando diretamente até os sapatos do Clay.

– Hã. Oi. Olá. Desculpa por isso – começo a grasnar, fazendo um aceno desastrado.

É bem diferente do aceno tímido e bonitinho que imaginei fazer, já que estou brandindo oito absorventes entre os dedos feito o Edward Mãos de Tesoura.

Clay está com o rosto imóvel, obviamente horrorizado. Achei que não haveria nada mais destruidor para o meu ego do que a possibilidade de ele recusar meu convite para o baile, mas estava completamente enganada.

Ele chuta o absorvente fugitivo na minha direção como se fosse uma granada ativada. Depois, dá as costas e segue na direção contrária com o Joey. Eu me abaixo para recolhê-lo – e tenho vontade de me desintegrar no chão.

Adeus, mundo cruel. Pelo menos minha temporada aqui foi quase boa.

Quando volto, o Renner está encostado nos armários com o décimo absorvente entre os dedos.

Respiro fundo, tentando me preparar para as provocações. Mas, quando o Renner me entrega o absorvente, capto na expressão dele um rápido vislumbre do que parece pena. Pior ainda.

Quando finalmente fecho a mochila rasgada e o armário, o Clay desapareceu, assim como a minha esperança de convidá-lo para o baile.

Capítulo seis

Três dias antes do baile

O Renner está atrasado. Nossa, que surpresa.

Combinamos de pegar os objetos de decoração às 6h da manhã para começar a arrumar o lugar do baile. Agora são 6h05.

Tudo bem. Quem liga para o tempo das outras pessoas, não é mesmo? Não que eu queira mesmo sair de casa.

Estou jogada no sofá, toda torta, esperando o Renner chegar. Sinceramente, ainda estou mal. Quando fecho os olhos, a lembrança da expressão do Clay Diaz quando viu o meu absorvente me atormenta. Ele teve *nojo* (e mesmo assim continuou incrivelmente bonito). "Teve nojo" deve ser um eufemismo bem generoso.

Não chega a ser tão humilhante quanto a vez em que uma rajada de vento levantou minha saia no sexto ano, mostrando para toda a turma minha calcinha com um absorvente externo extragrande – mas é quase tão ruim quanto essa vez.

A Kassie e a Nori tentaram me convencer de que a menstruação não é motivo de vergonha, que é natural, blá-blá-blá. Pela lógica, concordo. Mas derramar uma farmácia inteira de produtos femininos na frente de todo o corpo estudantil (incluindo o alvo da sua paixonite) é totalmente humilhante, não importa como você interprete a situação.

Para piorar, isso arruinou minha entrevista para a bolsa de estudos. E, quando digo *arruinou*, quero dizer que tagarelei sem a menor coerência sobre o conceito de dois pesos e duas medidas em se tratando de mulheres e homens. Só para constar, Cynthia, a presidente da fundação, pediu apenas que eu resumisse minhas maiores realizações acadêmicas.

A culpa é do Renner, óbvio. Se ele não tivesse me atrapalhado e depois rasgado o bolso da minha mochila feito um macaco, isso nunca teria acontecido.

A Nori decretou que devo mandar uma mensagem para o Clay para reparar os danos. *É mais esquisito fingir que a explosão de absorventes NÃO aconteceu.* A Kassie concordou e disse que isso me dá uma desculpa para começar uma conversa em vez de recorrer à minha primeira opção: desaparecer na obscuridade.

Depois de muito debate no nosso grupo só das meninas, hoje de manhã mandei uma mensagem para ele (devidamente aprovada por elas) no Instagram.

Eu: Oi, Clay! Desculpa pelo que aconteceu ontem no corredor. Tomara que você não esteja muito traumatizado.

E então começou. Uma eternidade encarando a tela do meu celular. É como ficar olhando a água que eu coloquei para ferver sob a ilusão de que os lasers dos meus olhos vão acelerar o processo.

Cansada da falta de resposta, mando um SOS no grupo das meninas, o que só aumenta minha ansiedade. Sempre que o celular vibra com mensagens de *Fica tranquila*, sou tomada pela esperança de que seja o Clay.

Já reiniciei o celular duas vezes, paranoica porque ele não está recebendo nenhuma notificação. Só posso concluir que o Clay me acha esquisita demais. (Estaria correto.)

Meu telefone vibra e meus batimentos cardíacos dobram de velocidade.

Sua Majestade: dsclp, 5 min.

Resmungo, ranzinza. Desde o nono ano o Renner tem a mania irritante de roubar meu celular e mudar o nome de contato dele. E, desde a eleição do grêmio estudantil, ficou mais petulante com os nomes.

O Presidente Gostosão
Comandante & Chefe
Seu Pior Pesadelo
O Excelentíssimo J.T.R.
J. T.

Na minha opinião, *Tonto* ou *Satã* seriam mais apropriados. Mudo logo o nome dele para a última opção, com o emoji de demônio roxo.

O som de passos no corredor me arranca do transe; minha mãe acordou.

– Hoje a Rachael está acabando comigo – anuncia ela num bocejo.

Rachael é uma psicopata fictícia que tem o hábito de envenenar seus maridos. Faz parte do "processo" da minha mãe falar sobre seus personagens como se fossem pessoas reais.

– Que chato. Talvez a Rachael deva falar com um psicólogo – murmuro.

– Ah, ela adoraria essa atenção, aquela narcisista.

Minha mãe está revirando a bolsa dela, fazendo malabarismo com o telefone, os óculos escuros, a carteira e as chaves de um jeito que dispara minha ansiedade. Finalmente, ela joga um pacote de Band-Aid na minha direção.

– Peguei ontem à noite no trabalho. É para as bolhas nos seus pés.

– Valeu – agradeço sinceramente.

Minha mãe desaba no sofá ao meu lado, pondo meus pés maltratados no colo dela para uma inspeção.

– Sapato ortopédico, o cacete. Por que você não vai de sapatilha?

– A Kassie diz que sapatilha é básica demais.

Minha mãe revira os olhos.

– É bem a cara dela dizer isso. Enfim, como foi na escola? Não é hoje aquela entrevista importante para a bolsa de estudos?

– Foi ontem.

– E como foi?

Meu futuro mergulhou de cabeça pelo ralo. O Clay Diaz também me acha bizarra. Vou ficar sem par no baile. Minha melhor amiga vai morar muito, muito longe em questão de meses. A vida que conheço está mudando. Tudo bem. Não tem problema. Não é nada de mais. É lógico que estou esgotada demais para dizer tudo isso em voz alta, então me limito a uma frase mal-humorada:

– Não tenho forças para falar sobre isso.

– Bom, vou estar aqui quando você estiver pronta – responde ela, embora as olheiras debaixo de seus olhos azuis informem que por enquanto ela não tem condições de fazer nenhum esforço emocional.

– Valeu. Agradeço muito.

Minha mãe ajeita minhas pernas no colo dela e se aconchega comigo no sofá.

– Você não ia comemorar a entrevista e o fim das provas com a Kassie? Ela não veio aqui ontem à noite.

– Ela estava com o Ollie. Grande novidade? – resmungo.

Consigo interpretar o olhar dela. Está prestes a começar o mesmo discurso que tem feito desde o nono ano de que preciso ser sincera com a Kassie e dizer que fico magoada quando ela me dispensa.

– Sabe aquela foto de você pequena com aquele macacão de crochê?

Enrugo a testa de propósito, sem entender o que isso tem a ver com a Kassie.

– Aquele que me deixa com a bunda caída?

– Foi a Georgia que fez o macacão e me deu de presente no meu chá de bebê – conta ela, dando uma cutucada carinhosa nas minhas costelas.

– Quem é Georgia?

– Pois é. A Georgia foi minha melhor amiga do começo até o fim da escola. A gente era unha e carne, que nem você e a Kassie. Sua avó dizia que a Georgia era a segunda filha dela, porque ela praticamente morava lá em casa.

– Como é que nunca ouvi falar dela?

Minha mãe tem um pequeno círculo de amigas com quem bebe (muito) vinho nas reuniões mensais de um clube de leitura, e nenhuma delas se chama Georgia.

– Porque não somos mais amigas – responde ela com simplicidade.

– O que aconteceu? – Franzo o rosto ainda mais, percorrendo uma lista de possíveis formas medonhas de se trair a melhor amiga.

Ela batuca os dedos nas minhas pernas, de olhos marejados.

– A gente acabou se afastando. Depois da faculdade, ela fez um mochilão pelo mundo. Eu vim morar em Maplewood, casei com seu pai e tive você. A gente passou um tempo se falando todo dia por telefone. Depois, virou uma vez por semana, uma vez por mês, e aí a gente começou a evitar os telefonemas uma da outra... Só ligávamos de volta por obrigação, sabe?

– Obrigação? Mas ela não era sua melhor amiga?

– Era. Não teve nenhuma discussão, nenhuma briga, nenhum motivo para pararmos de conversar. Acho que acabamos vivendo duas vidas totalmente diferentes que não se cruzavam mais. – Minha mãe dá uma risada leve. – Na verdade, nem somos mais amigas no Facebook.

– Ninguém mais usa o Facebook, mãe.

Eu olho para ela desconfiada, balançando a cabeça. Sei aonde pretende chegar com essa conversa.

– Isso *não* vai acontecer comigo e com a Kassie.

Já combinamos que vamos ser madrinhas de casamento e dos futuros filhos uma da outra.

Minha mãe suspira e abre um sorriso fraco.

– Não estou dizendo que vocês não vão ser melhores amigas daqui a vinte anos. Mas a amizade pode mudar. Às vezes, as pessoas se afastam. É a vida. Mas nem por isso é menos doloroso.

Afugento essas palavras como se fossem moscas inconvenientes. Não quero ser grossa, mas minha mãe não tem a menor noção do que está falando. Não consigo imaginar uma realidade em que a Kassie não fique entupindo meu celular com mensagens, perguntando se ficou gata com determinada roupa numa escala que vai da avó dela até a Kylie Jenner ou se está usando pó bronzeador demais. E também tem as mensagens sérias, em que ela desabafa sobre como queria que seus pais se divorciassem logo, porque os dois já jogaram a toalha faz tempo.

Minha mãe percebe que para mim a conversa acabou e começa a rolar a tela rachada do seu iPhone.

– Quer pedir pizza hoje à noite?

– Pedimos pizza na semana passada – eu a lembro.

Já faz anos que somos só eu e minha mãe. Não somos o tipo de família que janta junto todas as noites e conta como foi o dia. Em geral, comemos no sofá. Desde que meu pai foi embora, minha mãe acha que sentarmos só as duas à nossa mesa de seis lugares é "deprimente". Ela deve ter razão. Tenho lembranças vívidas de estar à mesa com meu pai. No começo de cada jantar, ele perguntava o que eu tinha aprendido na escola naquele dia. De boca cheia, eu aproveitava a oportunidade de exibir todo o meu conhecimento recém-descoberto, recitando fatos de todas as matérias. Melhor ainda se eu tivesse uma nota boa para anunciar. O jantar era quando eu e meu pai ficávamos mais unidos, provavelmente porque ele passava a maior parte da noite trabalhando. Sentar à mesa em frente ao lugar dele vazio parece... errado, como um lembrete gritante daquilo que não tenho mais.

Minha mãe apoia os pés descalços na mesa.

– Que tal Subway? Ah, antes que eu esqueça, recebi uma mensagem de voz ontem à noite.

– Mensagem de voz? De quem?

– Do seu pai.

Meu estômago dá um pulo.

– Ah.

Que estranho. Meu pai nunca telefona só para conversar. Prefere mandar mensagens às vezes, apenas perguntando sobre a escola, como se as minhas notas fossem a única coisa que lhe interessasse. Só falamos no telefone no Natal e no meu aniversário, que acontecem com um mês de diferença.

– Ele deixou uma mensagem meio confusa. Falou para eu pedir para você ligar para ele se quiser.

Minha mãe está usando aquele tom de voz neutro e forçado de quando não quer me convencer nem de uma coisa nem de outra.

– Se eu quiser? – repito, em dúvida.

– Sei que ele não é o Pai do Ano, mas acho que você deveria ligar para ele.

Há algo estranho na voz dela, uma cadência incomum e nervosa, como se houvesse algo mais por trás das palavras.

– Por que eu deveria ligar?

Não me preocupo em disfarçar minha acidez. Meu pai saiu de casa quando eu tinha 9 anos. Minha mãe passou meses em depressão por causa disso. Acampar com a Kassie naquele verão foi o que me salvou – ir a um lugar onde eu podia esquecer tudo me enfeitando com adesivos e tatuagens de rena, enchendo a cara de doce e sacolé, e não pensar na saudade que sentia do meu pai e do jeito como as coisas eram antes.

Por muito tempo os telefonemas dele eram o ponto alto da minha semana. Ficava ansiosa para contar a ele sobre minha nota na última prova ou sobre o discurso do ensino fundamental em que eu arrasei, assim como fazia nas nossas conversas durante o jantar. Quando eu dava uma notícia boa, ele ficava todo feliz e carinhoso.

No fim do ensino fundamental, a situação tinha mudado. Ele começou a subir os degraus da tal escada da vida corporativa e se casou com uma mulher chamada Shaina, de quem está atualmente se divorciando. Ela era simpática de um jeito meio formal e tinha uma coleção de aventais com babadinhos e cores diferentes para cada ocasião. Além disso, vivia de acordo com a hashtag #mulherprendada, que é o exato oposto da minha mãe, para quem ser prendada é no máximo fazer um bolo de caixinha. Ela sorria muito, mas já tinha três filhos, por isso não estava muito interessada em mim. Depois que eles se casaram, minhas conversas por telefone com meu pai ficaram distantes e escassas. Consistiam basicamente nas minhas divagações no viva-voz enquanto ele digitava sem parar num laptop. Não importava o quanto minhas notas fossem boas, as respostas dele eram breves, atrasadas e, muitas vezes, não tinham nada a ver com o que eu dizia.

Lá pelo nono ano, a situação foi ladeira abaixo. Liguei para contar que tinha sido eleita representante do grêmio estudantil daquele ano e ele nem lembrava que eu estava concorrendo. Foi nesse momento que desisti de querer a aprovação dele. Parei de visitá-lo na cidade. De que adiantava? Ele nunca mais ia voltar, não importava o que eu fizesse.

Mamãe brinca com um fio solto na minha blusa, e isso me lembra que preciso pedir para ela costurar o rasgo na minha mochila.

– Bom, ele ainda está saindo com aquela namorada nova. Pode ser que ele queira te apresentar.

Torço o nariz.

– Qual namorada? A assistente?

Desde que anunciou o divórcio de Shaina, ele teve algumas namoradas, todas com menos de 30 anos.

– Não. Ela não trabalha para o seu pai. É publicitária. O nome dela é Alexandra. Fucei as redes sociais dela, e é muita areia para o caminhãozinho dele – acrescenta minha mãe, rolando a tela em busca de uma foto, e vira o celular para mim.

Meu pai sem dúvida tem um tipo preferido de mulher: a jovem. Alexandra não é exceção. Ela é bronzeada e está de maiô preto, iluminada pelo sol, na varanda do que parece ser um resort. As maçãs do rosto bem marcadas e o corpo esbelto me lembram uma daquelas modelos de cabelo escuro da Victoria's Secret.

– Então parabéns para ele – resmungo.

Mas ainda não tenho interesse em conhecê-la, mesmo que ela seja uma pessoa legal, e provavelmente é, se ele já vai estar com outra no mês que vem.

– Sabe, você também precisa se empenhar para ter uma relação com seu pai. Talvez visitar ele no verão. Você pode viver o verão das poderosas na cidade.

Lanço um olhar venenoso para ela enquanto digito uma mensagem de SOS para a Kassie sobre meu pai e a namorada nova.

– Mãe, para com isso.

– É só uma ideia. Você não quer acabar cheia de problemas mal resolvidos com seu pai, igual a mim e à Rachael.

Tarde demais, mãe, penso no momento em que um trambolho vermelho para na frente de casa.

É o Renner. Finalmente.

Capítulo sete

A van vermelho-cereja do Renner é famosa e conhecida por mais de um nome. Às vezes é Bomba de Cereja, ou a Van do Paizão. Na verdade, depende do humor do Renner. Ele a dirige com confiança, levando e trazendo todo mundo das festas quando não está bebendo.

O cheiro de roupa recém-lavada do aromatizante de carro me atinge quando me acomodo no banco do passageiro. Eu me encolho, tirando um suporte atlético do caminho com um chute.

Antes que eu possa abrir o Maps, Renner arranca dali como um dublê de motorista hollywoodiano – numa direção completamente errada. Eu aperto com força a borda do assento.

– Você sabe pelo menos aonde a gente tem que ir?

Ele levanta um ombro, com o braço apoiado no volante. Com certeza não foi isso que aprendemos na aula de direção.

– Ah. Sei para que lado fica.

– É óbvio que não, porque é para lá – respondo, apontando para trás com o polegar.

Ele continua no mesmo rumo enquanto a Siri grita que devemos virar. Quatro quadras depois, ele finalmente para e faz o retorno.

– Você é quem menos tem direito de me dizer como dirigir.

O Renner sente um nível perturbador de alegria ao me lembrar que fui reprovada na prova de direção – *duas* vezes. Na primeira, não consegui fazer baliza, mesmo depois de cinco tentativas. Na segunda, meu para-choque tocou só de leve o quadril de uma mulher muito grávida no estacionamento do departamento de trânsito. Chorei e praticamente ofereci a ela meu futuro filho primogênito como pedido de desculpas. (Ela não quis meu bebê hipotético e pareceu ficar horrorizada com a oferta.) Mas, em minha defesa, ela estava usando um vestido exatamente da mesma cor do asfalto.

– Olha aqui, ninguém faz baliza – respondo.

– Todo mundo faz baliza.

– Você está sentado num trono de mentiras. – Dou uma bufada, ansiosa para sair da van. A mera proximidade do Renner é prejudicial para o meu bem-estar. – Vira à direita no semáforo.

– E aí, já convidou o Clay Diaz para o baile? – pergunta ele, aumentando o volume de uma música do Kane Brown.

Ouvir o nome do Clay me dá vontade de socar alguma coisa.

– Não é da sua conta.

– Vou entender isso como um não.

– Até parece que vou convidar ele depois do que aconteceu ontem.

O Renner levanta o ombro.

– Sério, não entendi qual é o problema. Você derrubou uns absorventes na frente dele. E daí?

Não tenho paciência para explicar as regras do patriarcado para ele. Fico tensa e viro o rosto, olhando pela janela do passageiro. Estamos cruzando o centro da cidade pelo menos 15 quilômetros acima do limite de velocidade.

– Não é só pelos absorventes. A situação toda me deixou abalada. Fui mal na entrevista da bolsa de estudos.

– E isso também foi culpa minha, né?

– É. Foi, sim.

– Relaxa. Aposto que não foi tão ruim quanto você pensa.

– Para você é fácil falar. Você veio ao mundo a passeio, não tem a menor consideração pelo tempo dos outros, e mesmo assim todo mundo te adora, não importa que besteira você faça.

– Olha, desculpa – diz ele, tão depressa que não sei se ouvi direito.

Meu corpo fica tenso, sem saber como reagir. Um pedido de desculpas? Do Renner? É fraco e levemente ambíguo, mas mesmo assim é um pedido de desculpas. Isso é novidade.

– J. T. Renner está mesmo se desculpando? Deve ser uma alucinação.

– Só para constar, estou me desculpando por rasgar sua mochila. Não por ficar na frente do meu armário, onde tinha todo o direito de estar.

A resposta me convence.

– Isso é uma brincadeira ou o quê? Porque... não é muito a sua cara.

Ele levanta as sobrancelhas.

– Talvez você não saiba muita coisa sobre mim.

– Duvido.

Conheço bem o Renner. Na verdade, bem até demais. Todo bom líder deve conhecer o inimigo. Conhecimento é poder. Nos últimos quatro anos, reuni informações por meio de observação pessoal, fontes confiáveis e perseguição direta nas redes sociais. Para ser sincera, eu provavelmente conseguiria escrever a biografia dele. Sei que o recheio e o queijo são a primeira coisa que ele come numa pizza (um alerta vermelho grave). Ele tem uma pequena cicatriz no lado esquerdo do queixo por causa de uma pancada brutal que levou numa partida de futebol americano no nono ano. Embora em geral seja aventureiro, tem fobia extrema de altura e germes. Nunca compartilha um utensílio nem uma bebida com ninguém. Além disso, reconheço que ele é um bom amigo (pelo menos para as pessoas de quem gosta). Ele faz qualquer coisa para incluir todo mundo nos planos (bom, menos eu).

Como não respondo, ele começa a gaguejar:

– Posso... hã... comprar uma mochila nova para você?

– Tudo bem. Não preciso de uma nova.

Ele coça a cabeça.

– Bom, acho que estou te devendo.

– Com certeza. E pode me compensar não deixando o baile virar um desastre.

– É, porque o meu plano é este mesmo: organizar um baile bem horroroso e estragar a noite de todo mundo só para te irritar.

Eu me remexo no banco.

– Não estou pronta para descartar essa possibilidade. Me irritar é seu modus operandi, e você já deu o primeiro passo quando esculhambou o tema que eu tinha escolhido.

– Você precisa deixar isso pra lá. Sua ideia era ruim. Aceita e pronto. E todo mundo adorou Fundo do Mar – afirma ele, convencido.

– Eu, não.

– Parece uma boa história da origem de uma vilã.

– É ótima – concordo, batucando no queixo e depois olhando para ele. – Você vai ser minha primeira vítima.

– Não espero menos que isso. Mas não estraga o meu rosto. Quero um velório com o caixão aberto.

– Claro que quer. E uma carruagem com cavalos para transportar seu corpo pela cidade toda, certo?

– É, pode ser uma diligência de ouro.

Aproveito o silêncio por um minuto inteiro até Renner interrompê-lo.

– Ainda não tem companhia para o baile, né?

– Não é da sua conta.

Ele resmunga baixinho alguma coisa ininteligível e aumenta o volume de "Every Morning", do Sugar Ray. É sempre uma alegria quando consigo silenciá-lo.

– *Every morning there's a halo hovering around the top of my beeed* – berra ele a plenos pulmões.

– A letra não é assim – aviso.

Ele dá de ombros.

– Você é fiscal de letra, é? Essa é a essência da música.

– Ele diz *my girlfriend's four-post bed* – pronuncio devagar.

– Só acredito se você cantar.

– De jeito nenhum.

– Você que sabe. – E continua a grasnar a letra incorreta.

Para a sorte dos meus tímpanos, entramos no estacionamento alguns minutos depois, graças ao Maps. Brenda, a proprietária da loja de artigos para festas, nos cumprimenta com uma carranca mal-humorada; provavelmente incomodada com nosso atraso. Mas basta um pouco de conversa fiada com o Renner para ela ficar encantada. Ele lança feitiços, só pode ser.

– Sua coleção é fantástica, Brenda – elogia o Renner, dando uma olhada no depósito. – Há quanto tempo você está no ramo?

– A loja é da minha família há muitos anos. Meu avô abriu no começo dos anos cinquenta – responde ela, de olhos fixos nele.

O Renner solta um assobio admirado.

– Que maravilha. Tanta história – digo com entusiasmo.

Mesmo assim, Brenda não desgruda os olhos do Renner. É como se eu fosse um grão de poeira.

Ele abre mais um sorriso.

– Agradecemos muito por deixar a gente dar uma olhada assim tão cedo.

O peito amplo da Brenda vibra quando ela dá uma risadinha. Ela abana a mão como se não fosse o menor incômodo.

– Sempre que precisar voltar, é só me ligar. Eu moro perto e posso passar rapidinho aqui – sugere ela, entusiasmada.

Enquanto eu escolho todos os itens de que precisamos para o baile – cortinas, toalhas de mesa e capas de cadeira –, o Renner age como um menino de 5 anos numa loja de brinquedos, distraído com todo tipo de coisas desnecessárias. Ele até tenta me convencer a mudar o tema para Mardi Gras por causa de um enfeite de parede em forma de carta de baralho gigante que chama sua atenção.

Há um mês, eu ficaria feliz em escolher Mardi Gras em vez de Fundo do Mar, mas agora é tarde demais. Ele saberia disso se levasse o papel de presidente a sério.

Acabamos pegando dez lanternas em formato de água-viva, vários animais aquáticos de papelão, uma rede de pesca, conchas e serpentinas. A Nori pediu balões para formar um arco para tirar fotos, e outros para soltar do teto quando anunciarem a rainha e o rei do baile. Então, também levamos uma quantidade absurda deles.

Nosso processo de seleção envolve várias divergências, como que tom de azul é *menos* brega para os guardanapos – ciano ou turquesa. O Renner também está afoito para alugar um tubarão de papelão igual ao do filme.

Eu espero ao lado da van, deslocando o peso de um pé para o outro para aliviá-los enquanto ele enche o porta-malas de itens de decoração. Observo seus braços musculosos flexionados por baixo da camiseta de algodão, e uma única gota de suor escorre pela minha têmpora. Deve ser o calor.

Desvio o olhar quando meu celular vibra na mão.

É meu pai.

Capítulo oito

Que estranho. Meu pai nunca liga direto para mim. Primeiro, prefere passar pela minha mãe, como se eu fosse uma criança pequena. Apesar de achar que vou me arrepender, atendo.

– Alô?

– Charlotte, sou eu, seu pai.

Parece absurdo que ele precise avisar, mas deve ser porque quase não nos falamos.

– Oi – respondo, torcendo para ele ir direto ao assunto.

Há uma pausa sugestiva. Tem alguma coisa acontecendo.

– Sua mãe te disse que eu liguei?

– Disse. Desculpa por não ter ligado de volta, é que ando muito ocupada com a escola e outras coisas.

– Não tem problema. Escuta, estava pensando se você não quer almoçar comigo na cidade.

O tom de voz dele é artificial. Quase robótico, como se estivesse lendo um roteiro.

Por um instante me distraio com o Renner tentando encaixar um peixe--palhaço de papelão na traseira da van. Se eu não interferir logo, ele vai arranhar a pintura.

– Hã, agora estou meio ocupada com o baile e a formatura. Acho que não dá para ir. Quem sabe no verão?

Sugiro isso só por desencargo de consciência. Será que deveria ficar mais empolgada com a ideia de ver meu pai? Provavelmente...

– Na verdade, é sobre isso mesmo que eu gostaria de falar com você – responde ele.

Enquanto isso o Renner consegue enfiar o peixe-palhaço no porta-malas, esfregando as mãos sujas na calça.

– Charlotte? – repete meu pai.

Eu balanço a cabeça, tentando me concentrar.

– Desculpa. Acho que não dá mesmo para eu ir à cidade antes de as aulas acabarem.

– Tudo bem. – Pela voz, ele parece decepcionado de verdade.

O sentimento de culpa se espalha dentro de mim, apertando cada vez mais, até eu lembrar como fiquei arrasada quando meu pai praticamente sumiu da minha vida. Desde então ele perdeu quase todas as ocasiões importantes, como as datas comemorativas, minha formatura do ensino fundamental, o dia em que ganhei um prêmio pelo meu trabalho no grêmio estudantil e todas as reuniões de simulação da ONU, menos uma.

– Não dá para dizer o que você quer pelo telefone?

– Eu... acho que sim – responde ele, indeciso. – Alexandra e eu estamos esperando um bebê.

Ele diz o nome dela com um tom de familiaridade, como se ela fizesse parte da nossa família, como se eu a conhecesse e fôssemos melhores amigas ou coisa assim.

– Um bebê?

Por pouco não engasgo com a saliva. Meu pai vai ter um filho? Com uma mulher com quem só está saindo há uns meses?

– Deve nascer em novembro. Estamos muito felizes.

Fico atordoada enquanto ele começa a tagarelar sobre os desejos da Alexandra e contar que vão ficar na casa da família dela à beira de um lago em Fairfax, uma cidade pitoresca com ar shakespeareano a meia hora de Maplewood, e ele vai diminuir o ritmo no trabalho, talvez até mesmo trabalhar na tal casa do lago quando a criança nascer.

Esta última declaração me pega desprevenida. O trabalho sempre foi a prioridade do meu pai. Nunca fui eu. Agora ele vai diminuir o ritmo? Pelo futuro bebê?

– Eu também estava pensando... Bom, eu e a Alexandra estávamos pensando se você gostaria de passar o verão na casa do lago com a gente. Temos um quarto a mais e a praia fica muito perto...

Ficar com eles na casa do lago? O verão inteiro? Isso é completamente fora do normal. Fora da realidade! Eu entenderia se ele me convidasse para passar um fim de semana – e até isso seria estranho da parte dele. Mas o verão inteiro? O que está acontecendo?

O Renner, ainda guardando as coisas no porta-malas, me lança um olhar rápido de preocupação. Evito olhar nos olhos dele, baixando os meus para o chão.

Penso em todos os anos que eu e meu pai passamos afastados, todas as vezes em que eu queria que ele tivesse comparecido, assim como os pais de todos os meus amigos.

As lágrimas ameaçam cair dos meus olhos, mas consigo contê-las. Quero gritar com ele e dizer como me sinto. Como é injusto ele contar tudo isso para mim. Como estou chateada com ele por não ter passado todo esse tempo comigo, sendo que agora vai estar com o novo filho todos os dias, testemunhando cada marco. Mas só o que sai da minha boca é:

– Pai, não sei. Te ligo depois.

Uma pausa. Em seguida:

– Sei que é um convite de última hora. Queria ter falado com você antes, mas preferimos garantir que o quarto a mais estaria pronto.

– É que... não sei se posso ir.

Outra pausa.

– Bom, pensa um pouco e depois me avisa, tá, filha?

– Aham. Tá bom.

Nervoso, meu pai começa a divagar sobre como devo estar ocupada com o final do ano letivo, mas mal escuto o que ele diz.

O Renner limpa a garganta, lembrando-me mais uma vez de sua presença inoportuna. Ele está com uma das pernas dobrada e apoiada na van e com uma expressão que parece vagamente preocupação. Isso é simplesmente *uma merda*. Ele é a última pessoa que eu queria perto de mim quando estou passando por uma crise pessoal. É demais para mim. Não aguento. Por impulso, desligo a ligação.

O Renner recua um pouco enquanto vou na direção da van mancando por causa das bolhas de ontem.

– Hã, tá tudo bem?

– Era o meu pai. Ele vai ter um filho. Com a namorada que só conhece há uns meses – digo, curta e grossa. Ele já ouviu a conversa mesmo.

Ele se acomoda no banco do motorista.

– Pelo jeito não é uma boa notícia, né?

Ponho o cinto de segurança, cravando os olhos no para-brisa por um minuto antes de finalmente respirar fundo e responder:

– Não sei.

Já estou com a consciência pesada por não ficar feliz por ele e pela Alexandra. Racionalmente, sei que um bebê é uma boa notícia. Mas por que isso me deixa tão mal?

– Quem sabe é legal ter uma irmã ou irmão caçula – sugere o Renner. – Principalmente se você é filha única...

– Eu e meu pai não nos falamos. Nem conheço a namorada dele – interrompo, torcendo para ele abandonar o assunto.

E é o que ele faz.

O GINÁSIO ESTÁ VAZIO, exceto por mim e pelo Renner, que no momento está lá fora tirando a decoração da van. As aulas só começam daqui a uma hora.

Estou pensando em como distribuir as tarefas de todo mundo quando meu celular vibra de novo.

> PAI: Esqueci de te perguntar: Alexandra quer saber qual é a
> sua cor preferida. Ela quer mandar pintar o quarto neste fim
> de semana.

Enquanto leio a mensagem, minha mente me ataca com imagens de crianças sendo abraçadas e adoradas pelos pais. Estendo a mão para me apoiar na parede atrás de mim.

Sentindo fraqueza, eu me deito no capacho da entrada e cubro o rosto com as mãos. Fico de bochechas molhadas e dedos manchados de rímel. A visão das minhas mãos sujas provoca um soluço que sacode meu corpo inteiro.

Por entre as lágrimas, enxergo vagamente o Renner tirando uma escada velha e instável do depósito. Ao me ver, ele para de repente.

– Eu... hã... Quer que eu vá embora?

Olho para ele desconfiada. Não me dou ao trabalho de me levantar. Com uma das mãos, o Renner me dá três tapinhas desajeitados no ombro. Ele não se atreveria a me tocar a não ser que eu estivesse num aperto, o que só deixa a situação toda ainda mais patética. A última coisa de que preciso é do J. T. Renner tentando me consolar por pena. Hoje ele já viu partes demais da minha vida.

Quando minhas lágrimas voltam, ele sai do ginásio. Por um momento, presumo que foi embora mesmo, mas ele volta com um punhado de papel higiênico e o larga no meu colo.

– Valeu – consigo dizer antes de assoar o nariz.

Ele apoia a escada num canto e para na minha frente.

– Posso te ajudar a levantar?

– Tá bom.

Ele curva os lábios num sorriso desconcertante e me puxa pelo braço sem a menor delicadeza, pondo-me de pé meio desequilibrada. Estamos a poucos centímetros um do outro, quase encostados. Acho que nunca estive tão perto dele. Duas tragadas do seu perfume cítrico e recupero a firmeza.

Percebo o círculo dourado em volta da íris dele. Os cílios longos. A minúscula cicatriz em forma de meia-lua na testa. Os lábios parecem macios, quase acetinados.

De repente, me dou conta da etiqueta áspera da minha blusa, do meu coque meio caído e da tensão na minha mandíbula, e fico atenta ao fato de que ele também me encara. Seu olhar vasculha meu rosto intensamente, talvez avaliando meus olhos vermelhos e bochechas inchadas. E agora ele me viu chorar até não poder mais. Antes que comece a implicar comigo por causa disso, me afasto e espano a sujeira da minha calça de moletom.

Ele solta um pigarro e balança para a frente e para trás, enfiando as mãos nos bolsos da calça.

– Hã, então, o que posso fazer?

Pisco algumas vezes, fazendo um esforço tremendo para tirar meu pai e o bebê suplente da cabeça. Não tenho tempo para pensar nele. Ao longo dos anos, aprendi que varrer esses pensamentos para debaixo do tapete é mais fácil. Ficar remoendo por muito tempo me sobrecarrega. Pesa demais. É como uma dor intensa que me deixa sem ar.

– Pode começar pendurando as algas de papelão nas paredes – explico.

E fico esperando o Renner me provocar, porque ele é assim. Mas, em vez disso, ele se vira e, muito obediente, começa a enfeitar a parede oposta.

Trabalhamos em silêncio durante pelo menos meia hora, só nós dois, o que é mais reconfortante do que eu esperava. Aprecio a quietude, sabendo que o lugar vai ficar tumultuado quando Kassie, Ollie e Nori chegarem.

– A Kassie mandou uma mensagem. Ela e o Ollie vão se atrasar – aviso.

A Kassie ainda não reagiu ao SOS que mandei hoje de manhã sobre a nova namorada do meu pai. Não há resposta. Como sempre. E olha que eu chego com todos os petiscos favoritos dela praticamente no mesmo instante em que ela tem qualquer briguinha com o Ollie. O mínimo que ela pode fazer é responder a uma mensagem, ainda mais porque ela estava comigo quando tudo aconteceu, desde o verão em que meu pai foi embora. Ela percebeu como fiquei abalada vendo o pai dela tirar fotos sem parar na nossa formatura do ensino fundamental enquanto não havia nem sinal do meu, apesar das promessas que fez.

Renner me espia enquanto se esforça para rasgar um pedaço de fita adesiva com os dentes.

– Seria mais rápido com uma tesoura – comento, indo até o armário de suprimentos.

Renner me acompanha, apontando o queixo para as caixas tomadas por teias de aranha e empilhadas no canto.

– Vi uma tesoura numa dessas caixas antes.

Quase rasgo as abas empoeiradas de uma caixa ao puxá-la por um canto, e no processo quase dou um mau jeito nas costas. É mais pesada do que eu esperava. Dentro dela há um objeto de aço reluzente e cilíndrico.

Na frente, escrito à mão, leio *Cápsula do Tempo – Turma de 2024*.

É tradição que cada turma de formandos da escola enterre uma cápsula do tempo depois da cerimônia de formatura com cartas escritas para nós mesmos abrirmos aos 30 anos.

– É a *nossa* cápsula do tempo – comento.

No momento em que toco o metal frio, a eletricidade estala na ponta dos meus dedos. Sinto alfinetadas descerem do pescoço pelas costas.

– Ai. Choque estático.

Levanto a mão por um instante e, quando passo o dedo outra vez, o metal está quente, sem mais nem menos.

É lógico que o Renner não escuta. Igual a uma criança enfiando um garfo numa tomada, ele passa a mão no metal e leva um tranco, pulando para trás.

– Eu te avisei – declaro, provocando-o.

Massageio minha têmpora. É estranho, mas de repente estou zonza.

Ele me ignora, recolocando a cápsula na caixa com um movimento que também sugere tontura.

– Aposto que você já terminou sua carta.

– Ainda não. – Aperto meu coque, fazendo uma anotação mental de que devo terminar hoje à noite. – Onde você vai estar aos 30, Joshua Taylor Renner? Comendo miojo só de cueca, apodrecendo no porão dos seus pais?

Reprimo o impulso de finalizar com uma gargalhada diabólica. Pelo que eu soube, o Renner vai fazer faculdade em Boston, mas não tenho a menor ideia de em que ele pretende se formar. Provavelmente alguma coisa inútil tipo a arte do entretenimento com marionetes.

Ele passa o dedo calejado pelo queixo enquanto volta para o ginásio. Ainda zonza, vou atrás dele, abandonando a cápsula do tempo no armário.

Agora estamos trabalhando na mesma parede, quase lado a lado, quando ele finalmente responde à minha pergunta:

– Pensei em me formar em administração. Ou talvez direito. Se bem que eu sempre quis ser técnico de um time universitário.

O Renner passa os verões como voluntário no acampamento infantil de rúgbi e atletismo como auxiliar técnico. Trabalhar na liga principal já é outra história.

– Time universitário? Me poupe. No máximo professor de educação física.

Os olhos dele brilham.

– Isso também está no topo da minha lista de possibilidades, se as outras não rolarem.

– Que conveniente!

Dou uma risadinha sarcástica ao imaginar o Renner com o que resta do cabelo penteado de lado para disfarçar a careca, um casaco de time esticado por cima da pancinha de cerveja e um apito pendurado no pescoço, decidido a reviver sua juventude.

Ele franze a testa.

– O que é conveniente?

– Você também quer ser professor.

Eu sempre quis trabalhar com crianças. No primeiro ano, meus avós compraram para mim um pacote de adesivos, e usei todo o papel da impressora dos meus pais para imprimir lição de casa de mentira, colando os adesivos nas folhas e fingindo dar as notas para os alunos imaginários com caneta vermelha.

Ao longo dos anos, meus objetivos mudaram. Primeiro quis dar aulas no ensino fundamental, depois ser diretora de escola e então professora de literatura inglesa do ensino médio. Após atuar num programa de mentoria entre pares no segundo ano do ensino médio, descobri minha verdadeira vocação: conselheira estudantil. Que jeito melhor de exercitar minha compulsão por planejamento do que ajudar outras pessoas a encontrar o próprio caminho?

Renner está com um canto da boca curvado para cima, achando graça.

– Lá vem a teoria da conspiração de novo. Chega a ser engraçado você achar que eu passo tanto tempo pensando em você a ponto de querer copiar sua futura carreira.

Jogo um rolo vazio de fita adesiva no chão, pondo a mão na cintura.

– Em três anos de ensino médio você nunca deu a mínima para o grêmio estudantil. Mas, quando soube que eu ia concorrer à presidência, resolveu se meter. E sabe *há anos* que eu quero ser professora. Agora, de repente, quer virar professor de educação física. Coincidência? Duvido.

As bochechas dele ficam rosadas e ele estufa o peito. Pisei no calo dele. Vitória.

– Já parou para pensar que talvez a gente tenha mais coisas em comum do que você imagina? – Ele faz uma pausa, me encarando com raiva. – Não parou, não. Porque você nunca quis me conhecer melhor.

Está na ponta da língua a resposta de que eu pretendia, *sim*, conhecê-lo melhor. Que até gostava dele, só um pouquinho – até ele me trocar por outra antes do baile. Mas acabo não dizendo nada além de um resmungo irritado:

– Só estou dizendo que é muito conveniente.

– Se enxerga, Char. Seus sonhos não são exclusivos – retruca ele com uma expressão condescendente ao assentar a alga falsa na parede com a mão.

Sinto minhas narinas dilatarem de raiva, mas consigo me controlar até ele dizer:

– Quantos gatos você quer ter aos 30? Nove? Dez?

– Primeiro, eu gosto de cachorro, não de gato. E por que o sucesso é medido de acordo com meu status de relacionamento? Você nem perguntou em que ponto eu estaria na minha carreira bem-sucedida. Se você tivesse essa conversa com o Ollie, nunca perguntaria se ele ia ter gatos.

– Porque já sei que o Ollie vai casar com a Kassie – retruca Renner.

Inclino a cabeça, meio surpresa com a afirmação.

– Verdade. Ollie é um futuro homem-pra-casar.

– Futuro homem-pra-casar? E eu não?

Aperto os lábios numa linha fina.

– Você parece incomodado. É ciúme?

Ele faz uma cara perplexa.

– De quem? Do Ollie?

– Por que não? Você gostava muito da Kassie naquele verão, antes de a gente entrar no ensino médio.

Ele dá de ombros.

– Se você quer descrever assim... Eu tinha 14 anos. Minha mãe ainda escolhia a roupa que eu ia usar na escola. Além disso, a Kassie gosta muito mais do Ollie do que gostava de mim. E eu sempre torci por ele.

A resposta do Renner me pega de surpresa. Sempre achei que ele sentia certo incômodo por seu melhor amigo ter ficado com a garota de que ele gostava, como qualquer um sentiria.

Estou prestes a confrontá-lo, mas a expressão dele volta a endurecer e parece que o momento acabou. Passamos mais alguns minutos trabalhando num silêncio pesado.

– Me passa a serpentina azul? – peço do alto da escada.

Ele pega o rolo que pedi num movimento glacial.

– Anda logo – digo, mantendo-me firme na escada e sentindo os pés cheios de bolhas doerem dentro do tênis.

O Renner apoia o braço num dos degraus do meio, fazendo a escada balançar. Deve ser de propósito. Está tentando me *matar* quando estou mais vulnerável?

– Não entendi por que o Ollie é "futuro homem-pra-casar" e eu não – resmunga ele, ainda irritado. – Não que eu queira casar com a Kassie. Nada a ver. Ela e o Ollie se dão muito bem. Só não entendi por que é que as pessoas não acham isso de mim...

– Não consigo entender por que você se acha digno do título – rebato, debochando. – É só olhar de forma objetiva. O Ollie está com a Kassie há quatro anos. Enquanto isso, no segundo ano do ensino médio você já tinha ficado com pelo menos metade da população feminina da escola.

Não estou exagerando. Quase todas as meninas que conheço ficaram com o Renner em algum momento nos últimos quatro anos.

– Isso não quer dizer que não vou namorar sério um dia. Além do mais, tenho muito para oferecer.

– O quê, por exemplo?

– Para começar, sei dirigir, ao contrário de certas pessoas. E faço um macarrão instantâneo com queijo espetacular.

– Duvido.

Ele balança a cabeça, e percebo um sorrisinho malicioso no canto direito do lábio.

– Nem o macarrão com queijo te deixa intrigada?

Uma gargalhada vem do fundo do meu ser, ecoando pelo ginásio. Agarro as laterais da escada para não cair.

– Tô fora.

– Tá, mas imagina só. Um apocalipse zumbi. Todo mundo morre, menos eu e você.

– Jesus, me leva daqui. – Fecho os olhos por uma fração de segundo e ponho a mão ao peito só de pensar nisso. – Além disso, as mulheres não precisam de marido para serem completas – saliento mais uma vez. – No máximo, você me atrapalharia no apocalipse. Eu não teria tempo para ser sua babá.

Ele continua como se eu não tivesse dito nada.

– Somos os únicos seres humanos que restam na Terra. Você ia preferir continuar sozinha e ser despedaçada por zumbis a vir comigo para sobreviver? – Ele olha bem no fundo dos meus olhos, esperando a resposta.

Será que prefiro mesmo ficar sozinha? É difícil ter certeza. Mas minha mente está exausta demais para analisar hipóteses ridículas. Por isso, contento-me em dizer:

– Prefiro. Agora, passa a serpentina, por favor.

Ele estende o rolo com uma expressão dura como pedra, sem se preocupar em esticar o braço mais do que o necessário. Considerando que acabei de tagarelar sobre ser uma mulher absolutamente independente, não vou pedir para ele facilitar.

Tiro o pé esquerdo da escada para inclinar o peso do corpo só um pouco. Nesse exato momento, uma das algas de papelão cai da parede do outro lado do ginásio.

Tudo acontece muito depressa. O Renner leva um susto e vira o corpo na direção do barulho, tirando o rolo de serpentina do meu alcance sem querer. Eu me inclino só um pouquinho mais para cobrir a distância e, quando me dou conta, tudo virou de lado.

A última coisa que vejo é a expressão horrorizada do Renner quando desabo bem em cima dele.

Capítulo nove

Um som estridente que mais parece uma sirene corta o ar, acordando-me de uma vez.

Uma dor intensa e latejante ameaça atravessar meus olhos. Eu os fecho bem apertados para minimizar a sensação, mas o tormento se desloca para meus tímpanos. *Que som é esse?* Talvez estejam testando os alarmes de incêndio. Fica mais alto a cada segundo, como se alguém aumentasse de uma vez o volume dos alto-falantes da escola.

Sinto cócegas leves na bochecha esquerda. Quando tento me coçar, esbarro numa coisa quente encostada no meu ombro. Será outra pessoa?

A lembrança de desmoronar da escada e cair de cara com o Renner aparece na minha mente em alta definição. Sinto o rosto tenso ao me lembrar daquele momento de pânico, preparando-me para o impacto, antes de tudo se apagar.

Quando encontro forças para abrir os olhos, um raio de sol me cega. Que estranho. Não tem luz natural nesse ginásio escuro, até por isso a formatura sempre acontece no campo de futebol (quando o clima permite).

Com a visão turva, sem querer enfio o cotovelo no corpo relaxado debaixo do meu. Imagino que seja o Renner. Por um milésimo de segundo, sinto peso na consciência por ter aterrissado em cima dele.

Ele solta um grunhido abafado, confirmando que também sente dor.

Somos um emaranhado de braços e pernas. Por algum motivo bizarro, ele está sem camisa. Meus olhos medem o volume de seus bíceps bronzeados. Nossa. Eu sabia que o Renner era trincado e sarado para alguém de 17 anos, mas nunca vi esses músculos tão grandes e definidos. Como é que ele escondeu isso naquelas camisetas coladas?

Por falar em camisetas, onde foi parar a dele? Talvez eu tenha quebrado um osso e ele tenha rasgado a própria roupa, tipo o Hulk, para fazer um torniquete? Improvável. O Renner não sacrificaria o visual dele por mim nem numa emergência médica.

Flexiono os dedos das mãos e dos pés para ter certeza de que todos continuam funcionando bem, antes de rolar de lado. Mas, em vez de ser recebida pelo chão frio e duro do ginásio, meu rosto encontra algo incrivelmente macio e branco, como uma nuvem. Uma espécie de cobertor.

Quando sinto minha mão afundar numa superfície acolchoada, os pelos do meu braço se arrepiam. Estou numa cama. Fui hospitalizada? Estou em algum tipo de cama king-size de hospital chique de gente rica? E, se é isso, por que o Renner também está aqui?

Eu me sento para ver melhor. Com certeza não estou num hospital. Parece um quarto iluminado pelo sol, com paredes lindas pintadas de azul-turquesa. Há uma cômoda larga, branca e envelhecida na parede oposta à cama, perto de uma janela saliente. No chão, há um tapete creme suntuoso com pelos meticulosamente alinhados.

Sinto o cobertor macio na pele e percebo que não estou mais usando calça de moletom e casaco com capuz. Quem me vestiu tem noção de estilo. Estou com um pijama bonito, um daqueles conjuntos chiques de regata e short de seda que só vi na televisão. Que esquisito.

Minha mente começa a metralhar possibilidades. O Renner e eu ficamos bêbados e nos pegamos? Não. Não tem como. É manhã de quarta-feira. Não bebemos. E eu nunca, jamais faltaria a escola para transar, muito menos com o Renner. Mas por que mais estaríamos juntos na cama?

– Onde é que eu tô?

Percebo que falei em voz alta quando o Renner se mexe e vira na minha direção, encostando o braço quente no meu.

Quando me desloco para criar uma distância confortável entre nós, o colchão range e ele abre os olhos. Ao me ver, ele pula como se eu fosse uma criatura sinistra de uma dimensão tenebrosa e rola para o outro lado da cama. Ele cai no chão com um baque forte.

– Char?

Ele espicha a cabeça feito uma marmota saindo de um buraco – e eu dou o maior berro da minha vida.

É o Renner. Os mesmos olhos verde-mar, a mesma cicatriz na testa, o mesmo sorriso torto e relaxado... só que não. Ele está diferente. O rosto parece mais largo, e há alguns vincos novos na testa. O maxilar geralmente liso (e tão bem desenhado que deveria ser ilegal) está salpicado de... pelos faciais? Ele tem barba. Não sabia que ele conseguia deixar a barba crescer.

Quando ele se levanta, meus olhos traidores acompanham a trilha sutil de pelos que desce pelo abdômen esculpido até... Cubro os olhos como se alguém tivesse jogado brasa neles. Acabei de ver o *volume* na cueca do Renner. A imagem ficará gravada a fogo nas minhas retinas para sempre. Tem que existir um jeito de desver isso!

Já vi o Renner sem camisa muitas vezes nas festas que o Ollie dá no verão. Sei que ele tem barriga tanquinho desde sempre. Mas o peito está mais largo. Mais másculo. Assim como o rosto.

Esse aí não pode ser o J. T. Renner.

Será que fui raptada por um assassino muito parecido com o Renner? Ou esse é um irmão mais velho psicótico e secreto? Pego o objeto mais próximo que consigo encontrar para me defender. É um porta-retratos na mesa de cabeceira.

– Não chega perto de mim! – grito enquanto ele contorna a cama.

Do meu ponto de vista, pareço uma agente secreta durona no controle da situação. Mas, na realidade, estou mais para uma personagem de desenho animado empunhando um inofensivo porta-retratos de bordas arredondadas como se fosse uma espada.

Sem achar graça, ele tira o objeto da minha mão e o joga na cama como se não fosse nada.

– Você ia mesmo me bater com um porta-retratos? Sou eu, o Renner.

A voz dele... está igual. É grave, mas tem aquela cadência preguiçosa meio tô-nem-aí.

Balanço a cabeça, e isso só faz o fundo dos meus olhos latejar ainda mais.

– Você não é o Renner.

Não é possível. Mas, de alguma forma, é.

– Por que você está assim?

Ele franze a testa toda.

– Por que *você* está *assim*? – retruca ele, dando uma olhada no meu peito.

Seus olhos estão tão arregalados que parecem pratos.

Meu olhar acompanha o dele. Meu pai do céu. Se antes eu usava sutiã com taça B, isso aqui é pelo menos um C. Seguro com as mãos para confirmar, e meu seio transborda por entre os meus dedos. Aham. *Com certeza* não é mais taça B. Talvez todas as minhas preces por seios maiores tenham sido finalmente atendidas.

Puxo logo o edredom para me cobrir, porque estou sem sutiã.

– A gente... hã... será que...

– Está perguntando se a gente transou? – conclui ele.

Faço que sim com a cabeça.

Ele passa a mão grande pelo cabelo despenteado.

– Não. Quer dizer, acho que não, né? Eu me lembraria. Eu teria que estar *trêbado* – acrescenta, gesticulando na minha direção.

Isso deveria me deixar ofendida, mas o sentimento é recíproco. E, para ser sincera, é um alívio ver que nós dois estamos completamente confusos. Faço uma careta ao pensar no corpo dele junto do meu. Preciso fazer uma limpeza de memória, restaurar o padrão de fábrica.

– Aqui é a sua casa? – sussurro em tom desconfiado, apesar de já saber a resposta.

Ao longo dos anos, estive na casa do Renner muitas vezes. Já tomei conta da Kassie, caindo de bêbada, no quarto dos pais dele. A não ser que tenham feito uma reforma total nos últimos meses, não é onde estamos.

Ele balança a cabeça, analisando o lugar com olhos de águia.

– Não tenho a menor ideia de onde estamos.

Estou prestes a perguntar se ele se lembra da minha queda em cima dele, mas há questões mais urgentes. Por exemplo, a barba.

– Quando foi a última vez que você fez a barba? – pergunto de uma vez, obcecada pelo maxilar dele.

– Hoje de manhã, antes de ir para a escola.

Ele passa a mão no rosto para confirmar e abre ligeiramente os lábios antes de se virar para o espelho de corpo inteiro ao lado do que parece ser um closet.

– Mas o que... – murmura ele, apalpando o rosto.

Desço da cama e vou atrás dele, ainda embrulhada no edredom como se fosse uma capa protetora.

– É falsa. – Estico a mão e puxo a barba dele, que não sai.

– Ai! Que isso? – Ele bate na minha mão.

– Tá. Não é falsa.

Eu me viro, apertando as têmporas com as mãos. No meio de um surto, reparo na foto no porta-retratos jogado na cama.

É a foto de um casal. A mulher usa um delicado vestido de renda lilás, e o cabelo preto e lustroso está preso num coque elaborado, com fios ondulados emoldurando o rosto anguloso. O homem veste uma camisa social índigo--escuro. Ele beija a testa dela, olhando-a como se quisesse ficar ao seu lado para sempre. Pelo jeito, é o tipo de amor em que um prefere morrer uma morte pavorosa a ficar dois segundos sem o outro.

Ao olhar com mais atenção, estranhamente, parece que os conheço.

Enquanto olho para a foto, inclinando a cabeça feito um cachorro para vê-la de todos os ângulos, a ficha cai.

O casal somos nós.

Capítulo dez

Jogo o porta-retratos no chão como se fosse um punhado de cocô de cachorro.

— Só pode ser brincadeira!

— Só se for uma brincadeira muito elaborada – responde ele, incrédulo, incapaz de parar de pentear com os dedos sua barba verdadeiríssima.

Sinto minhas bochechas quentes.

— Parece coisa da Nori. Ela está sempre brincando no Photoshop. Lembra aquela vez em que ela colou a cabeça de todo mundo na foto do elenco de *Riverdale*? Ficou bem realista.

Fiquei magoada porque ela pôs minha cabeça na Betty e a do Renner no Jughead. Nem mesmo aquela dupla absurda e photoshopada prestava.

— Mas como é que a Nori... como é que *alguém* poderia fazer... tudo isso?

Ele faz mais um gesto vago em direção ao meu peito, mas logo reconsidera ao ver minha careta.

Meu seio esquerdo ameaça escapar desse pijama de seda esquisito. Corro para o closet em busca de literalmente qualquer coisa que possa me cobrir.

O closet está cheio, mas parece organizado, com espaços separados para duas pessoas. Há um cesto de roupa suja no chão, e jogado em cima dele está um casaco cinza onde se lê *Escola Maplewood* no peito. Pego o agasalho e visto.

Quando volto, o Renner está no banheiro da suíte. Igual a uma criança distraída com objetos brilhantes, ele passa a mão pela bancada de mármore e pela torneira automática enquanto admira sua barba no espelho. Está fazendo aquele biquinho que os modelos fazem quando tentam ficar sensuais. *Por isso* sei que é ele mesmo. Seu ego é incomparável.

O corredor depois do quarto (nosso quarto?) está iluminado de rosa pelo sol da manhã. Parece que estamos no segundo andar de uma casa. Há uma escada com carpete logo à esquerda da suíte máster e mais dois quartos no corredor, além de outro banheiro.

Desses dois quartos, o maior não tem nada de mais. Há uma cama de solteiro com cabeceira de carvalho, bem-arrumada, e móveis com superfícies vazias. Já o quarto menor parece ser um escritório.

Perto do patamar da escada, há uma coleção de porta-retratos em cima de uma prateleira flutuante. São fotos minhas e do Renner em poses asquerosamente românticas em lugares aleatórios, incluindo uma plantação de macieiras. Quem tira fotos assim, e por quê? A Nori realmente se superou dessa vez. Me pergunto se estou sendo filmada, se sou a estrela involuntária de um desses programas de pegadinhas no YouTube.

– Rá, rá, que engraçado. Vocês conseguiram. Agora, podem aparecer – digo, balançando os braços na direção do teto e procurando as câmeras.

Nada.

Desço a escada, de braços cruzados, preparando-me para ver Nori, Kassie e Ollie pularem de trás de uma porta fechada para me dar um susto. A cozinha e a sala de estar são cômodos longos e abertos com uma atmosfera náutica. O estranho é que é exatamente assim que sempre imaginei decorar minha futura casa. Sinto um pouco de inveja de quem quer que sejam os donos deste lugar. Fico tentando imaginar quem conseguiria convencer os próprios pais a emprestar a casa para uma pegadinha dessas.

Alguns pratos de cerâmica artesanais estão empilhados na mesinha de centro. Na despensa não há muita coisa além de um estoque de manteiga de amendoim para mais ou menos um ano e algumas caixas de macarrão instantâneo. Quem mora aqui deve amar manteiga de amendoim. A geladeira está quase na mesma situação: tem uma caixa meio vazia de ovos, um bloco de queijo marmorizado, um vidro quase vazio de picles e embalagens de temperos tamanho família.

Vou até a porta da frente, preparando-me mais uma vez para ver os autores da pegadinha se revelarem. Ou isso, ou fui presa por um sequestrador aloprado que usa a cara do Renner e ainda imita a voz dele. Viro a maçaneta enquanto assimilo essa possibilidade apavorante. A porta está aberta. Não estou presa nessa casa linda contra a minha vontade. É um bom sinal. Aperto os olhos diante do sol ao pisar descalça no concreto frio de uma varanda coberta.

Reconheço o estilo craftsman das casas da rua, com varandinhas fofas e uma mistura elegante de madeira e pedra. Há um carro reluzente na entrada de cada uma.

Saio no gramado, apreciando o orvalho fresco da manhã tocar as bolhas nos meus pés. Só então percebo que meus pés não doem mais. Na verdade, as bolhas enormes nos mindinhos desapareceram. Levanto o pé direito, passando o dedo pelo que antes era um calcanhar ferido e ensanguentado. Está perfeitamente macio. As bolhas se foram, apesar da dor que senti ao calçar os sapatos hoje de manhã. A não ser que... a não ser que não seja mais quarta-feira. Que dia é hoje?

Um homem com um yorkshire minúsculo usando botas amarelas berrantes passa por mim e me olha desconfiado. Deve ser porque estou examinando meus pés em público com um shortinho de seda. Eu o ignoro e vou até o limite do gramado para ver melhor a placa da rua. Bois Court. Estou no bairro da Kassie. Essa é a rua sem saída que dá na casa do Renner.

Nada faz sentido, a não ser a vontade esmagadora de ir para casa, me arrastar até a cama e evitar a realidade. Então eu corro. Descalça.

Só consigo dar alguns passos antes de ouvir o Renner.

– Aonde você vai? – grita ele na entrada da garagem.

Agora está com uma calça de corrida, mas continua sem camisa.

– Pra casa! – respondo ao vento, sem me deter.

Conheço muito bem esse caminho. Já fui e voltei da casa da Kassie milhares de vezes. Sempre que passo pela casa da Velha Sra. Brown, começo a correr até chegar à esquina seguinte. Ela é uma mulher amarga que fica o dia todo gritando com os pedestres e registrando as injustiças da vida em seu "diário de decepções", que ela pediu que fosse publicado após sua morte. Um carvalho enorme ocupa praticamente todo o quintal dela. À noite, a sombra dos ramos finos da árvore me deixa apavorada.

Ao dobrar a esquina em direção à casa, paro de repente no meio da rua. A árvore *sumiu*. Será que estou ficando louca? Estou esquecendo qual casa tinha a árvore medonha? Fico questionando minha sanidade até ver a boneca de pano perturbadora que estava sempre sentada na janela. Sem dúvida é a mesma casa. Por mais que aquela árvore me amedrontasse, sem ela o gramado parece um terreno baldio.

Uma buzina perfura o ar e um carro chique para a poucos metros de me atropelar.

– Ô, minha senhora, olha a rua! – berra um velho de rosto vermelho pela janela.

Minha senhora? Com quem ele acha que está falando?

Enquanto o Sr. Nervosinho pisa fundo e vai embora, percebo que quase não há som. Nenhum ronco alto de motor. Agora que parei para pensar, os carros na entrada das casas estão diferentes – parecem mais elegantes. Mas esse é um bairro de classe média, não é o tipo de bairro pomposo com carros de luxo.

Mais confusa ainda, aperto o passo e corro o mais rápido que consigo.

Estou suada e descabelada quando avisto minha rua. Dos dois lados há casas de tijolos à vista, menores e mais antigas.

O sedã da minha mãe não está na entrada. Uma coleção de tulipas vermelhas e amarelas murchas me chama a atenção; não estavam lá antes. Tento abrir a porta, mas está trancada. Olho pela janela da sala de estar, mas as persianas estão fechadas.

Talvez minha mãe esteja trabalhando. A farmácia fica a pelo menos quinze minutos a pé e já estou cansada. Vou para o quintal dos fundos pegar a bicicleta da minha mãe, já que a minha ainda está no conserto.

O galpão dos fundos está meio inclinado. Não me lembro de estar com um aspecto tão precário; talvez uma tempestade recente o tenha deixado assim. Espio lá dentro. A bicicleta prateada da minha mãe está encostada na parede do galpão. Olhando com mais atenção, vejo que está quase totalmente enferrujada. Levo-a para a entrada da casa e subo timidamente, com receio de que meu peso a faça se despedaçar. Como isso não acontece, pedalo o mais depressa que minhas pernas aguentam.

Nem me preocupo em prender a bicicleta quando chego à farmácia. Stacey, colega de trabalho da minha mãe há muito tempo, está atrás do balcão, vasculhando as embalagens de remédios numa caixa de coleta. Seu cabelo está diferente da semana passada. O que antes era um chanel reto e castanho agora está curtinho, repicado e grisalho.

– Stacey, é você! – digo, arfando e apoiando os cotovelos no balcão.

Ela se inclina um pouco para trás, talvez com medo de que eu respingue suor nela. Em seguida, olha bem para mim, avaliando meu short de pijama, assim como meus pés descalços, que agora estão sujos do trajeto até aqui.

– Você tá bem, Charlotte? Quer sentar um pouco?

Tenho vontade de começar a chorar bem aqui, na farmácia. Estou desesperada para contar a alguém, a qualquer pessoa, que caí de uma escada no ginásio da escola e acordei com seios enormes numa casa desconhecida.

Mas não. Há outras pessoas aqui, incluindo uma idosa com um permanente tipo poodle batendo o pé, sem paciência, na fila atrás de mim. Tenho que manter a calma.

– Hã, sim. Estou ótima. Melhor do que nunca. Só estou procurando minha mãe – respondo, fingindo tranquilidade e autocontrole.

Ela me olha perplexa e dá um tapinha compadecido na minha mão, vendo que estou confusa.

– Querida, sua mãe não trabalha aqui. Ela não trabalha aqui há cinco anos. Agora está na farmácia do subúrbio, na Oak Street. Tem certeza de que está bem? Por que ainda está de pijama?

Eu a encaro com os olhos apertados, tentando entender. É claro que minha mãe trabalha aqui. Outro dia fiquei organizando o corredor de xampus enquanto esperava o turno terminar para ela me levar de carro para casa.

– Me deixa só perguntar... que dia é hoje?

– Sexta-feira, 12 de junho de 2037 – responde ela, como se fosse óbvio.

Com certeza é 12 de junho. Mas de 2024, não de 2037.

Se fosse mesmo 2037, significaria que estou... Não. Não pode ser.

Desconcertada, eu me aproximo ainda mais, olhando para trás para ver se a mulher na fila não está tentando me ouvir. Com certeza está.

– Quantos anos eu tenho? – sussurro para confirmar.

Stacey faz a conta de cabeça.

– Você nasceu no mesmo ano que o meu Teddy... então, deve estar com 30.

Ela sorri docemente.

Trinta. TRINTA?

Uma onda de calor me invade. Labaredas irradiam por minhas costas e meu pescoço. Meu corpo todo é um inferno escaldante. Minha visão está turva. Preciso me deitar. O que é que está acontecendo comigo?

Sem saber da minha absoluta confusão, Stacey continua a falar:

– Parece até que foi ontem que você veio aqui comprar doces com suas amigas para comer vendo filme.

Sério? É porque foi na semana passada! A Kassie cancelou o sábado à noite. Nossa, que surpresa. Mas eu e a Nori vimos um filme de terror sobre uma menina que é sugada para dentro de um tabuleiro Ouija. Dormi de luz acesa. É óbvio que não tenho 30 anos.

Stacey tagarela sobre ainda se lembrar da fantasia de líder de torcida zumbi que usei no Dia das Bruxas quando tinha 7 anos, mas minha mente se agarra à última parte:

– E agora você vai se casar na semana que vem. Ouvi dizer que vai ser uma festança. Uma despedida de solteira e solteiro ao mesmo tempo pelo que dizem por aí, né?

– Casar? – Dou um gritinho. – Como é que é?

Eu a encaro intensamente, esperando que ela dê uma risada e confesse a brincadeira. E é então que vejo: bem ali, no meu dedo, um diamante oval cintilante em cima de um fino anel de ouro amarelo. É deslumbrante. E pesado.

Antes que eu possa pensar mais a respeito, uma mulher alta com uma bolsa preta gigante pendurada no braço se aproxima.

– Charlotte Wu? – Ela estende a mão. – Não sei se você se lembra de mim. Sou a mãe da Ivory.

Olho para ela com cara de paisagem. Nunca vi essa mulher na minha vida.

– Ivory?

– Ivory Eckhart. Você é a conselheira estudantil dela.

Fico totalmente paralisada. Conselheira estudantil? De verdade?

Como não confirmo nem nego, ela prossegue, olhando depressa para meus pés descalços.

– Parece que você está meio ocupada, mas eu queria dizer como foi bom para a Ivory ter sua ajuda com as inscrições para a faculdade.

Estou ficando louca. Ou isso, ou estou tipo o Capitão América. Fui dormir, de alguma forma fiquei presa e preservada no gelo, e acordei um bilhão de anos depois, só que não sou um supersoldado sarado.

Porém, se essa mulher estiver dizendo a verdade, fiz uma coisa muito melhor. Sou conselheira estudantil! E, pelo jeito, sou boa.

Não sei bem como responder, já que não faço ideia de quem é essa tal Ivory, por isso abro a boca o máximo possível num sorriso forçado e confirmo com um aceno de cabeça.

Minha cara de Coringa deve ter assustado a mulher, porque ela dá um passo para trás.

– Ah, espero que sua festa de casamento com o J. T. seja maravilhosa – diz ela antes de sair pelo corredor.

J. T.?

Eu pisco, atordoada. Como se cair de uma escada, bater a cabeça e acordar treze anos no futuro não fosse traumático o bastante, agora vou me *casar*? Com o Renner?!

As fotos de nós dois espalhadas pela casa passam pela minha mente como uma apresentação de slides.

Jesus amado.

Vou me casar com o Joshua Taylor Renner.

Não sei como isso foi acontecer, mas uma coisa é certa: estou oficialmente no quinto dos infernos.

Capítulo onze

É um pesadelo. Tenho certeza. Não é possível que eu tenha viajado no tempo. É absurdo.

Se for mesmo um pesadelo, devo ser capaz de acordar. Feliz com a perspectiva de fazer isso, dou um tapa forte na minha própria bochecha quando saio da farmácia. *Ai*. Talvez um simples tapa não seja o bastante.

É hora de tomar medidas mais drásticas. Pedalo furiosamente por uma área residencial e me jogo da bicicleta (num arbusto para amortecer a queda). Um homem segurando uma tesoura de poda me olha com desdém. Não ficou muito contente com o que fiz. Por um instante, considero me atirar na frente de um carro em movimento. Mas não seria suicídio? E se eu *não* estiver sonhando?

Resignada – e meio dolorida –, decido que a única atitude lógica é voltar para aquela casa em busca de mais informações.

Renner ainda está lá na varanda da frente, sentado de pernas bem abertas. Seu cabelo desgrenhado não sabe para que lado quer cair.

– Tem um graveto no seu cabelo – diz ele com a voz grave e rouca, como a de um homem de 30 anos.

Encosto a bicicleta na entrada da garagem para poder tirar o graveto.

– Por que você ainda está aqui?

– Fui para minha casa. – A expressão estranha dele me diz que há mais coisas para contar.

– E aí? – Já sei o que ele vai dizer, mas preciso ouvir.

– Estamos em 2037 – declara ele, como se já tivesse aceitado esse fato estranho.

– É, ouvi dizer.

Inspiro e, finalmente, solto o ar devagar. Sento-me no degrau ao lado dele e olho para a rua, e mais um daqueles carros chiques passa por nós. Deve ser por isso que todo mundo tem um desses. Estamos no futuro.

– E a gente vai... casar na semana que vem. – Levanto o dedo anelar.

– É. Minha mãe me contou. – Ele esfrega as mãos de cada lado do rosto.

– Você viu seus pais?

– Vi minha mãe – responde ele em tom definitivo, com a tensão evidente no maxilar.

Ao ver sua expressão, sinto um nó na garganta.

– Seu pai... não estava em casa?

Ele baixa o olhar para os próprios sapatos.

– Eles se divorciaram.

– Ai, meu Deus. Como é que ela está?

– Ela está... – Ele se encolhe, fazendo uma pausa. – Está... diferente. Feliz.

Ele arregala os olhos e balança a cabeça com pesar, como se tivesse falado demais. Este Renner, desgrenhado e abatido, está muito longe do cara arrogante e debochado que conheço.

– Enfim, minha mãe acha que eu pirei. Ela tentou te ligar.

Renner deixa um celular no meu colo. Eu pisco, confusa. O divórcio dos pais dele parece um assunto importante demais para deixar de lado assim. Quero que ele conte mais, quero perguntar se ele está bem. Quero dizer para ele que vai ficar tudo bem, mesmo que pareça impossível por enquanto.

Mas eu acho mesmo que o Renner vai chorar no meu ombro e falar sobre seus problemas familiares para mim? Se fosse o contrário, eu procuraria o apoio de um urso-pardo antes de procurar o dele.

– Ela tentou te ligar – repete, trazendo-me de volta à realidade.

Tenho quatro chamadas perdidas. Duas da Dorothy, a mãe do Renner, uma da minha mãe e uma da Nori.

– O que é que tá acontecendo?

Renner começa a andar de um lado para o outro. Ele cruza os braços, e arregalo os olhos ao ver seus bíceps. Aham. Ele com certeza não tinha esses músculos na escola hoje de manhã.

– Tá, vamos pela lógica – diz ele. – Qual é a última coisa que você lembra?

– Era quarta-feira, 12 de junho de 2024. Estávamos decorando o ginásio para o baile e discutindo – respondo. – As algas caíram da parede e você me fez cair da escada. Qual é a última coisa que você lembra?

– A mesma coisa. Principalmente dos seus peitos amassando a minha cara – responde ele, com um leve sorriso nos lábios. – E, só para constar, você não caiu por minha causa. Não põe a culpa em mim, não.

– Que bom saber que você continua imaturo. – Balanço a cabeça. – Enfim, é um bom sinal. Nós dois nos lembramos de ter 17 anos, da decoração do baile e da escada.

– Mas o que aconteceu com a gente? Com todo mundo? Como é que agora é sexta-feira, 12 de junho de 2037?

Respiro fundo.

– Sabemos que não é uma brincadeira. Não tem como Maplewood inteira fazer uma coisa dessas. Quais são as outras possibilidades?

– Morte. Vai ver a gente morreu. E aqui é o purgatório – sugere ele. – Ou então a gente bateu a cabeça e ficou com amnésia. E se for dano cerebral? Ou a gente caiu numa dimensão alternativa? No Mundo Invertido?

Aperto os lábios.

– Você está ouvindo o que está dizendo?

Renner então me entrega o celular dele.

– Olha. Sobe a tela até o alto.

Vou passando as fotos. Há pelo menos mil, todas do Renner comigo ao longo dos anos. A mais antiga é de 2029, cinco anos após a formatura do ensino médio. Parece uma coisa de outro mundo, um mergulho profundo na vida, nas lembranças e viagens de outras pessoas. Racionalmente, sei que sou eu nas fotos, mas não me lembro de nada disso, principalmente da viagem a Paris e do que parecem ser férias numa praia de areia branca.

– De jeito nenhum a Nori teve tempo de fazer tudo isso – diz o Renner.

– Por que a gente estaria de casamento marcado? Logo a gente? Não tinha nenhuma outra opção? – pergunto.

Ele não responde.

Verifico minhas mensagens recentes. Uma é de *Pé no Saco* 💜, outras são da Nori, da minha mãe e de um monte de nomes aleatórios que não reconheço.

Renner toma o celular da minha mão e o mantém fora do alcance. Tento pegá-lo de volta, em vão. Gostaria de poder dizer que estou mais alta do que minha versão de 17 anos, mas parece que não.

Renner estica o braço para o alto, impedindo minhas tentativas.

– Espera! – exclama ele.

– Que foi?

– A gente não pode sair por aí dizendo para as pessoas que viemos para o futuro. Todo mundo vai achar que a gente pirou.

Inspiro o ar com dificuldade. Ele tem razão.

– É verdade. Ninguém vai acreditar nisso.

Renner olha dos pés dele para o meu rosto, como se tivesse acabado de ter um insight.

– Nós dois conhecemos alguém que pode acreditar.

Assinto, meio perturbada por não ter pensado nisso antes. É claro.

– A Nori.

A NORI ADULTA É UMA VIAGEM. A primeira coisa que ela faz ao chegar é pegar um pedaço de alcaçuz da despensa.

– Café da manhã dos campeões – é o que diz, praticamente mergulhando na poltrona da sala de estar.

Ela parece bem à vontade aqui. Mais do que eu e o Renner enquanto nos acomodamos meio sem jeito no sofá. O cabelo dela, antes multicolorido e na altura dos ombros, agora tem mechas azuis e vai até a cintura da calça skinny que ela usa. Faz eu me lembrar das calças que minha mãe usa.

– Ficar velha é uma maravilha mesmo – comenta ela, mordendo o alcaçuz. – Não posso mais beber nada com açúcar. Meu corpo não aguenta. E olha que nem bebi tanto quanto vocês dois. Estou chocada por já estarem acordados.

O Renner se inclina para a frente.

– A gente bebeu ontem?

Nori projeta o queixo para a frente.

– Tá de zoeira? Você vomitou no gramado do Mitch. Foi tipo uma reprise da festa de formatura. Sinceramente, achei que você fosse precisar de uma lavagem estomacal...

– Mitch? Que Mitch? – interrompo.

– Mitch Wong.

– Aquele baixinho do primeiro ano? – tento elucidar.

O Mitch é tão pequeno que foi colado à parede do refeitório com fita adesiva no dia do trote dos calouros.

Nori estreita os olhos, confusa.

– Hã, bom, ele tem 26 anos, mas sim, acho que era baixinho no primeiro ano.

Eu me desloco até a ponta do sofá e olho bem nos olhos dela.

– Olha, Nori, agora a conversa vai ficar estranha.

Ela se inclina para o nosso lado e dá uma olhada rápida no Renner.

– Estranha como? É para eu ter medo? Porque você tá com aquele tique no olho.

Sustento o olhar enquanto ela mastiga freneticamente o restante do alcaçuz.

– A gente vai te contar uma coisa. Uma coisa bizarra. E você precisa prometer que não vai contar para ninguém.

O queixo da Nori cai de uma vez.

– Ai, meu Deus! Vocês vão ter um bebê! Foi por isso que adiantaram o casamento.

A ideia de procriar com o Renner me dá ânsia de vômito.

– Credo, *não*! Aff.

Ela fica com uma expressão confusa.

– Você vai achar bizarro – interrompe o Renner –, mas a gente acordou sem lembrar como veio parar aqui.

O estranho é que a Nori aceita a declaração com tranquilidade.

– É que o Ollie trouxe vocês para casa. Ele te carregou nas costas até a sua cama, J. T. Até mandou um vídeo para mim.

Balanço a cabeça.

– Não, você não entendeu. A gente sofreu um acidente. Foi no ginásio da escola. Eu caí de uma escada...

– Ela caiu na minha cara – completa o Renner.

– A gente tinha 17 anos e estava fazendo a decoração do baile. Quando eu caí da escada, tudo escureceu. Depois acordamos... aqui. Hoje de manhã.

Nori fecha os olhos e balança a cabeça feito um cachorro molhado.

– Tá, peraí, como é que é?

Eu me aproximo ainda mais.

– Não lembramos nada dos últimos treze anos.

Nori analisa a expressão no meu rosto, tentando avaliar se estou zoando. Como não começo a gargalhar, é ela quem começa a rir, nervosa.

– Vocês dois beberam demais. Sinceramente. Quem sabe só precisam de um banho quentinho ou um dia de folga. Deveriam faltar ao trabalho.

– Nori, estou falando sério. A última coisa que lembro é de ficar chateada com o tema Fundo do Mar – insisto.

– O tema do baile de formatura? – pergunta ela, arregalando os olhos ao compreender. – Ai, meu Deus. Lembra do meu vestido? Aquele esquisito que realçava todos os meus piores ângulos? Removi a marcação do meu perfil de todas aquelas fotos. Como se desse para esquecer. Ah, e foi naquela noite que vocês ficaram pela primeira vez. Lembra?

Eu e o Renner quase pulamos do sofá ao mesmo tempo.

– Ficamos? A gente ficou? Eu e o Renner?

Não sei se quero saber a resposta.

Ela bufa como se a verdade fosse óbvia.

– Acho que foi na noite do baile, sim.

– A gente não se lembra disso. Nem de coisa nenhuma – diz o Renner, um pouco mais agressivo.

Ela pisca várias vezes.

– É sério? Vocês não estão me zoando?

– Juro que não. – Ponho a mão no coração. – Precisamos saber o que aconteceu nos últimos treze anos.

Ainda desconfiada, ela nos conta o básico. Está tudo fora de ordem, como acontece quando a Nori conta uma história, mas consigo entender a essência.

Eu e o Renner ficamos juntos pela primeira vez na noite do baile e namoramos durante o primeiro ano da faculdade. Isso é tão bizarro que só consigo rir. Já o Renner apoia a cabeça nas mãos como se a vida dele tivesse acabado. Terminamos o namoro no segundo ano, saímos com outras pessoas, mas ficamos juntos de novo ao voltar para Maplewood para trabalhar na escola. No inverno passado, de férias no Havaí, ficamos noivos.

Fora a questão do noivado, penso em como é improvável que ambos tenhamos nos tornado educadores. E na *mesma* escola. Como isso pôde acontecer? De todas as pessoas do nosso círculo de amigos, o Renner era quem eu estava mais ansiosa para nunca mais ver depois do ensino médio.

– Todo mundo sabia que vocês tinham sido feitos um para o outro – diz a Nori, toda sonhadora.

Ela explica que o Renner voltou para cá para ser professor de educação física. Ele treina as equipes de rúgbi e de atletismo.

– Sou professor de educação física – comenta Renner em voz baixa.

Rio pelo nariz.

– Qual é a graça?

– Não consigo te imaginar todo sério mostrando como pôr uma camisinha numa banana.

– Não entendi por que está me zoando por ensinar atividades físicas e explicar o que é sexo seguro.

Ouvi-lo dizer "sexo" com a voz solene e autoritária me provoca uma tosse seca. Sinto como se tivesse voltado às aulas de educação sexual antes do ensino médio, rindo da palavra *vulva*. Como não respondo, ele continua:

– A puberdade não é brincadeira. Alguém precisa explicar às crianças o que é cheiro de sovaco.

– Você é especialista nisso – digo, sarcástica, vasculhando desesperadamente a memória em busca de um momento em que o Renner tenha estado fedorento, mas é em vão.

– Você só tá irritada porque com certeza eu sou o professor legal que todo mundo adora, e você é a professora medonha que dizem que tranca as crianças num porão de castigo quando se atrasam meio segundo para a aula.

Isso não me surpreenderia. Até num universo alternativo esquisito o Renner daria um jeito de se sobressair.

– Em primeiro lugar, eu teria um covil à luz de velas. Não um calabouço. Seria um lugar sagrado. E, para sua informação, prefiro ser medonha a ser ridícula – retruco.

Nori solta um pigarro.

– J. T., você foi auxiliar técnico de um time universitário de rúgbi em Boston por um tempo. Mas quis voltar para ficar com a Char.

Ele esfrega as mãos no rosto, parecendo transtornado. Também estou preocupada com a gente. Renner chegou a desistir do sonho de treinar um time universitário por mim? O que deu nele?

Ao que parece, sou conselheira estudantil na Escola Maplewood e a Nori é designer gráfica freelancer.

Ela desvia do assunto para contar que não conseguiu uma vaga na Escola Superior de Design de Rhode Island porque o mundo não estava pronto para o talento dela. (Parece amargurada ao falar disso.) Mas foi melhor assim, porque fomos para a faculdade juntas e lá ela conheceu sua namorada, Sasha.

– E o restante do pessoal? – pergunto. – O que aconteceu com a Kassie e o Ollie? Casaram?

Nori me encara, incrédula.

– A Kassie e o Ollie terminaram depois da formatura do ensino médio. Não acredito que você não lembra. Foi a maior treta. Agora o Ollie está noivo da Lainey.

Eu pisco, atordoada. A Kassie e o Ollie terminaram? Como? Por quê? Minha cabeça está girando com a sobrecarga de informações, agarrando-se às partes mais digeríveis.

– O Ollie está com a Lainey Henderson? A menina de cabelo cacheado de quem eu tomava conta? – tento elucidar. – Ela é… uma criança de 10 anos.

– Ela tem 23. Ollie contratou ela para a empresa dele. É corretor de imóveis.

– Isso é… loucura. – Minha cabeça está pesadíssima; é informação demais. – Perdemos treze anos. *Treze*. Eu me formei com louvor? Fui oradora da turma?

– Relaxa, amiga. Você se formou com louvor, foi oradora da turma e fez um superdiscurso. Foi bem legal… pelo que me lembro. Eu e o Pete enchemos a cara no vestiário antes da cerimônia, então minha memória não é das melhores, mas…

– Tem que ter uma explicação – resmunga o Renner.

Nori começa a digitar no celular.

– Tá, peraí, tô procurando no Google.

Eu e o Renner nos debruçamos no encosto da poltrona dela, observando enquanto ela digita "acordei no futuro".

Há milhares de resultados. A música de uma banda chamada The Intangibles, "I Woke Up in the Future". Um filme antigo chamado *De repente 30*, com a Jennifer Garner, que minha mãe sempre adorou. E um monte de matérias sobre amnésia e traumatismo craniano grave.

Nori toca na tela com as unhas pintadas de preto fosco.

– Ah, olha isso. – É uma notícia sobre uma mulher que acordou aos 32 anos acreditando que era adolescente. – Diz aqui que ela foi diagnosticada com *amnésia global transitória*. Parece que a pessoa lembra como fazer as coisas básicas, mas esquece acontecimentos recentes. E depois acaba lembrando tudo.

– Tá, mas olha. Aqui também diz que isso é extremamente raro – argumento. – Por que eu e o Renner teríamos ao mesmo tempo?

– Fato. – Nori morde o lábio. – Peraí, e se vocês tiverem vindo para o futuro para mudar alguma coisa? Para impedir um acontecimento desastroso?

Renner abaixa a cabeça.

– Tipo o nosso casamento semana que vem? Não acredito que a gente vai se amarrar.

Faço que sim com a cabeça vigorosamente. Pela primeira vez, concordo com ele.

– É impossível esse casamento ser verdade.

Nori se levanta, balançando a cabeça.

– Vocês vão começar com isso de novo? Esse bate-boca é *tão* ensino médio. É melhor vocês baixarem a bola antes da festa de despedida de solteira/solteiro hoje.

Renner engasga.

– Festa do quê?

– A colega de trabalho da minha mãe comentou isso – resmungo.

– O Ollie e a Lainey que organizaram. Todo mundo vai – diz a Nori, arrepiada de entusiasmo.

– Todo mundo, *quem*? – pergunto, receosa.

– Literalmente todo mundo. Até a sua mãe. Pode acreditar, eu tentei afastar vocês da festa-comportada-para-toda-a-família e ir na direção da zoeira-com-strippers-e-genitais-à-mostra. Mas vocês dois insistiram até o fim em manter o ambiente tranquilo para preservar sua reputação de educadores e líderes comunitários.

Renner revira os olhos, cruzando as mãos na nuca.

– É bem coisa da Char.

Nori o ignora.

– Como eu disse, todo mundo vai. Incluindo vocês, é óbvio.

Eu balanço a cabeça e me levanto.

– Não. Não vamos. Pelo menos, *eu* não vou. Diz para o Ollie que precisamos cancelar.

Ela me lança um olhar gélido.

– Você *não vai* à sua própria despedida de solteira, é?

– Não vamos casar. Temos que cancelar.

Ela olha para mim como se eu tivesse vindo de Marte.

– Depois de todas as horas que a gente passou criando os convites e cartões de mesa? Nem pensar! Além disso, os convidados vêm de fora da cidade e os seus pais vão ficar muito chateados.

– Eles que fiquem. A gente não vai casar e pronto – respondo, teimando.

Renner assente.

Deve ser a primeira vez que concordamos um com o outro de todo o coração.

Capítulo doze

Antes de ir embora, a Nori elabora um plano "infalível". Eu e o Renner vamos para a escola (também conhecida como nosso local de trabalho) e lá recriaremos a queda da escada no ginásio, na esperança de voltar, de alguma forma, aos 17 anos.

— Me jogar de propósito de uma escada é o contrário de "infalível" — argumento, já me encolhendo de dor antecipada.

Porém... pelo menos é um plano. E é a única coisa que faz o mínimo sentido.

Nori ignora minha relutância.

— Trata de cair exatamente no mesmo lugar e do mesmo jeito. Aposto minha teta esquerda que você vai acordar em 2024. — Ela faz uma pausa, sorrindo feito o gato de Cheshire. — Ah, e se der certo, diz pra minha versão de 17 anos não cortar a franja antes da faculdade. Não ficou legal.

— E se não der certo? E se a gente continuar preso aqui em 2037? — pergunta o Renner, com um olhar desesperado.

— Vocês vão ter que ir à despedida de solteira/solteiro na casa do Ollie hoje à noite e fingir que está tudo normal até a gente descobrir o que está acontecendo — responde ela, sem hesitar. — Não vou deixar seus cerebrinhos adolescentes subdesenvolvidos arruinarem sua vida adulta. Além disso, ver mais pessoas que vocês conhecem pode ajudar a despertar as lembranças.

Improvável.

Recriar a queda da escada parece absurdo, mas que alternativa temos? Estou disposta a fazer qualquer coisa para salvar minha versão futura de cometer o maior erro da minha vida.

– VOCÊ ESTÁ DELIRANDO SE ACHA que vai dirigir – diz o Renner, afastando-me do lado do motorista quando vou na direção do carro, de chave na mão, incorporando o Vin Diesel em *Velozes e Furiosos*.

– Por que não? Tenho carteira de motorista. Viu?

Tiro o documento perfeitamente legítimo da bolsa e o balanço na cara dele. Acredite se quiser, passei na prova de direção em algum momento da vida. Não tenho a menor ideia de como isso aconteceu, mas estou superorgulhosa. Além disso, se minha versão futura tem um carro lindo, elegante e futurista, não vou perder a chance de levá-lo para dar uma voltinha. Tem que haver alguma vantagem em ser arrancada da minha juventude e obrigada a casar com o Renner.

Ele se inclina, examinando meu documento como se tivesse 85 anos e catarata nos dois olhos.

– Char, você é um perigo no asfalto.

Guardo a carteira na bolsa, mas não largo a chave do carro.

– Não sou, não. Você não pode usar uma ocorrência insignificante contra mim. Muita gente não passa na prova de direção. Você está pegando no meu pé injustamente porque sou asiática.

Sim, estou ciente de que perpetuei o estereótipo ridículo de que as asiáticas não sabem dirigir. Não me orgulho disso.

Ele me olha de cima a baixo, passando a mão pelo cabelo, exasperado.

– Em primeiro lugar, não tem nada a ver com esse estereótipo. Estou me baseando nos fatos. Não foi só uma ocorrência, foram várias. A gente fez as mesmas aulas de direção e, se me lembro bem, você quase deu ré em cima de uma grávida.

– Como você é exagerado. Só dei uma encostadinha. Ela saiu sem nenhum arranhão. E talvez ela devesse olhar para os lados antes de trombar com um carro.

Ele joga as mãos para o alto e vai para o banco do passageiro.

– Tá. Dirige aí. Quem sabe você mata a gente e acaba com nosso sofrimento – acrescenta.

Para dizer a verdade, nosso "relacionamento" é completamente insuportável. Não que eu esperasse menos. Tentei dar uma colher de chá para o Renner depois de saber do divórcio dos pais dele, mas percebo que é uma tarefa impossível. Passamos a manhã toda batendo boca, desde que ele usou toda a água quente da casa, dizendo que precisava de mais tempo para lavar a barba. Também comeu o último pedaço de pão da despensa sem sequer perguntar se eu queria metade. Se meu futuro implica morar com um homem que tem a inteligência emocional de uma criança de 10 anos, não quero saber dele.

Tento abrir a porta do carro, mas não há maçaneta. Em vez disso, tem uma pecinha cromada. Depois de muita inspeção, percebo que o retângulo de metal é um botão que abre a porta.

O interior do carro é tão familiar quanto uma nave espacial intergaláctica. Não existem botões nem mostradores. Só tem uma tela enorme, brilhante e sensível ao toque no meio do painel.

Renner solta um pigarro.

– Hã, é para hoje? Ou a gente vai passar o dia aqui na garagem?

– Relaxa, Renner. Só estou assimilando tudo.

Para ser sincera, não faço a menor ideia de como ligar o carro, mas não admito de jeito nenhum.

Como se pudesse ler minha mente, o Renner estende o braço e aperta um botão perto do volante triangular, ligando o motor. O som é um ronrom espantosamente baixo, igual ao do carro que quase me atropelou hoje cedo. Uma câmera veicular aparece na parte inferior da tela. Ao contrário da câmera do carro da minha mãe, a imagem não é granulada e coberta de sujeira. É nítida como o dia, como um filme em alta definição.

Quando aperto o volante, uma voz agradável sai dos alto-falantes:

– Bom dia. Está indo para o trabalho?

Eu e o Renner nos entreolhamos, embasbacados.

– Hã, sim – respondo com a voz estridente. – Você é... uma pessoa?

– Eu sou Raina, o software do seu veículo. Quer dirigir sozinha hoje?

Renner passa a mão pelo painel, com os olhos brilhando como se tivesse descoberto um baú cheio de tesouro.

– Puta merda, é um carro com piloto automático. Isso é tão legal. Perto disso, a Van do Paizão parece um trambolho de ferro-velho.

Eu me agarro ao volante com todas as minhas forças.

– Não. Prefiro mil vezes aquela sua van. Isso aqui é apavorante – eu sussurro, e grito: – Dirigir sozinha!

A ideia de entregar minha vida a um robô me deixa em pânico. Uma vez, vi um documentário no YouTube sobre a inteligência artificial dominar o mundo. Desde então, estou aterrorizada.

Renner faz beicinho.

– Você é muito sem graça. Deve ser umas cem vezes mais seguro deixar o robô dirigir.

Eu o ignoro, tentando descobrir como ajustar todos os espelhos e o banco. Após passar dez minutos rolando a tela, percebemos que o carro tem dois perfis, o meu e o do Renner, que se ajustam automaticamente às nossas preferências já configuradas. Contente e acomodada ao volante, toco o botão que põe o carro em marcha a ré.

Quando estamos saindo, o Renner dá um berro:

– *Para!*

Piso no freio, e paramos com um solavanco enquanto um carro vermelho-tomate passa por nós feito um cometa.

– Você quase bateu naquele carro! Mesmo com essa câmera enorme – diz ele, indicando a tela imensa.

– Desculpa! Não estou acostumada! – grito, com o coração acelerado. – Tem coisas demais para olhar e...

Renner solta o cinto de segurança e abre a porta.

– Não. Não. Não. Decidi que não quero morrer hoje. Sai daí que eu vou dirigir.

CONSEGUIMOS CHEGAR À ESCOLA ILESOS, graças ao Renner. Ele manobra o carro novo numa boa, administrando as luzes internas, o ar-condicionado e a música enquanto dirige. A música é difícil de digerir. Não reconheço nada além de uma do Justin Bieber numa lista de "sucessos das antigas". É, no mínimo, perturbador.

A Escola Maplewood não parece ter mudado nada. Ao contrário da estética histórica encantadora da cidade de Maplewood, a escola é insossa. Tem poucas características distintas, a não ser os grafites de tinta spray na parede da frente que mudam a cada poucos meses, como se por mágica. Ninguém sabe quem é o culpado.

Estou saindo do carro quando percebo que as mãos do Renner ainda estão fixas no volante.

– Você vem? – pergunto.

Ele pressiona os lábios enquanto tenta soltar o cinto de segurança.

– Eu... hã... a gente trabalha aqui. E não temos a menor ideia do que estamos fazendo.

O rosto dele está todo vermelho, e tenho quase certeza de que há uma gota de suor na testa. Acho que nunca o tinha visto angustiado. Em geral, ele fica tão calmo em qualquer situação que chega a irritar.

– Olha, talvez a gente não precise falar com ninguém. As aulas só começam daqui a meia hora. É só ir para o ginásio antes de alguém ver a gente. O plano da Nori vai dar certo – digo.

Tem que dar.

Ele concorda em silêncio e sai do carro como se estivesse indo para o corredor da morte. Mas seu humor fica mais leve quando passamos pelo letreiro que diz:

Parabéns, turma de formandos de 2037.
Provas anais – 1-5 de junho

Renner não consegue segurar uma risada diante do erro de digitação, lógico. Era para ser "provas *anuais*". Ele não resiste a uma piada sem graça.

– Não dá para acreditar que você trabalha aqui. E numa posição de autoridade – resmungo, entrando na frente.

– Apenas as melhores mentes podem preparar a próxima geração – diz ele, assobiando.

Nada como o senso de humor adolescente para aliviar o mau humor dele.

Conforme as portas pesadas se fecham atrás de nós, uma mistura de antisséptico, borracha de apagar e cê-cê atinge minhas narinas. Pelo menos, o cheiro é igual.

Felizmente, o corredor está vazio enquanto nos esgueiramos em direção ao ginásio feito o Grinch roubando o Natal. No meio do caminho, o Renner para e olha uma parede com montagens de formatura emolduradas. Acompanho o olhar dele. É a turma de 2024.

Minha foto é pura crueldade. Não sei quem a escolheu, mas é óbvio que a pessoa tinha alguma coisa contra mim. Estou toda dura e desajeitada. Um olho está com aquele tique, quase fechado numa piscadela. A foto do Renner me faz ferver de raiva; é tão boa que deve ter sido o carro-chefe nas propagandas do estúdio fotográfico. Ele está com aquele sorriso leve e natural que sempre encanta as pessoas.

Inspeciono o sorriso ansioso dos meus outros colegas, imaginando o que aconteceu com eles neste futuro estranho. Será que ficaram em Maplewood? Estão vivendo uma vida fabulosa em alguma capital? Alguém virou magnata da tecnologia no Vale do Silício?

– Ah, olha ali aquele mané do Garrett com quem você ficou – diz o Renner, apontando uma foto.

Eu e o Garrett Hogan saímos por pouquíssimo tempo no último ano do ensino médio. Nori plantou a semente de que éramos almas gêmeas porque ambos somos organizados e obcecados por listas. No fim das contas, sair com uma versão de mim mesma, alguém que tenta prever tudo e planeja cada coisa nos mínimos detalhes (incluindo como perderíamos a virgindade), foi doloroso. Passar quarenta e cinco minutos no corredor dos métodos contraceptivos da farmácia onde minha mãe trabalha, pesando os prós e contras dos preservativos texturizados *versus* lisos *versus* saborizados, cortou totalmente o clima do que deveria ser o momento mais romântico da minha vida. 0/10, não recomendo.

Como eu não reajo, ele insiste:

– Por que você não ficou com mais ninguém depois?

– Estou ocupada demais para isso – respondo.

Ele me olha de lado, cético.

– O último ano é uma correria! – explico. – Aulas preparatórias para a faculdade. Grêmio estudantil. Simulação da ONU. Vestibular. Visita às universidades. Não consigo nem cuidar do meu cacto, o Frank, e olha que só preciso regar uma vez por mês. Não tenho tempo para dar atenção a um namorado carente.

– Parece que você está dando várias desculpas.

Errado ele não está. Agora, tudo isso parece tão trivial... para alguém de 30 anos.

– Vem, vamos procurar nossos tijolos – digo, mudando de assunto.

A última coisa de que preciso é ouvir um sermão sobre minha vida amorosa proferido por meu suposto noivo.

Pintei meu tijolo de vermelho com margaridinhas nas bordas. Meu nome parece estar escrito em fonte Times New Roman, e escrevi iniciais na parte inferior. Vejo *KL* de Kassie, *NW* de Nori, *OI* de Ollie e, por último, *JTR* com um coraçãozinho.

O tijolo do Renner está ao lado do meu, pintado de verde, com seu nome em letras maiúsculas simples. Acrescentou muito mais iniciais do que eu, o que faz sentido porque é amigo de todo o corpo estudantil. Mas minhas iniciais também estão lá, no final, com um coraçãozinho igual.

– Que... interessante – comenta ele, apontando minhas iniciais.

– Aham. Muito.

Como é que éramos inimigos, mas imortalizamos as iniciais um do outro nos tijolos da nossa formatura apenas duas semanas depois? Não faz o menor sentido.

– Vamos para o ginásio acabar logo com isso.

Eu viro para trás e uma ruiva de vestidinho azul-celeste dobra a esquina correndo.

– Oi! Eu estava procurando vocês!

Não a reconheço, mas ela sem dúvida nos reconhece. Está de olhos arregalados, brilhantes e cheios de boas intenções. Pelo menos, eu acho. Já era o plano de passar despercebidos.

– Ah, bom, você nos encontrou – digo com uma risada nervosa.

Tento me apoiar na parede, mas em vez de um gesto descontraído parece que estou fazendo flexões.

– Vi a lista de tarefas na sala dos professores – continua ela.

– Lista de tarefas? – pergunta o Renner.

Ele passa o braço por cima do meu ombro num gesto não muito natural, puxando-me para junto dele com força demais. O Renner pode ter um cheiro delicioso de roupa recém-lavada e perfumada, mas não estou nem um pouco à vontade. Como fico rígida, ele entende o recado e afrouxa o aperto.

– A do baile de formatura. Que a Charlotte fez... – diz a ruiva, como se já soubéssemos.

Uma lista. Parece o tipo de coisa que minha versão adulta faria.

– Lista de tarefas do baile. Certo – respondo com falso entusiasmo.

– Você me colocou de monitora no primeiro turno amanhã à noite, mas tenho que arranjar alguém para cuidar do Rudy até o Chuck chegar em casa. O Rudy está meio resfriado, aí complica. Pode me trocar para o último turno?

– Hã, posso, claro. A criança em primeiro lugar – respondo.

Os ombros da mulher desabam de alívio. Parece que acabamos de quebrar um galho enorme para ela.

– Obrigada pela compreensão. Ele anda exigente com a comida. Acho que precisamos mudar a marca da ração...

Renner levanta as sobrancelhas.

– Ração?

– A veterinária recomendou uma marca nova. Disse que a maioria dos ouriços se dá bem com essa, mas...

– Rudy é um *ouriço* – tento elucidar, freando a risada.

– Lógico que é. Você cuidou dele umas semanas atrás. Tá tudo bem? O nervosismo pré-casamento mexeu com a cabeça de vocês? – pergunta ela, olhando-nos com desconfiança brincalhona.

Não tenho chance de responder, porque o Renner começa a fazer todo tipo de pergunta sobre o Rudy: quantos anos tem, seu horário de comer, se consegue fazer truques como um cachorro. A Moça do Ouriço se alegra com a oportunidade de falar sobre a aversão do Rudy a banho. Olho intensamente para ele, obrigando-o em silêncio a acabar com aquela conversa.

– Hã, é melhor a gente ir. Senão vamos nos atrasar para... hã, vamos nos atrasar – diz ele, abraçando meu ombro e levando-me em frente.

No instante em que viramos a esquina, eu me livro das garras do Renner.

– Não toca em mim.

– Desculpa. Mas todo mundo acha que a gente vai casar. Não seria esquisito se a gente nunca se tocasse?

– Estamos trabalhando. Temos que ser profissionais – resmungo, seguindo em frente.

– Quem era aquela? E por que ela tem um ouriço e trata ele que nem criança?

– Não quero nem saber. E se a gente tivesse ido direto para o ginásio, como era o plano, não teríamos que passar por isso – rosno.

Ele solta um suspiro profundo, encarando-me com uma expressão atormentada quando chegamos ao ginásio.

– Não põe a culpa em mim.

– Ponho, sim – sussurro.

No ginásio está tudo tranquilo, tal como estava hoje de manhã, antes de eu cair da escada – treze anos atrás. Só que, em vez da decoração de Fundo do Mar, o tema da vez é o Mardi Gras. Há um grande baralho iluminado na parede mais distante, além de mesas com lençóis roxo-real e centros de mesa enormes repletos de penas e colares de miçangas prateadas. Tem até tecidos dourados pendurados no teto.

– Não acredito que *a gente* vai ter que ficar de monitores do baile amanhã. Não pudemos nem ir ao nosso próprio baile – digo.

– Bom, com sorte, não vamos ter que monitorar nada. Vou pegar a escada – responde Renner, e vai até o depósito.

Assim que ele vira a maçaneta, ouvimos vozes se aproximando, seguidas do ranger da porta. Entra um grupo de estudantes com os olhos cheios de vida, um após o outro.

A primeira ideia que me vem à cabeça é me jogar atrás do Renner para me esconder.

– Oi, professor Renner. – Uma menina de cardigã amarelo o cumprimenta, alegre, e o brilho em seu olhar desbota quando ela se dirige a mim. – Srta. Wu.

– Viu? Tia do calabouço – sussurra o Renner antes de se virar para a aluna. – Ah, oi! O que estão fazendo aqui? – pergunta ele com a voz comicamente grave, falando igual a um vilão da Marvel.

– Viemos decorar o ginásio – responde a Menina do Cardigã Amarelo, autoconfiante e insolente.

Aposto que é a presidente do grêmio estudantil.

– Certo. Hã, bom, vão em frente.

Renner abaixa a cabeça e me puxa para o corredor.

– Aonde a gente vai? – resmungo, agarrada ao batente da porta. Consigo me ver alçando voo do alto da escada, escapando deste pesadelo de volta à minha versão de 17 anos. – Falta pouco!

– Não podemos fazer isso com um monte de gente ao redor – responde ele, prático. – Vamos ter que voltar mais tarde.

Ele tem razão. Com certeza não precisamos de testemunhas da nossa ridícula tentativa de viajar no tempo.

– Tá.

– Estou com fome. Quer tomar café da manhã no refeitório? – pergunta o Renner, descontraído.

Uso minhas últimas forças para me endireitar, dirigindo toda a minha ira contra ele.

– Sério?! O café da manhã na escola é para as crianças necessitadas. E como você consegue pensar em comida num momento como este? A gente tá preso aqui. No futuro.

Por alguma razão, eu estava convencida de que nosso plano daria certo. Acho que não consigo comer enquanto não voltarmos ao normal.

– Nós *estamos* necessitados. E não comemos nada a manhã inteira. Estou morrendo de fome.

– Correção: *eu* não comi. Você comeu o último pedaço de pão sozinho.

Não cito o fato de ele ter espalhado migalhas de torrada pelo balcão todo e largado tudo lá. Vou guardar essa queixa para outra hora.

– Isso não conta como café da manhã balanceado. Não vou aguentar o restante do dia só com umas torradas – argumenta ele.

– Pega alguma coisa da máquina de lanches – rosno, espanando minhas meias de estampa argyle com as mãos.

Ele me lança um olhar decepcionado, depois tira o celular do bolso da calça chino.

– Chegou uma mensagem do Ollie.

– Do Ollie? O que disse? – Eu chego mais perto para ver.

– Ele quer saber que horas a gente vai chegar na festa hoje de noite.

– Saco. A despedida de solteira/solteiro épica – reclamo, à beira do pânico. – Não, não, não. A gente não pode ir. Vamos vir de novo para cá logo depois do trabalho e voltar para 2024.

– É, bom, lógico. Mas, se não der certo, como é que fica?

Renner abaixa a voz enquanto mais adolescentes passam em direção ao ginásio, carregando objetos decorativos do Mardi Gras. Ele faz a gentileza de segurar a porta para eles enquanto eu esfrego as mãos no rosto. O pânico está tomando conta de mim.

– Aí a gente... tenta de novo. Até dar certo.

Ele me encara com ar de sabichão.

– A festa é para nós. Além disso, você não tá nem um pouquinho curiosa para ver todo mundo?

Balanço a mão. Ver as pessoas está em último lugar na minha lista de prioridades.

– Não podemos ir a uma festa como noivos, Renner. A gente vai ter que terminar.

Ele contorce o rosto como se eu tivesse sugerido cometer assassinato em massa.

– Você quer terminar? Uma semana antes do nosso casamento?

– A gente não tá noivo de verdade!

Vejo um aluno com cabelo tigelinha vindo em direção ao ginásio. A julgar pelo ar intrigado e pela desaceleração dos passos, ele deve ter me ouvido.

Renner exibe seu sorriso contagiante.

– É brincadeira dela – declara ele, passando o braço por cima do meu ombro, bem-humorado, e esperando o aluno desconfiado sumir de vista antes de sussurrar: – Char, a gente não pode furar nossa própria festa. Todo mundo vai estar lá. E lembra o que a Nori disse: temos que agir do jeito mais normal possível até descobrir o que está acontecendo. Não podemos bagunçar o futuro.

Ele tem razão. Sei disso. E a última coisa que quero fazer é decepcionar o Ollie adulto, que fez a gentileza de organizar a festa para nós. Além do mais, se todas as pessoas que amamos estiverem no mesmo lugar, será uma boa oportunidade de obter informações. Quanto mais soubermos, maior será a chance de sairmos dessa encrenca.

Solto um suspiro exausto.

– Tá. A gente vai. É só aguentar até o fim do dia – respondo, resignada. – Pergunta para o Ollie se precisamos levar alguma coisa.

– Ele e a Lainey já cuidaram da comida.

– Lainey… – repito, lembrando mais uma vez que muitas coisas mudaram. – Como é que a gente vai casar, mas o Ollie e a Kassie terminaram?

Renner dá de ombros.

– Sei lá. A gente tá mesmo no Mundo Invertido.

Capítulo treze

Minha versão futura é uma boba apaixonada.

Atulhando a minha mesa no núcleo de aconselhamento há sete porta-retratos com imagens de mim e do Renner juntos. Na parede tem mais uma 8x10 de nós dois sorrindo na praia, ao lado do meu diploma de mestrado em aconselhamento estudantil. Um cartão de Dia dos Namorados de 2036 com uma ilustração cartunesca de um único tubinho de macarrão de mãos dadas com um pedaço triangular de queijo diz: *Você é o queijo do meu macarrão*. O interior do cartão é ainda pior:

> *Feliz Dia dos Namorados, Char. Com você, cada ano é melhor que o outro. Sou muito grato por ter você na minha vida. Obrigado por me aturar. Com amor, J. T.*

Isso é detestavelmente exagerado. O que estou tentando provar com essa exposição de símbolos de amor no meu ambiente de trabalho?

Guardo as fotos mais nauseantes numa gaveta aleatória da mesa e tenho um vislumbre do meu anel brilhando à luz do sol. Pensei em não usar esse anel hoje como protesto. Mas é deslumbrante. Nunca tive uma joia como essa – nem minha mãe teve –, então vou usá-la, sim, senhora, não importa o que simbolize.

Apesar de estremecer por ter me tornado o tipo de mulher que tira foto de beijo e se gaba do seu relacionamento maravilhoso, pelo menos tenho bom gosto para lanches. Estou prestes a devorar uma barra de Snickers tamanho família e percorrer os resultados inúteis da minha pesquisa no Google, "Socorro, caí num buraco e não consigo sair", quando a Leigh, a assistente administrativa escolar, enfia a cabeça pela porta. Eu a conheci quando precisei de ajuda para fazer login no meu computador. Ao que parece, os computadores do futuro dependem do reconhecimento da íris.

– Srta. Wu? Seu orientando das nove chegou.

Ela fala igual a uma personagem da Pixar, não uma aluna do ensino médio trabalhando como voluntária para acrescentar horas de serviço comunitário ao currículo.

Eu engasgo, engolindo um pedaço de chocolate amanhecido.

– Meu o quê?

– Seu orientando das nove horas – repete Leigh timidamente, ajeitando a faixa xadrez no cabelo.

Orientando? Saco. Lá se vai meu plano de fazer uma barricada na porta da sala, passar o dia escondida debaixo da mesa me empanturrando de todo o meu estoque de guloseimas para me acalmar.

– Hã, tá bom. Manda ele entrar – respondo, alinhando nervosamente uma pilha de documentos ao lado do computador.

Antes que eu tenha a chance de confessar que sou uma fraude, um cara de short jeans desfiado e camiseta três tamanhos maior que o dele com uma foto do próprio rosto estampada na barriga desaba na cadeira em frente à minha mesa.

– Oi, Srta. Wu.

KYLE, MEU ORIENTANDO DAS NOVE HORAS, diz o próprio nome cerca de cinco vezes antes de eu memorizá-lo. Assim como a professora-mãe-de--ouriço, ele pergunta se estou bem. Parece um cara legal, apesar do senso de estilo duvidoso e do fato de que, a julgar pelo cheiro, deve ter tomado um banho de desodorante barato. Os meninos do futuro ainda não aprenderam.

Descubro que ele precisa de ajuda para planejar seu cronograma de aulas do segundo ano. Não faço a menor ideia de como consultar uma lista de possíveis matérias, mas a Leigh salva o dia, realizando o milagre de projetar o cronograma do Kyle na parede.

Por sorte, o currículo é essencialmente o mesmo. Kyle diz que quer ser soldador, então eu o convenço a fazer todas as aulas de oficina prática que puder, além de matemática. Ele sai da consulta cheio de esperança e otimismo para o ano que vem. Com isso, me sinto um pouco melhor diante da minha ignorância geral. Talvez, no fim das contas, eu seja boa no que faço.

A pessoa das onze horas não dá sinal de vida, então ganho tempo para vasculhar meu celular. Está cheio de mensagens e e-mails sem resposta de prestadores de serviço do casamento. Eu deveria ter investido numa cerimonialista, mas não me admira que minha versão adulta não confie a logística do evento a ninguém.

Uma mensagem de ontem chama minha atenção. É da Alexandra, a namorada do meu pai.

> **ALEXANDRA:** Oi, Charlotte! Só queria avisar que não poderemos ir à sua festa amanhã à noite. Marianne e Lily pegaram uma virose que anda à solta pela escola. Estão se recuperando, mas ainda não estão 100%. Sinto muito. Queríamos mesmo estar com vocês. Mas mal posso esperar para ver as fotos da festa, e vamos nos ver no dia do casamento.

Estou chocada. Meu pai ainda está com a Alexandra após todos esses anos? Depois que seu segundo casamento implodiu, passei a pensar nele como um cara que não queria compromisso. Mas o mais chocante é que tenho irmãs. Pelo jeito, são duas. E, embora eu soubesse que a Alexandra estava grávida, ver o nome delas na mensagem é outra história. Elas existem de verdade. São seres humanos vivos.

Ao digerir essa informação, assimilo o fato de que foi a Alexandra quem mandou a mensagem. Não meu pai. Pelo histórico das mensagens, parece que eu e ele nunca escrevemos um para o outro. Acho que eu não deveria ficar chocada por ele também não ir à minha festa. Imagino quantos outros eventos ele perdeu. Sinceramente, seria um milagre se ele fosse ao meu casamento. Não que eu vá casar.

Antes que possa formular uma resposta, outra professora jovem entra na minha sala para desabafar. Parece que uma menina malvada na aula de inglês fez um post sobre a professora nas redes sociais, e o post viralizou. Sem saber, ela deu uma aula inteira com a parte de trás do vestido enfiada na calcinha absorvente que estava usando. A menina registrou tudo no celular.

– Ela até criou a hashtag #uaucalcinhamenstrual. Olha, não tenho mais paciência pra esses idiotinhas.

A franqueza dela me pega de surpresa. Nunca presenciei uma professora revelando seus sentimentos sinceros a respeito dos alunos.

Antes que eu possa oferecer solidariedade, ela começa a explicar (em detalhes) a técnica adequada para drenar as glândulas adanais do seu gato pelado, olhando bem dentro dos olhos. O que é que há com as professoras da Maplewood e seus bichinhos esquisitos? Então ela gira de repente, perguntando se quero sair para almoçar com ela, já que está "me devendo uma" por eu ter assumido as tarefas dela na detenção durante toda a semana passada. Para dizer a verdade, ela parece legal (apesar dos detalhes a respeito do gato), mas recuso educadamente o convite para evitar passar vergonha ou arruinar minha reputação e saio depressa para procurar o Renner.

Ele está no ginásio, treinando uma turma de calouros. No fim das contas, Renner, o professor de educação física, não é um pamonha de agasalho esportivo com um apito no pescoço tentando reviver seus dias de glória. Na verdade, parece estar no auge da vida. Lembra um ator de primeiro escalão fazendo papel de professor num filme. Fica muito bem de camisa social e calça chino, segurando o iPad com a testa franzida de concentração enquanto incentiva os alunos por todo o ginásio.

Vê-lo faz alguma coisa dentro de mim palpitar. Renner, o professor de educação física, é assim... meio... atraente.

– Parece que você nasceu para isso – admito, parando ao lado dele.

Renner se assusta com a minha presença antes de abrir um sorriso sedutor.

– Você acha?

Uma pontinha de implicância no meu íntimo me faz pensar se ele está decepcionado com o que sua vida acabou virando. Será que se arrepende de desistir do sonho de treinar um time universitário e voltar para cá para dar aula no ensino médio?

– Eu não conseguia te imaginar numa posição de autoridade, mas parece que você tira de letra essa coisa de treinador – digo, contraindo-me ao ver um cara encolhido no chão, pronto para vomitar de tanto esforço físico.

Antes de responder, o Renner apita de repente.

– Ei, cara. – Aponta para um menino de short vermelho. – Sua velocidade está fantástica no começo, mas percebi que perde um pouco o pique na marca dos vinte metros. Vamos nos concentrar na sua resistência – diz ele, encorajador.

O aluno assente e responde:

– Valeu, professor.

Um sorriso satisfeito brinca nos lábios dele, como um cachorrinho aguardando aprovação depois de aprender a sentar.

– Viu? Eles me escutam.

Ponho a mão no peito, fingindo surpresa.

– Nossa! Tô admirada por você não deixar eles correrem por aí que nem bicho e puxar fumo atrás da arquibancada.

Ele ri com gosto.

– "Puxar fumo"? Parece meu pai falando. E ele é da polícia.

– Eu sei. – Dou de ombros, aceitando tranquilamente a comparação. – E aí, quer almoçar comigo e discutir a estratégia para hoje à noite? Parece que tenho um estoque de guloseimas na minha mesa... além de agulhas de tricô, lã e um pacote inteiro de antiácidos.

Minha versão adulta é puro êxtase.

O comentário desperta o interesse do Renner.

– Que tipo de lanches?

– Várias barras de chocolate. E pacotes gigantes de chips de batata.

– Sabor?

– Tradicional.

Ele faz uma careta.

– Tradicional? Você é doente, é?

– Para sua informação, o sabor tradicional é delicioso.

Ele curva os lábios, debochado.

– Bom, você vai ter o prazer de comer tudo sozinha. Na verdade, preciso dessa hora para me preparar para a aula de saúde depois do almoço.

Levanto a sobrancelha. Essa atitude não tem nada a ver com o Renner. Não sei se já o vi abrir um livro sequer, e mesmo assim ele dá um jeito de tirar notas decentes.

– É a unidade de ISTs – explica ele.

– Vai dar aula de educação sexual hoje?

Mal consigo conter a risada. Eu daria meu braço esquerdo para assistir à aula de educação sexual do Renner. Ele revira os olhos.

– É, é, superengraçado. Pois fique sabendo que estou em pânico.

Dou uma bufada.

– Eles ainda têm o baú do tesouro sexual?

– Ah, têm. Está na minha sala. Foi a primeira coisa que vi quando entrei. Está transbordando de camisinhas. E umas barreiras de látex para sexo oral – acrescenta ele com naturalidade. – Não sei nem por onde começar.

Dou-lhe um tapinha solidário no ombro. Por um instante, penso em me oferecer para avaliar seu plano de aula, mas lembro que não temos esse tipo de relação. Não nos ajudamos. Afinal, somos inimigos. Então, me contento em dizer:

– Vai dar tudo certo.

Ele se encolhe.

– Mas e se eles fizerem… perguntas?

– Bem, por sorte você tem muita experiência.

Dizem por aí que o Renner perdeu a virgindade no décimo ano com uma tal de Harley do décimo primeiro ano numa festa ao ar livre. Desde então, ele passou por praticamente toda a população feminina da nossa turma, assim como a da turma anterior. Não que eu me importe.

Ele me encara, sério.

– Você tá me julgando, é?

– De jeito nenhum. É só uma constatação.

Ele fecha os olhos bem apertados.

– Tá, a gente pode não falar da minha vida sexual? Eu tô surtando. Não sou qualificado para ensinar nada. Parece ilegal.

– Mais ilegal do que dar conselhos a um aluno sobre o futuro escolar dele? Duvido. Vamos tentar passar por esse dia sem levantar suspeitas. Tem algum plano de aula?

– Tenho. Está num fichário. Parece que eu curto muito consentimento e proteção, porque escrevi páginas e mais páginas sobre isso.

– Então, é só ler diretamente o plano de aula. Eles nem vão perceber.

– Se fosse assim tão fácil...

– Boa sorte, Renner. E não esqueça: a saúde sexual da próxima geração está nas suas mãos! – grito antes de sair do ginásio.

Capítulo catorze

O Renner parece um golden retriever que se tornou humano num passe de mágica. No caminho até a casa do Ollie, ele estica o braço para fora da janela, berrando a letra toda errada de uma música do Glass Animals (numa estação que toca sucessos de 2020).

Não era nem para irmos à casa do Ollie, mas o ginásio ficou ocupado o dia inteiro com estudantes preparando tudo para o baile, e não restou privacidade para nossa tentativa de viajar no tempo. Agora, o plano é tentar de novo depois da festa, quando não houver mais ninguém na escola.

Olho feio para o Renner quando ele canta "Sometimes all I do is love youuu", em vez da letra correta, que é "Sometimes, all I think about is you", mas isso não abala o humor dele.

Ainda está empolgado com a aula de educação sexual, que foi um sucesso meteórico. Na verdade, quando foi me buscar no núcleo de aconselhamento, ele declarou, orgulhoso, que foi "melzinho na chupeta".

Não sei por que me surpreendo. Renner tem a incrível capacidade de dar conta de tudo, quer se dedique ou não. Toda vez que tem uma prova ou um trabalho importante, eu estudo o tempo todo, enquanto ele tem o prazer de improvisar. Exatamente como o discurso do grêmio estudantil.

– Acho que consegui me comunicar com eles, sabe? Parece que todo mundo estava muito a fim de aprender – conta ele pela quarta vez nos últimos três quarteirões que passamos. – Talvez dar aula seja mesmo o meu dom.

– É, parece que você encontrou sua vocação – respondo, e me encolho ao pensar no Renner demonstrando como pôr um preservativo numa banana.

Ao mesmo tempo, fico feliz por ele estar de bom humor depois da notícia do divórcio dos pais. Deu para perceber que aquilo foi um choque.

– Pelo menos é uma vocação nobre – afirma ele quando paramos o carro na rua bem cheia do Ollie.

Meu coração fica apertado ao ver carros lotando a entrada da casa e outros em fila dos dois lados da rua. Presumi que fosse uma reunião íntima, apesar do que a Nori disse, mas pelo jeito ela não exagerou. Ollie convidou a cidade inteira.

O que já foi um bairro cheio de casas dos anos 1980 passou por uma reforma radical. A maior parte das construções antigas foi substituída por residências com fachada minimalista em branco e cinza. A casa do Ollie não é exceção.

Renner olha pelo para-brisa, admirado.

– Puta merda. O Ollie é rico.

Antes que eu possa responder, o Renner sai do carro e vai na direção da casa, obviamente ansioso para reencontrar seu melhor amigo.

Solto um gemido e corro atrás dele. Pouco antes de ele destrancar o portão, agarro seu antebraço trincado.

– Peraí, peraí, peraí. Precisamos conversar.

– Sobre o quê?

Ele me olha, perplexo, depois para minha mão apertando o braço dele. Seu entusiasmo literalmente irradia pelas veias. Ele é a quintessência da extroversão, e a ideia de entrar numa festa o enche de vida.

Solto o braço dele.

– Sobre como vamos agir, né?

Eu não deveria ter que verbalizar isso como uma pergunta. Pergunta em que, a esta altura, o Renner com certeza já deveria ter pensado.

Ele pisca devagar.

– Não entendi.

Dou um passo adiante, ficando perto o bastante para invejar o tamanho dos cílios dele.

– Renner, em tese, nós somos um casal. Você não acha que a gente precisa descobrir como agir de acordo? Não dá para a gente ficar se evitando na nossa própria festa.

Eu me odeio por dizer isso, mas é verdade. Se vamos fingir que está tudo normal, como a Nori sugeriu, não pode haver uma mudança tão drástica no nosso comportamento.

– Ah. – Ele finge estar decepcionado. – Porque meu plano era ficar a dois metros de distância de você. O tempo todo.

Lanço um olhar para ele de "se liga".

– Engraçado você propor isso, porque eu me lembro de dizer exatamente a mesma coisa hoje de manhã.

Eu me rendo.

– Tá. Você tinha razão. Gostou?

– Gostei. – Ele passa a mão no cabelo, observando os arbustos perfeitamente podados na entrada da casa. – Então, o que vai ser? Ficar de mãos dadas? Dar selinho? Com um pouquinho de língua?

Quando o escuto dizer isso assim, todo animado, sinto um nó gigante na garganta.

– Hum, não. Não precisamos ficar nos agarrando. E nada de beijo. Nem selinho.

– Não, não – responde ele com uma expressão ultrasséria. – Se não queremos que ninguém desconfie, temos que agir de um jeito normal... como se estivéssemos apaixonados – rebate, com um sorriso atrevido se abrindo nos lábios.

E estende a mão.

– Vem, amorzinho.

Mentalmente, estou cobrindo o rosto com as mãos. Eu não deveria ter falado nada. Renner adora um desafio. Também tem o maior prazer em me fazer passar vergonha. Taí uma combinação letal.

Antes que eu possa retirar o que disse nos últimos dois minutos, ele já passou o braço musculoso pelo meu ombro, encaixando-me confortavelmente ao lado dele.

– Bora lá, docinho de coco. É hora do show.

Eu me livro das garras dele.

– Não me chame de docinho de coco. Não sou criança.

– Luz da minha vida? Chuchu da minha horta?

– Parece coisa de velho.

– Bom, a gente tem 30 anos... mas beleza. – Ele recomeça: – Minha fofolete?

Disparo um olhar de advertência.

– De onde saíram esses apelidinhos? E nada de cafuné. Vamos só... ficar de mãos dadas.

Ele revira os olhos e estende a mão outra vez.

– Beleza.

Quando entrelaço nossos dedos, ele tira a mão, abrindo e fechando os dedos.

– Ai! É assim que você segura a mão das pessoas?

– Como assim? Eu seguro normalmente.

Tento pegar a mão do Renner de novo, mas ele a tira do meu alcance.

– Não. Você tem mão de ferro.

– Meu pai diz que a gente deve ter um aperto de mão firme.

Essa menção ao meu pai escapa antes mesmo de a minha mente perceber. Acho que o Renner também está surpreso, porque baixa o olhar na mesma hora, encarando os sapatos.

Eu me pergunto se meu pai veio hoje e deixou a mulher e as crianças em casa ou se se afundou numa montanha de trabalho e deveres com a nova família. Provavelmente, a segunda opção. Enterro essa pontinha de esperança bem fundo, onde é o lugar dela. No que diz respeito ao meu pai, ter esperança nunca serviu para nada.

Renner percebe minha expressão, e seu olhar suaviza. Nosso contato visual aguenta um piscar de olhos antes de ele balançar a cabeça.

– Apertar a mão de alguém é diferente de andar de mãos dadas, Char. Relaxa, pelo menos hoje.

Ele pega minha mão outra vez, entrelaçando nossos dedos delicadamente de um jeito que, na verdade, não é um horror. Talvez esse contato seja até um pouquinho reconfortante, já que estamos prestes a entrar numa festa cheia das pessoas mais íntimas e queridas – depois de perder os últimos treze anos da nossa vida.

Percorremos uma passarela curta e limpa até o portão do quintal dos fundos. Atrás dele, esperando por nós, há pelo menos vinte pessoas que irrompem em vivas, assobios e cantadas inadequadas (principalmente da Nori).

Renner aperta um pouco minha mão e aciona o modo encantador, acenando.

– Chegou o casal do momento! – grita a Nori, a primeira a correr para o abraço antes de a multidão avançar.

É atordoante estar cara a cara com todas as pessoas que conheço, só que mais velhas, incluindo minha mãe, a segunda a se aproximar e me dar um forte abraço. Ela está com um ar desleixado, como sempre, com o cabelo comprido e ondulado, agora grisalho. Os anos desgastaram sua pele, principalmente ao redor dos olhos. O pai do Renner também envelheceu. O cabelo dele está mais ralo no alto e totalmente grisalho.

– Como é que você está? – pergunta o Renner, envolvendo-o num abraço estranhamente demorado.

O pai dele se solta, parecendo confuso com tanto carinho.

– Estou ótimo. Por que não estaria?

Antes que o Renner possa responder, Ollie chega com dois coquetéis azul-celeste para nós, finalizados com guarda-chuvinhas. Ele continua mais alto do que o Renner, com seu porte atlético, largo nos ombros e fino na cintura, que a Kassie tanto elogiava. Só que agora está um pouco menos esbelto e ligeiramente mais robusto. Seu sorriso fácil e cheio de dentes, porém, não mudou.

– Vocês estão com cara de quem precisa beber. Dia difícil moldando a mente dos jovens?

– É mais ou menos por aí – respondo com um sorriso forçado.

Isso é tão, mas tão esquisito.

– O dia foi interessante. Mas eu arrasei na aula de educação sexual, então tá ótimo – anuncia o Renner.

– É isso aí, cara. – Ollie bate a palma da mão na dele.

– Aliás, obrigada. Não precisava fazer tudo isso por nós – digo, indicando os balões brancos e os cordões de lâmpadas ao longo da cerca, além dos pratos e guardanapos com o tema Sr. & Sra. na mesa.

Embora sempre tenha sido um excelente anfitrião, é evidente que o Ollie se dedicou muito planejando esta noite.

– Opa, não precisa agradecer. Vocês são meus amigos mais antigos. E eu faria qualquer coisa por vocês, sabe disso.

O tom sentimental do Ollie quase me faz chorar. Eu e ele sempre fomos amigos, mas nunca muito próximos. Fico me perguntando se o que impediu isso foi meu ressentimento por ele ocupar tanto o tempo da Kassie.

Queria poder dizer isso a ele. Mas simplesmente o abraço, tomando cuidado para não derramar meu coquetel azul.

– Sério, você é demais.

– Mas teve uma coisa em que falhei: não consegui aquele molho de camarão que você gosta. Meu pai deu uma de rebelde e, em vez de camarão, fez molho de frango.

Ele despenteia meu cabelo com um gesto afetuoso antes de ficar distraído com Larry, um tio do Renner que está desesperado para falar com ele sobre a física da construção civil. Renner sussurra para mim que o tio dele é um professor de física aposentado da Cal Tech e tem a maior coleção de objetos de Star Wars do mundo.

Logo o Renner se perde na multidão, mergulhando nela como um integrante do BTS depois de um show. Ele fica completamente à vontade ao conversar com todo mundo. Enquanto isso, fico de lado numa boa, meio desajeitada, escutando a Lynn, uma tia do Renner, contar a alguém que pretende dividir suas cinzas em vários jarros de vidro para a família exibir em cima das lareiras. São essas as conversas de rotina dos adultos? Eu me sinto uma aluna do ensino fundamental deslocada no recreio, andando pelos cantos sem amigos com quem brincar.

Aproveito quando a Nori termina uma conversa com a Heidi, uma garota um ano mais nova do que nós na escola (e com quem nunca tive muita intimidade).

– Voltar à cena do crime não deu certo? – pergunta ela em voz baixa, oferecendo uma cenoura do seu prato.

– O ginásio ficou cheio de alunos o dia inteiro. Estão fazendo a decoração do baile. Vamos voltar hoje, mais tarde, quando todo mundo tiver ido embora.

– Tenho o pressentimento de que vai dar certo – diz ela com segurança. – E, se não der, talvez tudo isso seja um sonho. Quem sabe você acorda amanhã na sua vida normal.

Que ótimo seria...

– Ou talvez vocês recuperem a memória – sugere ela.

Como se fosse simples assim. Como se, a qualquer momento, lembranças de mais de uma década pudessem voltar.

Roubo mais uma cenoura do prato dela.

– De um jeito ou de outro, não sei por quanto tempo aguento fingir, assentindo quando as pessoas falam comigo sobre drenar glândulas adanais.

Ela não se dá ao trabalho de perguntar do que estou falando.

– Sabe, quando vocês chegaram aqui, achei que tudo tinha voltado ao normal.

– Por que achou isso? – pergunto, olhando de relance para o Renner na varanda do Ollie, se deliciando com a atenção das pessoas.

– Foi o jeito que vocês chegaram de mãos dadas, se olhando nos olhos, bem apaixonadinhos. Parecia que você queria beijar ele até amanhã – diz ela com um olhar pensativo e sonhador.

Que vontade de vomitar!

– Apaixonadinhos? Não. Foi uma encenação que planejamos com todo o cuidado dois segundos antes de entrar aqui.

Ela dá uma piscadinha, mastigando um pedaço de aipo lambuzado de molho *ranch*.

– Só tô dizendo que foi superconvincente. Vocês pareciam encantados.

Sei aonde ela quer chegar e não vou morder a isca.

– Não vou casar com esse homem – declaro, teimosa até dizer chega.

– Você é quem sabe. Mas, se eu tivesse alguém que me olhasse desse jeito, não teria pressa de largar a pessoa, mesmo que estivesse presa num universo alternativo...

Nori para, arregalando os olhos ao ver alguma coisa atrás de mim.

Quando me viro, todo mundo está olhando para mim. Renner está ao lado do Ollie, gesticulando para eu ir até lá.

– O que está acontecendo? – pergunto, cerrando os dentes e me aproximando com receio.

– Querem que a gente faça um discurso – sussurra ele, puxando-me pela mão.

Ah, não.

Minhas pernas ficam bambas na mesma hora. Entenda: eu me saio bem falando em público. Eu arraso nos discursos. Mas não sei falar de improviso. Um discurso requer planejamento, preparo, memorização de palavra por palavra. Não sei o que fazer sem meus cartões de tópicos classificados por cores.

Antes que eu possa virar as costas e fugir, o Renner dá o pontapé inicial:

– Eu e a Char só queremos agradecer a cada um de vocês por estarem aqui hoje. Principalmente o Olly e a Laney por serem anfitriões tão generosos. É raro ver todas as pessoas que amamos no mesmo lugar, mas eu e a Char somos muito gratos por ter todos vocês na nossa vida.

Meus dedos, que estavam presos firmemente entre os dele, afrouxam um pouco quando ele começa a falar com uma facilidade surpreendente. Como é que ele pode estar tão relaxado logo agora?

– Para ser sincero, estou tão surpreso quanto todo mundo por estar aqui hoje. Como muita gente deve lembrar, a Char me odiava na escola. E odiava *pra valer*.

Todo mundo ri amigavelmente quando o Renner me dá uma piscadela. Juro que os olhos dele estão brilhando.

– Dedicamos muitas horas a irritar um ao outro. Logo aprendi que existem três maneiras infalíveis de irritar a Char. Primeiro, chegar atrasado. Na verdade, na maior parte das vezes ela não fica contente nem se a gente chegar na hora. Se não chegou antes, está atrasado. Segundo, cantar a letra de uma música toda errada com a mais completa confiança. Terceiro, perder. Ela não suporta perder. Jogos de tabuleiro, apostas, eleições do grêmio estudantil...

Renner deixa a última frase pairar, dando um sorrisinho torto para mim quando o encaro.

– Putz. Depois de treze anos ainda é cedo demais para essa piada – diz ele, provocando mais risadas. Minha mãe ri pelo nariz. – Estou surpreso por ainda estar vivo depois daquela eleição. Enfim, eu nunca entendi como isso tudo começou... e continuo não entendendo. Nunca disse isso para ela, mas a verdade é que fiquei deslumbrado com ela no instante em que nos conhecemos. Onde quer que esteja, ela é sempre a pessoa mais inteligente, mais motivada e mais linda. E talvez na adolescência isso me intimidasse.

"De qualquer maneira, ninguém conseguia me perturbar mais do que a Char. E, para dizer a verdade, ela faz isso até hoje. Houve dias em que achei que não suportava ela, mas me pegava pensando nela quando a gente se separava. O tempo todo. No meio de todas aquelas brigas, ela deu um jeito de vir morar no meu coração." Ele segura minha mão com mais força e olha bem nos meus olhos. "Desde então, minha vida é mais completa, mais feliz e infinitamente melhor com você ao meu lado, em vez de contra mim. Juntos, somos infinitos. Vamos além. E acho que acabei de plagiar *Toy Story*. Mas a questão, Char, é que estou ansioso para passar o resto da vida com você."

O discurso do Renner leva as pessoas à loucura. Estou tendo um déjà-vu dos aplausos que ele recebeu depois do discurso de campanha para o grêmio estudantil. Talvez a vocação dele não seja dar aula de educação física. Talvez ele devesse ser redator de discursos profissional. Ou palestrante motivacional.

Não sei quem começou a gritar "Bei-ja, bei-ja", mas desconfio que tenha sido o Ollie. Logo todo mundo está incentivando, fazendo brindes com as taças e exigindo um beijo.

– Vai, beija! – grita a tia do Renner, com o celular a postos para filmar o momento.

Nós dois nos encaramos com um olhar que diz em silêncio: *merda*. Mas aí o canto dos lábios dele se curva para cima naquele sorriso que é sua marca registrada, e fico sem ar. Minha cabeça gira com um sentimento desconhecido, algo que não consigo identificar.

– A gente não precisa fazer nada… se você não quiser – sussurra ele.

– Hã… eu…

Ele tira a mão da minha cintura, percebendo minha relutância. Cada parte lógica e racional do meu ser diz que o J. T. Renner é a última pessoa no mundo que quero beijar. Mas não beijá-lo na nossa própria festa de noivado, na frente de todos os nossos amigos e familiares, só geraria suspeitas. Certo?

Por um instante, fico arrebatada, ludibriada pelo talento natural que ele tem com as palavras. A propósito, o céu alaranjado iluminou os minúsculos pontos dourados em seus olhos verdes, acendendo-os como centelhas de fogo. Imagino que sou uma personagem de filme. A protagonista que resiste a uma chuva torrencial e à subsequente pneumonia, tudo em nome de um gesto grandioso. A personagem que joga a cautela pelos ares e aceita o amor de alguém.

E é isso que faço. Eu o beijo.

Capítulo quinze

Beijei três caras na vida, mas nunca tomei a iniciativa. Nunca fui a que se aproximou e fez o primeiro contato.

E agora sei por quê.

Renner não esperava que meus lábios o atropelassem feito um caminhão desgovernado. À medida que me aproximo, ele arregala os olhos num terror abjeto.

Mas é tarde demais. Avancei com muita vontade. Há uma colisão de narizes e um baque forte dos meus dentes contra o lábio superior dele. E pronto: sinto um leve gosto metálico de sangue.

Ai.

Mas já era. A gente se beijou, pelo menos tecnicamente.

– Pronto – digo com um suspiro épico de alívio, sentindo os dedos eletrificados de adrenalina ao recuar.

Já espero enfrentar raiva ou frustração por arruinar o show. Mas, em vez disso, vejo os cantos dos olhos do Renner se franzirem num sorriso.

– Isso foi… um beijo? – sussurra ele, com os olhos fixos nos meus, como se fôssemos as únicas pessoas no quintal; como se não estivessem todos olhando para nós.

– Acho que sim.

Ele me puxa para um abraço e ri baixinho, com o peito encostado no meu.

– Não sei como, mas foi ainda pior do que seu jeito de segurar a mão. Você quase me deixou banguela. – Ele toca os dentes da frente, fingindo ter receio de que não estejam mais no lugar.

Se eu tinha que beijar o Renner, por que beijei tão mal? E ainda por cima na frente de um monte de gente. Agora ele tem mais um motivo para me encher.

Então, ele inclina a cabeça para tentar outra vez, roçando a testa na minha. Deste ângulo, consigo ver seus cílios espessos. O leve punhado de sardas que salpicam a ponte do nariz. A forma como seus lábios tremem à medida que me aproximo.

Ele inclina a cabeça para a esquerda, passando o polegar pelo meu rosto até segurar meu queixo, e isso tira meu fôlego. Seus lábios se abrem num sorriso sincero que quase me faz flutuar. É como aquele primeiro dia na escola. Naquele momento, na arquibancada, a luz que ele irradiava me encantou. O sorriso natural. O perfume cítrico e inebriante.

Só percebo que estou tremendo quando ele aperta minha mão, o que consegue acalmar os saltos descontrolados do meu coração.

Ao contrário de mim, ele vem devagar, hesitante. *É assim que se faz*, diz o corpo dele, pegando meu lábio inferior entre os seus com uma delicadeza que eu nunca poderia imaginar. Ele abre os lábios, depois os fecha outra vez, agora avançando um pouco mais. Os fios da barba fazem cócegas levíssimas no meu rosto, incendiando todas as células do meu corpo. Nossos lábios se fundem perfeitamente de um jeito que nunca senti. Como opostos colidindo. A sensação é de segurança, mas também é eletrizante.

Uma parte de mim, que eu não sabia existir, está desesperada para abraçá-lo, passar os dedos por seus cabelos grossos e sedosos, sentir seus lábios entre os meus. Mas ele recua.

Antes que eu consiga entender o que aconteceu, ele está se deliciando com os aplausos dos convidados. Ele grita alguma coisa para minha mãe, mas não consigo ouvir com o zumbido em meus ouvidos.

Então ele se inclina para mim e diz:

– Belo show, hein?

Ah, pronto. É isso. Nada do que aconteceu foi de verdade. Foi puro exibicionismo. O discurso. O beijo. É óbvio que sim.

Renner merece um Oscar por essa atuação.

NOSSOS CONVIDADOS PASSAM O RESTANTE DA NOITE olhando para nós cheios de amor, como se fôssemos um casal famoso de pandas num zoológico. O discurso do Renner enganou todo mundo.

Depois do beijo, há uma sensibilidade muito maior entre nós. É igual a quando o Clay entra na sala de aula e meu coração quase sai do peito. Suo frio, fico com as mãos fechadas no colo e não consigo deixar de imaginar se todo mundo percebe que meu comportamento está superesquisito.

Não que eu tenha uma quedinha pelo Renner, de jeito nenhum, mas ele está sempre na minha visão periférica, não importa aonde eu vá no quintal do Ollie. Talvez eu esteja sendo paranoica, mas parece que ele também está sempre de olho em mim. Quando não estou completamente sem jeito, enchendo a cara de Doritos e molho de frango, domino a arte da evasão, driblando perguntas difíceis como "E aí, tá animada para o casamento?" e "Acha que vai chorar no caminho até o altar?". Até que é fácil, desde que eu dê respostas vagas e evite a tentação de dizer para todo mundo que o casamento foi cancelado. E, depois de ver a alegria da minha mãe, vamos ter que pensar numa forma delicada de soltar essa bomba.

Infelizmente, o Renner me faz parecer uma idiota. Eu o escuto contar a todo mundo sobre nosso supercasamento para 500 convidados. Ele inclui petiscos estranhamente específicos, alegando que a Pizza Hut vai fornecer a comida, que vamos ter uma fonte de fondue de chocolate, um arco de rosas, uma banda ao vivo com dez músicos, uma pista de patinação, fogos de artifício, acrobatas do Cirque du Soleil e animais exóticos passeando livremente pela festa. Já vi reality shows suficientes para saber que, na maior parte das vezes, os maridos não têm o menor interesse pela organização do casamento. Renner não é um desses caras.

Eu o encurralo perto da banheira de hidromassagem.

– Por que você fica dizendo para todo mundo que a gente vai fazer um casamento enorme? – sussurro, olhando para trás para me certificar de que ninguém mais está ouvindo.

De acordo com a Nori, temos um orçamento limitado para um casamento com 150 convidados num resort perto de Fairfax, próximo à casa do meu pai e da Alexandra à beira do lago.

Ele dá de ombros, apoiando o corpo na banheira de hidromassagem.

– Por que não? Comigo é tudo ou nada.

– Primeiro, a gente não vai se casar. E, mesmo que fosse, e não vamos, não vou torrar todas as minhas economias num dia só.

– O dia mais especial da sua vida – rebate ele.

– Não mesmo. No mínimo, a gente decidiria fugir e casar longe daqui.

Ele cobre a boca como se eu tivesse acabado de confessar um homicídio.

– Fugir não é meu estilo.

– É bem a sua cara rejeitar minhas ideias sem nem parar pra pensar. O que tem de mau em fazer um casamento íntimo e discreto? É romântico. Não que a gente esteja procurando romance, mas...

Ele franze a testa.

– Está dizendo que não quer estar cercada de pessoas queridas no seu grande dia?

– Algumas, sim. Não a cidade inteira.

Nem sei por que estou discutindo. É claro que o Renner ia delirar de prazer ao pensar num dia em que tudo gira em torno dele. Não abriria mão dessa chance.

Ele inclina a cabeça de lado.

– Por que está tentando me convencer a fugir se acabou de dizer que vamos cancelar?

Eu pisco algumas vezes, recuperando o juízo.

– Certo. A gente não vai se casar de verdade. Vamos embora daqui. *Hoje* – acrescento, lembrando-o.

Mas ele não me escuta. Está distraído com a chegada de alguém: a mãe dele.

Ele tinha razão quando disse que havia alguma coisa diferente nela, além de ter envelhecido mais de uma década. Não vi a mãe do Renner muitas vezes. Ela sempre foi deslumbrante por natureza, mas tinha olheiras e um ar cansado, como uma mulher esmagada pela vida.

Essa não é a mulher que vejo agora. O rosto está firme, a pele praticamente reluz, e ela irradia alegria, desde os olhos até o sorriso.

Um homem meio calvo de camisa polo e físico de lenhador vem logo atrás dela. Só quando a multidão abre espaço vejo que estão de mãos dadas. A mãe do Renner está de mãos dadas com... um homem que não é o pai dele.

Renner parece ter visto um fantasma. Seu olhar vai deles até o pai, que está do outro lado do quintal e acena, descontraído, quando eles entram. Pela expressão do Renner, dá para perceber que ele não conhece esse cara.

Uma dor se instala no fundo do meu estômago. Por instinto, ponho a mão no ombro do Renner, mas ele entra na casa pela porta de correr.

Apesar de saber que não devo, vou trás dele até a cozinha branca e reluzente do Ollie. Renner decidiu se ocupar recolhendo latas de refrigerante aleatórias e jogando-as no cesto de lixo azul com uma força excessiva.

– Sinto muito, Renner. Sua mãe não falou dele hoje cedo?

Ele aperta os lábios ao jogar mais uma lata no lixo.

– Não.

Pela janela da cozinha, ele espia a mãe e o novo namorado dela na varanda.

Acho que é a primeira vez que vejo o Renner sério, sem ser a alegria da festa. Mesmo quando discute comigo, em geral ele emite uma aura de indiferença que me faz querer dar um tapa na cara dele. Nunca demonstra fraqueza, não importa que palavras ofensivas eu atire contra ele. Mas, neste momento, encurvado sobre o balcão, Renner parece desprovido de toda aquela energia tão característica dele. Parece completamente triste. Não estou gostando disso. Nem um pouco.

– Se serve de consolo, sua mãe parece estar muito feliz – murmuro com delicadeza.

– Pois é. Na verdade, mais feliz do que nunca. – Observando-a pela janela, os olhos dele ficam meio marejados. – Acho que não posso ficar chateado.

Chego mais perto.

– Pode, sim. Sei como é – digo, surpresa com as palavras que saem da minha boca; nunca imaginei que poderia me identificar com o Renner. – Meus pais nunca brigavam na minha frente, ou, se brigavam, disfarçavam bem. Então, quando meu pai foi embora, para mim foi… do nada.

Ele relaxa os ombros e me olha com solidariedade.

– Deve ter sido muito difícil.

– Foi.

Meu corpo amolece enquanto uma energia nova e desconhecida paira entre nós. Não é ódio, nem crítica, nem irritação. Meio que parece compreensão.

O som da porta de correr interrompe meus pensamentos. Nori e Lainey entram com tudo na cozinha, meio bêbadas, procurando pães de cachorro-quente.

Renner sai para o quintal e eu me refugio no banheiro, sentada em cima do vaso sanitário elegantérrimo do Ollie, que também funciona como bidê de alta tecnologia. As opções de pressão do jato são infinitas. Ele até ilumina a água na cor que você escolher.

Assim que começo a apreciar a solidão e o piso frio sob os meus pés, ouço uma batida na porta.

– Amor? Você tá aí?

– Mãe? – respondo.

– Sou eu. Me deixa entrar. Preciso fazer xixi!

Abro a porta e ela entra, toda sorridente, meio corada por causa do álcool.

– Nossa, é a décima vez que faço xixi em uma hora.

– Aposto que você adorou o bidê.

Ela dá um sorrisinho malicioso.

– Tenho uma relação de amor e ódio com ele. A primeira vez que tentei usar, espirrei água bem na minha boca. Mas o assento é aquecido, então acho que posso perdoar.

Ela vai tagarelando sobre os vários recursos do vaso sanitário enquanto faz xixi antes de parar para observar minha expressão.

– Hoje você parece meio... estressada. Essa atenção toda está te incomodando?

– É que eu... não sei – respondo, atordoada, com medo de falar demais.

– Não sabe o quê?

– Não sei de nada. O casamento...

Ela me encara.

– Não está com um pé atrás, né?

Pode-se dizer que sim.

– E se eu estiver? Acha mesmo que estou pronta para me casar? Só tenho dezes... – eu me detenho. – Trinta anos.

– Você sempre foi mais madura do que todo mundo da sua idade. – Ela suspira. – Não tenho a menor condição de dar conselhos sobre casamento, mas uma coisa é certa: nunca te vi mais feliz do que quando você está com o J. T.

– Você fala como se eu nunca tivesse sido feliz sem ele.

– É que… você sempre foi muito prudente. Pé no chão. Resistente a se soltar e se divertir. – Sua expressão fica melancólica. – Sei que é por minha causa, que você sempre sentiu que precisava ser responsável por tudo, mas ele desperta um lado seu que eu não via desde antes do seu pai ir embora.

Há muito para analisar aqui, e é coisa demais neste momento, então me contento em responder:

– Por falar nisso… meu pai não veio. Que surpresa.

Ela me olha intensamente.

– Você sabe que ele estaria aqui se pudesse.

Será?

– Por falar no casamento, ainda quer que eu passe no seu quarto antes para te ajudar com o cabelo e a maquiagem? – pergunta ela. – Sei que o cortejo do casamento vai entrar primeiro, mas…

Minha mente se agarra às palavras dela.

– O cortejo do casamento – repito, tomada pela lembrança do dia em que eu e a Kassie ficamos na varanda dela, no verão em que nos conhecemos, pegando sol e vendo fotos de vestidos de noiva no tablet da mãe dela.

"Como minha futura madrinha de casamento, você é obrigada a me dizer se o vestido que eu escolher é tão pavoroso quanto este aqui", dissera Kassie, franzindo o rosto ao ver um vestido de grife feito exclusivamente de penas.

"Peraí. Quer que eu seja sua madrinha de casamento?", perguntei, arregalando os olhos, cheia de esperança.

Fazia apenas um mês que éramos amigas. Ser amiga dela já era como ganhar na loteria, mas ser sua futura madrinha de casamento estava em outro nível. Eu me senti como uma heroína adolescente num romance de fantasia que foi predestinada a salvar o mundo. A escolhida.

E é então que percebo: a Kassie não está aqui hoje. Cadê ela?

– Mãe? Quem está no meu cortejo? – pergunto.

– No seu cortejo? – repete ela, perplexa. – Vocês decidiram levar uma pessoa cada um, lembra? O J. T. tem o Ollie, você tem a Nori.

Balanço a cabeça.

– Não. Eu não deixaria a Kassie de fora.

Ela me olha com um ar intrigado.

– A Kassie? Vocês não se falam há anos. A amizade acabou.

– Acabou?

Eu pisco várias vezes, incapaz de assimilar a informação.

– Que eu saiba, pelo menos, acabou. Vocês perderam contato. Tem certeza de que está bem?

Minha boca fica seca e meu estômago se contorce e revira, como se alguém o torcesse feito um pano de prato.

Perderam contato. As palavras ficam ruminando dentro de mim, recusando-se a ficar quietas. Deve haver uma razão. Algum tipo de desentendimento. Rancor. Uma briga ou desavença que nos tirou do rumo. Perder contato é um gesto neutro, quase frio. Será que decidimos mesmo, por pura apatia, não nos empenhar mais? Que nossa amizade já não valia mais a pena? O estranho é que a apatia dói mais do que qualquer briga hipotética que possa ter acontecido. Porque é o seguinte: você briga com as pessoas que ama e ignora aquelas para quem não está nem aí. É o que meu pai faz.

Ponho a mão na barriga, com receio de vomitar.

Como é que isso foi acontecer? Não acredito nem por um instante que eu simplesmente deixaria a gente "perder contato" sem um bom motivo.

Minha mãe continua falando, mas suas palavras ecoam e depois se dissipam, como se estivéssemos dentro de um aquário. Só consigo ouvir o sangue latejando nos meus ouvidos. Repito as palavras em silêncio. *Eu e a Kassie não nos falamos há anos. A amizade acabou.* Tudo mudou.

Preciso sair daqui, e já.

Capítulo dezesseis

– Por favor, funciona. Por favor, *funciona* – peço a qualquer que seja a força cósmica culpada por essa encrenca.

Gotas de suor escorrem pela minha testa enquanto passo meu crachá no scanner da porta da escola pela quinta vez. Não adianta.

Renner suspira em seu posto, escorado na porta.

– Tá trancada, Char.

Depois que saí do banheiro do Ollie, eu e o Renner fomos direto para a escola com tanta urgência que esquecemos completamente que, depois do expediente, ela fica trancada por questão de segurança. Descobri isso quando fiquei trancada do lado de fora com a professora Chouloub depois dos preparativos para a festa do Dia das Bruxas. Tivemos que guardar o restante da decoração no carro durante a noite.

Começo a sacudir a porta de novo, chutando-a em seguida, como se minha raiva pudesse abri-la num passe de mágica.

– Vamos ter que voltar amanhã de manhã. Os alunos vão vir para terminar de decorar o ginásio – diz o Renner.

– Mas a gente não pode esperar até amanhã de manhã. Não posso ficar aqui! – Minha voz ecoa na escuridão da noite.

Não posso ficar presa num mundo onde perdi treze anos da minha vida e vou me casar com o Renner. E não posso ficar num mundo onde a Kassie não é minha amiga. A ausência dela na minha despedida de solteira parece até um crime. E é um crime ainda mais grave eu não a escolher como madrinha de casamento. Ela deveria estar ao meu lado, tirando fotos comigo, segurando meu buquê durante a cerimônia, dizendo para eu endireitar a postura e fazendo um discurso encantador sobre como minha alma gêmea na verdade *é ela*.

– Você acha que eu quero ficar aqui? – retruca o Renner.

– Tem que haver outro jeito. A gente pode entrar por uma janela aberta.

– Todas as janelas estão fechadas. Eu já olhei.

– Bom, se não dá para entrar...

Em pânico, avalio às pressas o ambiente ao meu redor em busca de qualquer coisa. Literalmente qualquer coisa. Avisto uma pedra grande no jardim que fica na entrada. Gosto de pensar que sou o contrário de impulsiva, porque sempre penso antes de agir, provavelmente até demais. Mas, neste momento, esse meu lado cauteloso é sufocado pelo desespero. Quando me dou conta, a pedra está na minha mão, e eu a arremesso na janela.

Renner grita alguma coisa que não consigo ouvir enquanto o vidro se parte em um milhão de pedaços, e estilhaços de todos os tamanhos caem na calçada, retinindo.

Puta merda. Acabei de quebrar uma janela e tentei invadir a escola igual a uma criminosa qualquer.

Quem sou eu?

Soa um alarme estridente, e nós dois cobrimos os ouvidos para bloquear o alarido. Renner está aturdido, de olhos arregalados e corpo imóvel, até entrar em ação.

– *Corre!* – grita ele antes de disparar para longe da escola.

Saímos feito dois loucos, percorrendo a rua mal iluminada a toda a velocidade. O ar fresco da noite arde nos meus pulmões. Ao virarmos a esquina para chegar ao nosso carro, uma viatura da polícia aparece do nada, vindo em nossa direção.

Temos uma fração de segundo para decidir se devemos ir para a esquerda e pegar a trilha de caminhada ou para a direita, rumo a uma cerca viva de tuias com dois metros de altura. Nós dois nos jogamos para a direita.

Um ramo cutuca meu olho enquanto me aninho num nicho entre os arbustos ao lado do Renner. Até que é aconchegante, a não ser pelo fato de que estou ofegante e há gravetos secos espetando meus joelhos. O cheiro de madeira úmida e cedro provoca um espirro violento.

– *Shh!* – alerta o Renner, olhando furioso para mim.

– Ah, é, como se eu tivesse feito de propósito – sussurro, espanando o antebraço freneticamente ao sentir cócegas de alguma coisa rastejando nele. Nem quero saber que criaturas perversas espreitam aqui.

O braço do Renner roça o meu enquanto ele afasta os galhos para espiar.

– A viatura está passando muito devagar – murmura. – Acho que... Acho que é o Cole.

Ele diz "Cole" como se fosse o nome de um amigo de bar, e lembro que o pai dele é o chefe de polícia. Ou pelo menos era, treze anos atrás.

– Esqueci que você está acima da lei – resmungo ao mesmo tempo que suspiro de alívio; os contatos do Renner podem ser úteis.

– Não, só que prefiro não ficar de castigo.

Ele se senta com os joelhos encostados no peito enquanto a viatura dá mais uma volta lenta.

– De castigo, não. *Preso*. A gente é adulto, Renner. Eu não me daria bem na cadeia.

Sou frágil demais para improvisar uma faca caseira e usá-la com gosto. A última coisa de que preciso é ser presa.

– Aff. Nem eu.

Dou de ombros.

– Fato. Você ia se ferrar. Sua cara meio que berra "privilégio" – digo por pura frustração.

– Bom, no fim das contas, foi você quem quebrou a janela – observa ele.

Renner tem razão, mas não posso deixá-lo ganhar.

– E foi você quem... quem...

– O quê? Do que mais você vai me acusar agora?

Penso em consultar minha lista, que memorizei para momentos como este. Mas não tenho energia para isso.

Passam-se alguns segundos de silêncio antes de ele espiar de novo por entre a vegetação.

– Acho que foram embora.

Vou engatinhando atrás do Renner, saindo da moita, e olho para os dois lados para ter certeza de que a viatura foi embora mesmo antes de correr de volta para o nosso carro.

Rodamos em silêncio por um tempo antes de o Renner finalmente soltar um pigarro e dizer:

– Quer que eu te deixe em algum lugar para passar a noite?

A frieza da pergunta me pega de surpresa.

– Que legal você pensar que eu vou para outro lugar enquanto você fica com a casa. Além disso, para onde posso ir?

– Para a casa da sua mãe?

– Não.

Cheguei a pensar em ficar lá, mas, pelo tom das mensagens dela (Você está doente? Precisa de alguma coisa? É normal ficar com um pé atrás! Desculpa se falar do seu pai te deixou chateada. Vamos conversar!), ela já está preocupada comigo depois da conversa na casa do Ollie. A última coisa de que preciso é que ela tente me dar conselhos sobre como sair do que imagina ser uma espécie de crise dos 30 anos.

– Na casa da Nori? Da Kassie?

Ouvir o nome da Kassie é como tomar uma facada no coração.

– Nossa amizade acabou – digo, olhando pela janela do passageiro. Renner continua em direção à nossa casa.

– Não me admira.

– Como é que é?

Ele se diverte.

– Você não imagina mesmo por que sua amizade com a Kassie acabou?

– O que você quer dizer com isso?

Ele revira os olhos.

– Deixa pra lá.

– É tão absurdo assim achar que a Kassie seria amiga de alguém como eu?

Ele não responde, o que me deixa ainda mais irritada.

Eu rosno, soltando o cinto de segurança no instante em que paramos na frente de casa, desesperada para ficar o mais longe possível dele.

– Você é inacreditável. Por que não guarda seu juízo de valor só para você?

Ele empina o queixo, saindo do carro.

– Olha quem fala. Você vive julgando todo mundo.

– Não vivo, não.

– Vive, sim. E nunca vai admitir. Você se recusa a ouvir os outros e a ver as coisas de pontos de vista diferentes.

139

Enrijeço a postura ao segui-lo para dentro de casa, batendo a porta com tudo ao fechá-la.

– E você ouve alguém? Discute comigo por qualquer coisa. Qualquer. Coisinha. Mesmo. Você transformou o grêmio estudantil num inferno.

Ele franze a testa.

– E você também não transformou o grêmio num inferno pra mim? Achei que a gente podia trabalhar junto, mas em vez disso você declarou a Terceira Guerra Mundial.

– Porque você não merece ser presidente! – berro, chocando a nós dois, antes de entrar na cozinha feito um furacão.

Não é certo gritar com ele, mas é como se uma barragem tivesse se rompido, liberando quatro anos de raiva reprimida. Não consigo me conter, por mais que queira.

– Você fica passeando pela vida se fiando só na sua personalidade. O rei da Escola Maplewood. Até arranjou um emprego que te permite nunca ser adulto. Nem todo mundo pode se dar ao luxo de passar o dia brincando com camisinhas, Renner!

Assim que esbravejo tudo isso, minha voz fica embargada de arrependimento. Estou prestes a pedir desculpas quando ele responde:

– Tá vendo? Você acabou de provar que eu tenho razão. Juíza do mundo. Você pelo menos consegue ouvir o que está dizendo?

Percebendo que é tarde demais para voltar atrás, retomo o modo defensivo, que é meu padrão em se tratando do Renner.

– Não estou num estado de espírito muito bom. Minha vida acabou de implodir. Viajei no tempo sem querer. E a gente, sei lá por quê, vai se casar.

– Estou na mesma situação que você, Char. Não é só você que está presa neste pesadelo. Entre todas as pessoas, por que eu escolheria me casar justo com você? – ele praticamente sibila, embora a expressão suave não combine com a raiva em sua voz.

– Pode acreditar, o sentimento é recíproco.

– Não dá pra conversar com você.

Ele vira de costas e sai da cozinha. Mal tive tempo de respirar quando ele volta pisando duro feito uma criança petulante.

– Ainda estou com fome! – diz, abrindo a geladeira.

Mas, ao ver o estado dela, solta um gemido frustrado.

– E não tem comida. Que legal.

Dou de ombros.

– E eu com isso? Não sou sua mãe.

– Não estou pedindo para você fazer nada.

– Que bom! Porque não vou fazer! – grito, e agora é a minha vez de sair da cozinha. – Hoje você dorme no quarto de hóspedes.

– Com prazer.

A resposta blasé dele não me desce.

– Vai pro inferno, Renner! – grito sem me virar.

– Tá, eu guardo um lugar pra você! – berra ele em resposta.

Capítulo dezessete

Este é oficialmente o dia mais longo da minha vida.

Meu corpo está exaurido. Meus olhos doem. Preciso descansar. Mas minha mente não para de repassar todos os acontecimentos do dia, desde acordar com o Renner seminu, passando por ir de bicicleta até o trabalho da minha mãe, ir à escola, depois à festa, aí fugir da polícia, até ter uma briga horrorosa com o Renner.

Não ajuda em nada o Renner estar lá embaixo fazendo um estardalhaço com panelas e frigideiras. O que quer que ele esteja aprontando, o cheiro é delicioso. Caprichado. Percebo que estou com fome de algo substancial; quase não comi nada além de lanches na escola e molho na festa do Ollie. Mas prefiro morrer de inanição a descer até lá e encará-lo.

A verdade é que estou envergonhada. Devo a ele um pedido de desculpas por ter explodido. Não queria perder a cabeça. Ele não merecia. Tecnicamente, está no mesmo barco que eu. Sem falar que ficarmos zangados um com o outro não vai resolver nada.

Uma batida leve na porta do quarto interrompe meus pensamentos.

– Entra – digo, preparando-me para mais.

Renner abre a porta, fazendo malabarismo com duas tigelas de macarrão com queijo salpicadas do que parecem ser migalhas de pão e pimenta. As tigelas estão fumegando. Lembra o cartão do Dia dos Namorados com o desenho de macarrão que encontrei na minha sala.

– Eu não sabia se você ia querer – diz ele com uma expressão relaxada, normal.

Olho para o macarrão feito uma hiena esfomeada.

– Você que fez?

– Encontrei uns pacotes de macarrão no fundo da despensa. Podem estar fora da validade, então, coma por sua conta e risco – avisa ele, entregando uma tigela.

Eu a seguro com cuidado, e minha irritação começa a se dissipar. A cerâmica está ultraquente na ponta dos meus dedos. De alguma forma, isso faz com que me sinta ainda mais culpada.

– Obrigada.

Quando meu olhar reencontra o dele, sinto o coração entalar na garganta. Sei que preciso pedir desculpas, mas as palavras não saem dos meus lábios. Francamente, estou exausta do dia e dele. Deteste como ele se dá bem em todas as situações, até esta, que é ridícula. Detesto que aquele beijo tenha sido incrível. E detesto que ele saiba exatamente como me provocar. E receio que, se disser mais alguma coisa, ele me irrite de novo.

Guardo os sentimentos lá no fundo e enfio uma garfada enorme na boca, deliciando-me com toda a sua glória. Macarrão instantâneo com queijo nunca teve um sabor tão divino. Eu paro e o olho, desconfiada; ele ainda não começou a comer.

– Você não batizou isso aqui, né?

– Com o quê? – pergunta ele, inocente.

– Sei lá. Veneno de rato. Alvejante. Drogas pesadas?

– Eu procurei veneno em cada canto desta casa, mas parece que acabou – responde, inexpressivo.

Com ou sem veneno, estou com fome demais para me importar com isso. Como outra garfada gigante, pensando se deveria contar sobre o cartão macarrônico (trocadilho intencional) que ele me deu no Dia dos Namorados.

– Isso tá…

Ele abre aquele sorriso convencido e me vê devorar tudo.

– Eu te disse que sabia fazer macarrão.

– Como sabe que eu ia elogiar? E se eu dissesse que está horrível?

– Você praticamente gemeu quando deu a primeira garfada. Deu para ver que gostou.

A ponta das orelhas dele está rosada. Meu corpo irrompe em ondas de calor. Atribuo isso à comida superquente, ao pijama de flanela e ao edredom grosso.

– Bom, tá gostoso. Muito gostoso – admito.

Se ele tiver colocado veneno, pelo menos vou morrer feliz.

– Considere como minha oferta de paz.

– Oferta de paz?

Ele balança a cabeça.

– Desculpa por hoje. Perdi a paciência. É que eu… A escola estava trancada e eu fiquei muito decepcionado e…

– Eu também. E agradeço a comida. Não precisava trazer para mim. Eu… passei do limite.

– Meu pai sempre fazia comida para minha mãe quando ela ficava brava com ele – conta ele.

No meio de todo aquele caos a respeito da Kassie, esqueci a tristeza dele ao ver a mãe com outra pessoa. Nossos olhares se encontram num instante de compreensão mútua.

– Sério?

– Aham. Meu pai não gosta de ir para a cama brigado. Ele sempre tenta, ou pelo menos tentava, fazer as pazes com ela antes de dormir. – A expressão dele murcha. – Não adiantou muito…

– Sinto muito. – É só o que consigo pensar em dizer.

– É difícil ficar bravo sabendo que agora eles estão mais felizes.

– Seus sentimentos continuam válidos, Renner. Hoje cedo, quando descobri que meu pai ia ter um filho… – Eu me detenho; tecnicamente, não foi *hoje cedo*. – É tão esquisito. Enfim, eu sabia que deveria ficar feliz por ele e mesmo assim fiquei… triste. Sabia que era egoísmo, mas ainda acho que é importante a gente acolher o que está sentindo. Você tinha acabado de descobrir.

– Valeu, Char. – Ele faz uma pausa e abre os lábios num sorriso travesso. – Viu, a gente acabou de passar pela nossa primeira briga.

Eu o encaro, séria.

– Nossa primeira briga? Está mais para milionésima briga.

– Fato. Mas foi nossa primeira briga de casal – explica ele.

– Bom, tomara que seja a última.

Ele se vira para sair do quarto.

– Tomara mesmo. Vou deixar você dormir. Boa noite, noiva.

– Não somos um casal – insisto. – Estamos unidos por um trauma.

Ele assente.

– Justo.

– Dorme bem. Precisamos estar bem descansados para amanhã – aviso.

– O que tem amanhã?

– É o dia em que vamos voltar para 2024 – digo com falsa confiança. – Vamos trabalhar juntos e voltar à nossa vida normal. Custe o que custar.

– Combinado. A Operação de Volta aos 17 acaba de começar.

Capítulo dezoito

– E aí... você vai, hã, subir? – A voz de barítono do Renner ecoa pelo ginásio.

Viemos para cá bem cedo, antes de qualquer um dos organizadores do baile chegar para dar os toques finais na decoração, agradecendo aos céus porque as portas estavam destrancadas.

– Quando eu chegar ao último degrau, eu... pulo e pronto? – pergunto, com os dedos brancos de tanto apertar a escada, e as mãos tremendo.

– Isso, do mesmo jeito que antes. Não é nada de mais.

Ele está fazendo o melhor que pode para parecer tranquilo, como se alguém se jogar do alto de uma escada fosse uma atitude supernormal. Mas, pela tensão na sua mandíbula, dá para ver que ele também está nervoso.

Apoiamos a escada na mesma parede, na mesma posição, um pouco à direita da rede de basquete. Só que, de alguma forma, parece mais alta do que antes. Mas imagino que, do ponto de vista de alguém que pode estar prestes a mergulhar rumo à morte, a perspectiva mude.

Renner aponta para a escada e dá um passo à frente para estabilizá-la. Eu hesito até que o peito dele roça minhas costas por acidente, o que me põe em ação como se alguém tivesse apertado o play.

Quando chego ao último degrau, meu estômago revira. Fixo o olhar nos colchonetes que espalhamos em volta da escada por precaução. Não que isso vá aparar muito a minha queda se não der certo.

Se não der certo. Eu estremeço. A possibilidade é deprimente demais para ser assimilada. Olha só, a gente deveria ter mais de um plano viável para a

Operação de Volta aos 17. Nem que fosse um plano B muito fuleiro. Mas ainda não chegamos a esse estágio.

Bem quando estou tentando me convencer a pular, o Renner avisa:

– É melhor ir logo. Daqui a pouco os alunos começam a chegar.

– Não me apressa – retruco, com o corpo inteiro tremendo. – Queria ver se você tivesse que se jogar voluntariamente do alto dessa escada.

– Ah, aposto que você ia adorar ver. – Ele faz uma pausa, reprimindo a hostilidade. – E não precisa *se jogar* com tudo. Tenta se soltar e deslizar com cuidado.

– Não sei o que você andou fazendo durante a aula de ciências, mas não é assim que a gravidade funciona.

Ele cutuca minha panturrilha.

– Oi, a gente combinou que não ia mais brigar, lembra? Temos que trabalhar juntos para sair dessa. Bater boca não vai ajudar.

Eu hesito. O bate-boca é simplesmente nosso estado natural, mas ele tem razão. Não teremos esperança de sair daqui se ficarmos brigando o tempo todo.

– Verdade.

Prendo a respiração e olho para ele. É agora ou nunca. Quanto mais cedo eu pular, mais cedo voltarei à minha vida normal, com 17 anos, e não estarei noiva do Renner.

Um...

Dois...

Três...

Quando me forço a abrir os olhos, estou montada no Renner, com as pernas abertas para os lados feito um sapo.

Pisco algumas vezes, assimilando devagar o ambiente. Estamos no ginásio, no chão empoeirado de tábuas estreitas de madeira. A boa notícia é que não nos lançamos em outra dimensão alternativa.

A ruim é que, quando os pelos grossos da barba do Renner fazem cócegas na minha testa, sei que ainda estou com 30 anos, bojo tamanho C e tudo mais. Aff.

Pelo menos não estou com tanta dor como quando acordei ontem de manhã.

Ao que parece, pronunciei esse pensamento em voz alta, porque o Renner dá uma bufada sarcástica.

– É porque eu aparei sua queda com meu corpo.

Isso chama minha atenção para o fato de que estou *em cima* do Renner, colada a ele feito pão com requeijão. Ele pega minha cintura dos dois lados com mais delicadeza do que eu poderia imaginar. Por um momento, nos encaramos antes de ele soltar um gemido profundo que me chacoalha com uma faísca fugaz de eletricidade. Em minha defesa, isso é só uma reação biológica normal quando se está com o corpo todo colado ao de outra pessoa. Essas sensações são perfeitamente normais, certo?

– Você ainda está me esmagando – diz ele com outro gemido baixo.

Nosso contato visual prolongado é substituído por aversão mútua antes de eu rolar para o lado. Trato de me levantar bem depressa.

– Vamos tentar de novo – digo.

Depois de cinco quedas da escada, continuamos incapazes de voltar no tempo.

Decepcionados e cheios de hematomas, vamos até a sala do grêmio estudantil no final do corredor. Parece mais natural do que ir para nossas salas particulares. Já passamos horas incontáveis à mesa, consultando listas, faturas e processos logísticos. Por acaso, é aqui também que eu e o Renner tivemos algumas das nossas brigas mais dramáticas, como aquele desastre do carro alegórico da festa de volta às aulas.

Renner se joga no sofá gasto (o mesmo sofá laranja e cheio de buracos que tínhamos em 2024), as pernas compridas suspensas do assento.

– E agora?

– Vamos pensar em jeitos de sair daqui – respondo, sacando um bloco de notas sobressalente da estante, que contém anuários escolares desde a década de 1960. – Vamos fazer brainstormings separados e criar listas de ideias. Depois vamos avaliar as opções e determinar a melhor estratégia de ação.

Ele dá um sorrisinho.

– Como é que eu sabia que você ia sugerir uma lista?

Arranco uma folha de papel pautado do bloco e jogo no colo dele.

– Em caso de dúvida, faça uma lista.

– Você faz listas de tudo?

– Absolutamente tudo. Incluindo os seus atos de agressão contra mim.

A risada dele ecoa por toda a sala.

– Quer contar o que tem nessa lista?

– Roubar a presidência de mim, por exemplo.

– Falou, Donald Trump.

Levo a mão ao peito.

– Nossa. Para sua informação, eu me orgulho do meu tom de pele dourado e nem um pouco laranja.

Ele ri outra vez.

– Desculpa. Foi uma piada horrível.

– De qualquer maneira, você roubou a presidência de mim, sim. Você sabia que era o meu sonho. Todo mundo sabia. Trabalhei por ele todos os anos até o décimo segundo. E você caiu de paraquedas sem nem ter plataforma e levou a presidência.

– Nem tudo gira em torno de você, Char. – Ele entorta um canto da boca para cima.

– Mas eu precisava. Por causa da faculdade.

– Eu também queria. Por causa das bolsas de estudo.

Sinto um aperto no peito. Principalmente porque presumi que ele tinha feito aquilo só para rir da minha cara.

– Sério? Você também vai para a faculdade com bolsa?

– Aham. – Ele balança a cabeça. – Minha mãe não trabalha há anos. Meus pais não sabem guardar dinheiro. Só me disseram que eu ia ter que bancar a faculdade sozinho quando eu estava no décimo primeiro ano. E, em setembro, já era tarde demais para entrar em qualquer um dos clubes "inteligentes", e eu sabia que o grêmio estudantil seria uma vitória fácil.

Eu baixo o rosto. Se soubesse que o Renner também precisava do cargo por causa da faculdade, teria ficado tão arrasada assim por perder? É difícil ter certeza. Mas diminui o meu rancor, ainda que só um pouquinho.

– Bom, só para constar, você tinha razão. Sua vitória foi fácil mesmo. Todo mundo te adora e você nem precisa se esforçar para isso. Você pode chegar perto de alguém e dar um soco no estômago da pessoa que ela ainda vai te adorar. Sabe como isso é irritante?

– É, você já me contou.

Passamos por um estranho momento de silêncio antes de ele interrompê-lo com um bocejo alto, espreguiçando-se.

– Então tá. Vamos fazer uma lista.

Fazer brainstorming é um dos meus talentos. É assim que me destaco nos projetos em grupo. E, apesar disso, ao olhar para a página em branco, não posso deixar de observar o Renner: ele está encurvado, escrevendo furiosamente com sua letra caótica, excluindo coisas com riscos, tamborilando os dedos o queixo barbudo. Enquanto isso, parece que sou incapaz de pensar em outra coisa que não seja a sensação dos lábios dele colados aos meus ontem.

Lembro-me da forma como quase fiquei sem ar quando nossas bocas se tocaram. O coração batendo rápido contra o meu peito. A forma como seu murmúrio baixo percorreu meu corpo feito um choque elétrico.

Se concentra, Charlotte.

Não posso deixar minha mente divagar. De todas as confusões na minha vida, o caos geral da minha mãe e o estresse do último ano, ter o Renner como meu rival tem sido a única coisa constante e segura. Mas, de repente, isso virou de cabeça para baixo.

Passam-se quinze minutos agonizantes, e só o que tenho é um total de três tópicos bem mais ou menos. Renner, parecendo perceber minha falta de ideias, empurra suas duas páginas completamente preenchidas por cima da mesa para minha apreciação.

Puxo as folhas para mim.

– Renner, você listou um monte de filmes de viagem no tempo, e só – digo, com a voz tomada pela decepção.

A guerra do amanhã. Vingadores: Ultimato. O Projeto Adam. Aquele filme com o carinha ruivo.

Renner continua imperturbável.

– Escuta, pode ser uma boa ver esses filmes para a gente se inspirar. Tipo, olha esse aqui. – Ele indica *Outlander*. – É uma série sobre uma mulher que volta no tempo por acidente depois de pôr a mão numa pedra mágica antiga na Escócia. Minha mãe é superfã. Até fez tipo uma excursão de *Outlander* na Escócia com minha tia uns anos atrás. E sabe o que mais? As pedras existem de verdade. Minha mãe tirou foto com elas.

– Pedras mágicas? Sério, Renner? – Eu me largo no encosto da cadeira, agoniada. – É para a gente fazer o quê? Ir para a Escócia atrás de uma pedra mágica?

– Opa, isso aqui é um brainstorming. Eu fiz minha parte. Pelo jeito, mais do que você. – Ele indica minha folha de papel com o queixo.

– Ok. Mas, na maioria desses filmes, a viagem no tempo é possível por causa da tecnologia futurista. A gente não tem máquina do tempo. Nem pedra mágica.

Ele passa o dedo pelo braço do sofá.

– Bom, vamos pensar com calma. A gente chegou aqui com você caindo de uma escada. É óbvio que cair de novo não está dando certo, mas talvez a solução seja uma coisa assim, supersimples.

– Não sei. Ontem tentei cair da minha bicicleta, dar um tapa na minha cara... Fiz de tudo, menos me atirar no meio dos carros na rua. Nada deu certo.

Ele aperta os olhos, apoiando o queixo no punho.

– A gente vai achar um jeito. Listei outras ideias no verso da folha.

Quando ele estende a mão para virar a página, nossos dedos se tocam muito de leve, provocando de novo aquela sensação eletrizante. Será que estou assim tão desesperada por afeto? Reprimo o frio na barriga e continuo olhando para a lista do Renner.

– Triângulo das Bermudas? – leio em voz alta, mal contendo um gemido de frustração.

– Bom, então, quais são as suas ideias? – Ele pega minha lista e lê de uma vez só: – Máquina do tempo, guarda-roupa mágico e polícia. Sério, Char?

Quando ele diz as opções em voz alta, elas parecem lamentáveis mesmo. Se bem que a ideia de me encolher em posição fetal e ficar imóvel no interior escuro de um guarda-roupa me atrai mais do que nossa estranha realidade.

Apoio a cabeça nas mãos.

– Precisamos de ajuda. Ajuda externa de um adulto de verdade.

– Nós somos adultos.

– Um adulto mais adulto.

Ele me encara como se eu tivesse perdido o juízo.

– A gente fugiu da polícia ontem mesmo, caso você tenha esquecido. Quer mesmo entrar na delegacia e contar para eles que viemos do passado?

– Tá, falando assim, parece uma ideia idiota.

– É porque é mesmo. Para as pessoas em geral. Para a polícia, mais ainda. A gente não quer acabar internado num hospital nem nada disso. Não podemos contar para ninguém, Char.

– Tem que existir alguém por aí que acredite em viagem no tempo. Alguém místico, será?

Os olhos dele brilham.

– Peraí. Acho que conheço alguém. Meu tio Larry.

– Ele é místico? – Tento imaginá-lo tirando cartas de tarô na frente de uma cortina de miçangas.

– Não. Lembra que eu falei que ele foi professor de física? Estudou buracos de minhoca. Viagem no tempo.

Eu me levanto de uma vez.

– Temos que falar com ele agora.

Renner parece gostar desse plano e me acompanha para fora do ginásio.

– Então tá. Vamos falar com o tio Larry.

Capítulo dezenove

O Renner não exagerou ao falar da coleção de objetos de Star Wars do tio Larry. Quando entramos na varanda dele, o capacho era um desenho do rosto do Yoda com a frase *Boas-vindas a você dou*. Acontece que ele tem um *segundo* capacho no interior que diz *A força é poderosa, tire os sapatos*.

Na sala de estar tem uma estátua em tamanho real de um stormtrooper ao lado de uma cristaleira ocupada por delicados bonecos e por uma Estrela da Morte feita de LEGO. O abajur na mesa de canto tem até um emblema do Darth Vader pintado na cúpula com tinta spray.

– Eu te disse que ele era nerd – sussurra o Renner enquanto o tio Larry nos leva por um corredor curto até seu escritório.

Ele ficou meio sem graça por termos vindo sem avisar, principalmente porque vai participar de uma sessão de Dungeons & Dragons daqui a uma hora. Mas, quando o Renner disse que precisávamos do conselho de um especialista, ele nos convidou a entrar, desde que a gente "não espere comer".

O tema de Star Wars se estende ao escritório. Há uma placa contendo uma revista em quadrinhos assinada pelos autores e pelo menos quinze bonecos *bobblehead* dos personagens por toda a estante, que abriga o que parecem ser livros enormes de física. Ele aponta uma namoradeira preta e gasta para nos sentarmos.

– Então, como posso ajudar?

A cadeira dele range quando ele se reclina para trás. É uma daquelas cadeiras gigantes que os *gamers* usam. Deste ângulo, ele é quase idêntico ao pai do Renner, mas com a barriga um tantinho mais flácida. Dá para

153

ver os traços da família nos cílios grossos, na expressão contemplativa, mas bondosa.

– Queremos saber mais sobre viagem no tempo – responde o Renner, olhando para mim de lado.

Já combinamos que não vamos contar a verdade para ele. O tio Larry ligaria imediatamente para o pai do Renner, que ligaria para a mãe, que naturalmente surtaria. Esta reunião é apenas para coleta de informações.

O tio Larry ergue as sobrancelhas espessas e cabeludas.

– Viagem no tempo? Por essa eu não esperava.

– O senhor dava aula de física, né? Achamos que poderia saber um pouco sobre isso – digo.

– Viagem no tempo não era exatamente a minha área de estudo, mas sei uma ou duas coisinhas, sim. Qual é a dúvida?

– O senhor poderia, hum, explicar mais ou menos como funciona? Um cursinho rápido? Viagem no tempo para iniciantes? – respondo com a voz estridente.

Isso provoca uma gargalhada estrondosa.

– Ninguém sabe ao certo. Existem muitas teorias. Viagem no tempo via velocidade, via luz, gravidade, animação suspensa, buracos de minhoca…

Meu olhar perde o foco quando ele começa a explicar mecânica quântica, relatividade geral e gravidade quântica. O Renner concorda com a cabeça, fingindo entender cada conceito, embora eu saiba que não tem a menor ideia do que o tio dele está dizendo.

Solto um pigarro na primeira oportunidade, interrompendo-o.

– Falando hipoteticamente, se uma pessoa hipotética viajasse para o futuro, ela poderia hipoteticamente mudar um acontecimento? – questiono, pensando na pergunta que a Nori fez ontem de manhã sobre termos vindo para o futuro para impedir que alguma coisa acontecesse.

– Está perguntando, hipoteticamente, se esse futuro seria predeterminado e imutável ou se você poderia mudá-lo?

– Isso. Hipoteticamente – acrescento.

Ele se recosta na cadeira, de mãos cruzadas na barriga e olhos voltados para cima, como se a resposta estivesse no teto.

– Você está falando de um paradoxo reverso do avô.

– O que é o paradoxo do avô? – pergunta o Renner.

– É a teoria de que a história é imutável, mesmo que alguém volte no tempo para tentar alterá-la. – Ele deve perceber que nós dois ainda estamos confusos, por isso continua: – *De volta para o futuro*, por exemplo. Vocês já viram, né?

Ambos negamos com a cabeça.

– Não.

É a vez dele de balançar a cabeça.

– Não admira que a sua geração seja tão… Enfim. No filme, quando o Marty McFly volta no tempo, quase impede sem querer que os pais dele se conheçam, o que seria um desastre porque…

– Porque aí ele não nasceria? – Renner se arrisca a sugerir.

– Isso mesmo! Mas, de acordo com o paradoxo do avô, o Marty não precisaria se preocupar com isso porque os pais dele se conheceriam de qualquer jeito, por outras vias.

Eu pisco, atordoada.

– Mas como, se ele de fato impedisse os dois de se conhecerem?

– Imagine que é uma mesa de sinuca. Se você acertar uma das bolas, ela impulsiona as outras num padrão específico. Se você desse um jeito de interferir na trajetória da bola, a teoria afirma que, de alguma forma, a interação com as outras bolas na mesa forçaria a primeira a voltar pelo percurso original.

– Então, o senhor está dizendo que não importa a interferência, porque o resultado continua o mesmo?

– Exato. – Ele se inclina para a frente e nos encara com desconfiança. – Posso perguntar… por que a curiosidade repentina?

Balançamos a cabeça ao mesmo tempo. Renner começa a se remexer e a batucar no joelho.

– Não é por nada. Nada específico…

– É que acabamos de ver um documentário sobre viagens no tempo e pensamos em conversar com um especialista – respondo. – Obrigada por responder às nossas perguntas. Foi muita gentileza.

O olhar dele passeia de mim para o Renner e vice-versa.

– Só para vocês saberem, é melhor não mexer com viagem no tempo. Nunca. As consequências podem ser mais graves do que vocês podem imaginar – alerta ele, como um personagem num filme de ficção científica.

– Mas você não disse que o destino é predeterminado? – pergunta o Renner.

O tio Larry aponta para ele e assente.

– Disse, sim. Mas também disse que é só uma teoria. Teoria não é fato.

O RENNER INTERROMPE O SILÊNCIO profundo no carro:

– Então, se a teoria do tio Larry estiver certa, mesmo que a gente consiga voltar para os 17, não tem como alterar nosso caminho? Vamos acabar noivos de qualquer jeito?

Meu cérebro não consegue assimilar essa afirmação. Tenho livre-arbítrio. Devo ter. Certo?

– Não faz sentido. E se eu me trancar de propósito numa sala pelo resto da vida? Aí eu nunca teria a chance de me apaixonar por você.

Ele me olha de lado.

– Você prefere viver em confinamento solitário a casar comigo?

Avalio a pergunta. Se parar para pensar, ficar em confinamento solitário seria um inferno.

– Vou ter que pensar nisso com mais calma.

Um sorriso paira nos lábios dele enquanto observa a rua adiante.

– Opa, aí eu vi progresso.

Capítulo vinte

– Talvez minha mãe tenha razão. Talvez a vida de adulto não seja nada além de improvisar e torcer pelo melhor – digo, pensando em voz alta.

Um caso exemplar: passamos a última hora pesquisando como fazer panquecas perfeitamente macias, mas não fizemos nenhuma devido à falta de ingredientes. Eu sei. Deveríamos fazer coisas mais importantes nesta tarde de sábado – como viajar no tempo. Mas, quando chegamos da casa do tio Larry, estávamos verdes de fome.

– Não precisa ser assim – diz o Renner, deixando um prato de maçã fatiada e manteiga de amendoim na minha frente.

Como passo muito tempo encarando a comida, ele acrescenta:

– Hoje a gente precisa de pelo menos um nutriente.

– Acho justo – respondo, desabando na banqueta e admirando a maçã que ele fatiou com perfeição; até a casca ele tirou. – Você não come a casca?

– Não. Sabe quantas mãos tocam nela no supermercado? É assim que a minha mãe faz – conta ele, orgulhoso, lambuzando uma fatia com uma porção generosa de manteiga de amendoim, que passa para mim.

– Mas é esse mesmo o meu argumento. Até aqui, a vida de adulto é uma chatice. Quem é que come maçã por vontade própria, sem os pais forçarem?

– Bom, o que você sugere, Rainha das Listas? Tem alguma coisa na sua lista de conquistas adultas para realizar antes de voltarmos?

Ele indica com a cabeça a caneta e um bloco de papel em branco. Percebo que o bloco é personalizado com as palavras *Casal Renner* em caligrafia no cabeçalho. A Charlotte adulta leva a sério seus artigos de papelaria.

Flexiono os dedos, depois pego a caneta, sentindo minha compulsão por listas implorar por liberdade.

– Qual é o limite da ambição? Porque tenho alguns sonhos.

Ele dá um sorrisinho.

– Não tem limite.

Seguro a caneta com força, a mente transbordando possibilidades.

– Quero fazer um passeio de balão pelo Saara.

Ele inclina a cabeça, pensativo.

– Tá. Não sei se temos dinheiro para isso, mas vamos considerar como um "talvez".

– Ah, e eu sempre quis ir para Bornéu, na Indonésia, ver os orangotangos antes de serem extintos. A gente pode passear de barco num rio! Ou visitar um daqueles santuários de bebês elefantes na Tailândia. Ou pilotar um carro de Fórmula 1.

– Você curte Fórmula 1? – pergunta ele em meio a uma mordida na maçã.

– Talvez. Por que a surpresa?

– É que… eu não sabia que você gostava tanto de aventura.

Dou de ombros, satisfeita em meu íntimo.

– Tem muita coisa que você não sabe sobre mim.

Um sorrisinho de nada brinca nos cantos dos lábios dele.

– Em todo caso, Fórmula 1 é perigoso – avisa ele. – Vamos pôr essa também na seção de talvez.

Dou um tapa no antebraço dele.

– Por que você está rejeitando todas as minhas ideias? Não é você o "cara com uma visão do todo"?

– Eu não estava pensando numa lista de desejos tão elaborada com ideias grandiosas. Só… umas coisas realistas que a gente pode fazer aqui mesmo. Ou pelo menos neste país.

Eu me ajeito na banqueta, chocada e sinceramente um pouquinho excitada pelo Renner ser a voz da razão.

– O que é realista? Nadar pelado na praia?

Ele aponta para mim com entusiasmo renovado.

– Exatamente! Põe isso na lista.

Um calor aquece minhas bochechas enquanto anoto a ideia. Estou sendo bombardeada por imagens do Renner pelado.

– E que coisas realistas você quer fazer com nossa liberdade recém-descoberta? – pergunto.

Ele pondera um instante, passando a mão no queixo.

– Eu sempre quis fazer uma guerra de comida, mas minha mãe me mataria se eu sujasse os móveis.

– Ah, é?

Jogo a última fatia de maçã no Renner, e ela quica no peito dele.

O queixo dele cai.

– Você acabou de me atacar com uma fruta.

– Pois é.

Seu olhar fica atiçado.

– Então tá. Já entendi. Você vai se arrepender – diz ele, e se vira para nossa geladeira quase vazia.

Antes que eu possa me abaixar, ele esguicha um jato de mostarda na minha cara.

Em meio ao choque, consigo soltar um grito de guerra horripilante e me jogar por cima da ilha da cozinha como se uma granada tivesse acabado de explodir atrás de mim. Pego o frasco de ketchup na porta da geladeira e o espremo sem pena em cima da cabeça dele.

Em questão de minutos, estamos largados no chão, cobertos de todos os condimentos da nossa geladeira, incluindo uma lata de chantilly vencido.

– Isso foi épico – diz o Renner, arfando de tanto rir.

Saboreio a vibração da voz dele; em seguida, uma coisa pegajosa pinga dentro do meu olho. Enquanto a limpo esfregando o punho, vejo a porta da geladeira toda lambuzada de ketchup. Parece sangue escorrendo.

Nossa cozinha está um caos completo, igual à minha vida neste momento. Por mais empolgantes que sejam uma guerra de comida e planos detalhados de férias, a diversão nunca me levou a lugar nenhum.

– Agora entendo por que os adultos são tão contra guerra de comida. Depois vem a limpeza. – Solto um suspiro de desânimo. – Renner?

– Hum?

– Fiquei pensando numa coisa que você disse hoje cedo sobre os filmes de viagem no tempo.

– O quê?

– Nos filmes, as pessoas estão sempre voltando no tempo para mudar alguma coisa. Mas, se o Larry tiver razão e não der para mudar nada, e se a gente estiver… destinado a aprender uma lição ou coisa assim?

– Interessante. Que tipo de lição?

Dou de ombros. Esse é um daqueles pensamentos abstratos que faziam mais sentido na minha cabeça.

– Não sei. Agora tudo na nossa vida está diferente, né? Seus pais se divorciaram. Minha amizade com a Kassie acabou. Não temos lembranças entre aquela época e agora. E se a gente tiver que preencher todas essas lacunas antes de tentar voltar?

Ao dizer isso em voz alta, não tenho tanta certeza de que é o caminho certo. Mas é melhor fazer alguma coisa, qualquer coisa, do que ficar aqui e aceitar a derrota.

Ele ergue o corpo, sentando-se.

– Não é uma ideia ruim. Quer dizer, na pior das hipóteses, se nosso futuro estiver escrito em pedra, vai ser bom saber o que aconteceu nos últimos treze anos. Ainda mais se ficarmos presos aqui.

– Não vamos ficar presos aqui – respondo, mais para convencer a mim mesma.

DEPOIS DE PASSARMOS A MANHÃ INTEIRA limpando condimentos de todos os cantos da cozinha, e de nossos corpos, eu me isolo no meu escritório em casa e começo a trabalhar. Operação Preencher as Lacunas.

Admito que fico um pouquinho distraída com a pasta "coisas do casamento" na minha área de trabalho. Minha versão adulta é extremamente organizada e tem pelo menos vinte arquivos diferentes sobre "bufê" e "inspiração para o vestido", entre outras coisas. Tem até uma pasta com o mapa de lugares na festa. Clico duas vezes e dou uma olhada rápida, fascinada. Parece que a maioria dos convidados é da família estendida do Renner, que ocupa duas mesas compridas na frente. A mesa da minha família é relativamente pequena, com minha mãe e meus avós ao lado da Alexandra e das minhas duas irmãs. Imagino que meu pai estará sentado ao lado delas, mas não.

Estreito os olhos enquanto examino as outras mesas em busca do nome dele. Se alguém vai faltar ao casamento da filha, esse alguém é meu pai. Nosso relacionamento deve estar péssimo mesmo se a nova mulher e as filhas dele foram convidadas, e ele, não. Mais uma vez, não sei por que me surpreendo. A ausência do meu pai já é de se esperar. Mas não a da Kassie. Lembrar disso me deixa aflita de novo. Reviso o mapa mais uma vez; sem dúvida não há um lugar reservado para ela.

É hora de descobrir por quê.

Stalkear gente nas redes sociais era uma coisa que eu e a Kassie fazíamos juntas. Ficávamos deitadas na minha cama por horas e horas mexendo nos celulares, fuxicando os perfis dos nossos crushes. Admito que investigar os perfis da Kassie como se eu fosse uma agente do FBI é uma boa distração, que me ajuda a não pensar no meu pai e no fato de estarmos presos em 2037. Ainda nos seguimos na maioria das plataformas, embora uma inspeção rápida confirme que não interagimos há anos.

Comparada a mim, a Kassie viveu uma vida interessante. Não que eu esperasse menos. Logo depois do ensino médio, os perfis dela estão cheios de fotos de festas: posando glamourosa atrás do balcão de um bar, atuando como modelo e fazendo coreografias do TikTok com amigas lindas que não reconheço.

Agora, ela mora na cidade grande, mas também viajou muito. Fez mochilão na América do Sul e na Europa. Depois das viagens, seu conteúdo mudou um pouco. Ela está usando menos maquiagem, e seu cabelo está naturalmente ondulado – antes, ela nunca o deixava assim. Sempre fez questão de estilizá-lo com chapinha ou modelador de cachos. Agora, parece interessada num estilo de vida holístico. É dona de um estúdio de ioga, algo em que eu nunca soube que ela tivesse sequer um vago interesse.

É como se eu estivesse espionando o perfil de uma pessoa totalmente desconhecida, não da minha melhor amiga no mundo. E nada disso me ajuda a encontrar a resposta para minha maior dúvida: *por que* a amizade acabou?

Achar o endereço do estúdio de ioga é bem fácil. De acordo com sua agenda on-line, ela vai dar aula hoje às quatro e meia. Sinto os dedos formigarem, feliz com a descoberta. Talvez eu devesse ser espiã em vez de conselheira estudantil. Eu seria das boas. Talvez essa seja uma vantagem de ser mediana; ninguém desconfiaria de mim.

Enquanto pesquiso trens para a cidade, o Renner enfia a cabeça pela porta, hesitante.

– Moça, eu queria marcar um horário.

Endireito a postura e finjo profissionalismo.

– Você veio ao lugar certo. Sou extremamente qualificada.

Ouço uma risadinha suave enquanto ele se acomoda na cadeira em frente à mesa e estica as pernas compridas.

– Como posso te ajudar hoje, Joshua?

Ele tosse com força.

– Sério que você acabou de me chamar pelo meu primeiro nome?

Quando faço que sim com a cabeça, ele começa a escorregar da cadeira com a mão no coração, dramático do jeito que é.

– Estou chocado! E um pouquinho comovido.

Eu o encaro revirando os olhos.

– Não se acostuma, não.

– Ah, vai. Fala de novo – implora ele.

– Não.

– Só uma vez e eu nunca mais peço.

Balanço a cabeça.

– Por quê?

– Sei lá. É sexy – responde, dando de ombros.

Isso me pega desprevenida.

– Agora está tentando flertar comigo, Joshua? – pergunto com um olhar analítico.

É coisa da minha cabeça ou de repente a temperatura do escritório subiu 10 graus?

– Se eu estivesse flertando, você não teria dúvida.

Ele sustenta um contato visual intenso, e sinto que as paredes estão encolhendo. Alguma coisa pulsa entre nós, como um elástico sendo puxado cada vez mais de cada ponta.

– Sou imune aos seus encantos, lembra?

Eu me contraio quando essas palavras saem da minha boca. Por que sinto que estou mentindo?

O Renner abana a mão e pega a bola antiestresse amarela perto da base do meu monitor, parecendo inabalável.

– É, é. Você vive dizendo isso.

– Acho que hoje vou matar a função de monitora do baile – conto a ele.

Estou desesperada para livrar o recinto dessa tensão esquisita. Talvez eu precise fazer uma queima cerimonial de sálvia.

Ele cobre a boca, escandalizado.

– Você vai matar o baile? Por quê?

– Vou ver a Kassie. Agora.

O jeito sedutor do Renner logo dá lugar a um tom sério.

– Sério? Agora?

– É. Ela tem um estúdio de ioga na cidade. Se eu pegar o trem em meia hora, consigo chegar na aula de quatro e meia.

Renner parece preocupado.

– Você… quer que eu vá junto?

Contemplo a oferta. Sinceramente, seria bom ter alguém comigo para me dar apoio moral. Mas e se a Kassie me mandar embora? E se ela gritar comigo? Não preciso que ninguém presencie isso. E, para ser sincera, quero falar com ela a respeito do Renner, o que não poderei fazer se ele estiver comigo.

– Não, tranquilo. Além disso, um de nós tem que ser monitor.

Ele joga a cabeça para trás e geme.

– Urgh.

Eu também tinha esquecido esse compromisso até receber um lembrete do calendário (de mim mesma) alguns minutos atrás. Minha versão adulta é competente mesmo.

– Mas ainda é meio-dia, Char. Dá tempo de você voltar, né?

– Ah, para. Com certeza o Sr. Ex-Presidente tem tudo sob controle – respondo, provocando-o só para ver se ele se irrita.

Mas o Renner balança a cabeça, com os olhos arregalados de medo.

– Não tô, não. De jeito nenhum. Preciso de você.

Essa confissão não deveria me fazer sorrir tanto, mas faz. E não gosto nem um pouco disso.

– Tá, tudo bem. Eu volto a tempo.

Capítulo vinte e um

Nunca me imaginei escondida atrás de um vaso de costela-de-adão, vigiando minha melhor amiga no estúdio de ioga dela. Mas aqui estou, horrivelmente deslocada.

Em minha defesa, garanto que estava esperando no saguão, bem descontraída, escutando dois iogues falarem sobre alinhamento de chacras e tapetes de ioga feitos exclusivamente de cânhamo. Foi então que a Kassie virou a esquina com sua roupa de ginástica rosa-neon ofuscante.

Agora ela está no maior papo com um cara suado com uma tatuagem de caveira e ossos no enorme bíceps. Acho que também tive um vislumbre de uma tatuagem no couro cabeludo dele, mas deste ângulo é difícil ter certeza.

Apesar do olhar tipicamente sedutor da Kassie, ela parece envolvida de verdade na conversa. Dá para perceber pela forma como morde o canto do lábio e ajeita o rabo de cavalo lustroso. Embora os trejeitos dela continuem quase os mesmos, noto diferenças sutis na aparência. O que antes era um nariz abaulado agora está fininho e tem só uma pequena curva na ponta. As bochechas arredondadas também afinaram. Ela continua esbelta e firme, embora a ioga tenha tonificado ainda mais seus braços.

As diferenças nela me lembram as minhas. Seguro meus seios grandes, o primeiro lembrete de que ainda estava presa neste pesadelo hoje cedo.

Enquanto observo a Kassie, minha mente gira. É impossível entender o que aconteceu. Será que é melhor não interferir em nada? Será que é uma atitude desesperada e sinistra ter pegado um trem até a cidade para falar

164

com a Kassie? Provavelmente. E se ela tiver ódio de mim? E se me expulsar do estúdio na frente de todos esses iogues inocentes e pacíficos?

Enquanto esse pensamento aterrorizante passa pela minha mente, perco o equilíbrio e caio bem em cima do vaso de planta. E observo, horrorizada, a costela-de-adão tombar no chão, espalhando terra por toda parte no piso lustroso de carvalho.

Kassie crava os olhos nos meus.

AINDA ESTOU SEGURANDO MEUS PEITOS quando a Kassie diz:

– Char?

Seus olhos vibrantes sondam os meus. Continuam iguais; são da cor daquelas balas azul berrantes que deixavam a boca toda pintada. Uma vez, depois de comê-las, o cara de quem a Kassie gostava mandou uma mensagem chamando-a para sair, e ela passou uns quinze minutos escovando os dentes freneticamente para ver se o azul saía.

– Me desculpe por isso! – consigo dizer, tentando pôr a planta de pé.

Não sei se devo abraçar a Kassie ou manter distância e fazer um aceno desajeitado. Por isso, é óbvio que não faço nenhuma das duas coisas, mas fico de quatro no chão e começo a juntar a terra com as mãos.

– Por favor, não faça isso. Vou buscar uma vassoura.

Ela corre até o armário do corredor e volta depressa com a vassoura.

Ainda estou de quatro no chão quando a Kassie termina de varrer a sujeira. Ela apoia a vassoura na parede e estende a mão para me ajudar a levantar. Quando toco a mão dela, fico de olhos marejados.

– Ah, não.

A Kassie arregala os olhos e logo me puxa para um abraço. Ela ainda tem cheiro de sol e baunilha. Sua proximidade ainda é familiar.

Porque ela é. Ainda ontem, a Kassie era minha melhor amiga. Não sei como agir feito uma desconhecida. Também não sei como me reconciliar depois de todo o tempo que passou; bom, passou *em tese*.

– Qual é o problema? – pergunta ela.

Todo o meu corpo quer gritar: *TUDO!* Mas não consigo elaborar uma resposta coerente em meio aos soluços. O som que sai parece o de um rinoceronte morrendo. Envergonhada, eu me separo da Kassie, rezando para não ter espirrado meleca no ombro dela.

– Urgh. Me desculpa por aparecer aqui no seu trabalho que nem uma doida.

Os olhos dela ficam turvos ao examinar meu rosto.

– Bom, para dizer a verdade, estou meio surpresa. Posso perguntar por que veio aqui? Pela sua... roupa, acho que não é para fazer uma aula de ioga para iniciantes, né?

Metade de mim quer contar toda a estranha história da minha viagem no tempo. Mas, se eu fosse a Kassie, chamaria a polícia e mandaria me levar algemada. Por isso, me limito a dizer:

– Senti sua falta.

Ela inclina a cabeça de lado e estremece, olhando para os meus sapatos antes de voltar ao meu rosto.

– Eu também – diz, simplesmente.

Kassie está sendo sincera. Ela nunca olha ninguém nos olhos quando mente. Mas, apesar da admissão, há uma distância entre nós que não consigo entender. É como uma versão ampliada daquela pontadinha que sinto no coração quando ela me larga para ficar com o Ollie, quando ignora minhas mensagens ou não fica ao meu lado como deveria.

– Por que nossa amizade acabou? – pergunto, embora as razões estejam começando a ficar mais nítidas.

Ela fica em silêncio antes de abrir um sorriso forçado.

– Olha, estou morrendo de fome. Quer tomar um smoothie aqui do lado?

Esse corte é típico da Kassie. Não posso dizer que estou surpresa.

– Ah, hum, claro.

Vamos à lanchonete ao lado do estúdio. O nome é Banana, e tem um letreiro amarelo berrante numa fonte fofa que lembra uma nuvem. O menu é complicado, cheio de opções de acréscimos, manteiga de amêndoa, grama de trigo, *matcha,* e todo tipo de ingrediente saudável para pôr na bebida.

Kassie faz seu pedido (suco de romã e pitaia com duas doses de grama de trigo, e acrescenta espinafre e meia colher de proteína em pó à base de plantas). A pessoa de rosto sardento que trabalha ali se volta para mim, e digo, em pânico:

– Hã, alguma coisa com morango?

Minutos depois, estamos no terraço tomando nossos smoothies em silêncio. Finalmente, começamos uma conversa meio sem jeito sobre o clima, feito aposentadas. É assim que gente velha se comunica? Travando conversas forçadas sobre a previsão do tempo? Alguém me mate agora. É incômodo, mas pelo menos é gostoso sentir a luz do sol de junho na pele.

– Você ainda mastiga o canudo – comenta a Kassie, curvando o canto da boca para cima num sorrisinho.

Olho para o meu canudo e dou uma risada nervosa.

– É, mania antiga.

Há mais um longo período de silêncio enquanto ela solta o rabo de cavalo e afofa o cabelo como fazia antes.

– Há quanto tempo você tem o estúdio? – pergunto, sorvendo o que resta do meu smoothie.

O olhar dela acompanha duas menininhas pulando pela calçada à frente da mãe.

– Hã, faz uns cinco anos?

Ela responde como se fosse uma pergunta, provavelmente por presumir que já sei a resposta. Mas não sou o tipo de pessoa que faz perguntas por diversão.

– Aliás, me desculpa mais uma vez por aparecer no seu trabalho. Eu não sabia onde você morava e...

– Ainda estou naquele endereço na Rua Crystal – responde ela.

Mais um detalhe do qual eu não sabia. Será que já fiquei na casa dela? Já fizemos festas do pijama? Ou maratonas de filmes de terror em que só conseguimos dormir se todas as luzes estivessem acesas? Conversamos a noite inteira devorando pacotes e mais pacotes de besteiras? Inventamos coreografias bobas de músicas das antigas? Há quanto tempo não vou lá?

Como se pudesse ler minha mente, ela diz:

– Você e o J. T., hein? Podemos falar de como seu noivado foi lindo? Quando vi na internet, cheguei a gritar dentro de um Uber.

Ela deve estar se referindo às fotos que tenho no celular do Renner me pedindo em casamento numa praia. Havia pétalas de rosa, lógico.

Fecho bem os olhos, incapaz de aceitar que minha melhor amiga soube do meu noivado por uma rede social.

– Você soube mesmo que fiquei noiva por uma rede social?

Ela parece intrigada.

– Você tá bem?

– Eu, hã... bati a cabeça. Foi um acidente besta. Desde então minha memória anda confusa – respondo.

Tecnicamente, é a verdade. Omiti apenas um pequeno detalhe: o fato de transcender o tempo.

– Acho que fiquei surpresa por não te ver na minha despedida de solteira ontem à noite. – Baixo o olhar para meu anel de noivado, que cintila à luz do sol. – Era para você ser minha madrinha de casamento. Prometemos isso uma à outra.

Ela olha para seu copo de smoothie, agora vazio. O canudo raspa a tampa de plástico enquanto ela o mexe para cima e para baixo com um sorriso travesso.

– Pois é. A gente fez praticamente um pacto de sangue. E eu te fiz prometer que nunca me obrigaria a usar um vestido amarelo. Nem bege.

– Você está noiva? Casada? – pergunto de uma vez, desesperada por migalhas da vida dela.

Sinto-me patética por perguntar, ainda mais ao ver que a Kassie parece tão feliz sem mim. Ela não perde tempo e logo responde:

– De jeito nenhum! Compromisso não é comigo.

Meu queixo cai, denunciando meu choque. Desde os 9 anos, estive um passo atrás dela e de seus vários namorados em calçadas estreitas e pelos corredores. A Kassie estar em um relacionamento sempre foi o normal. Na verdade, mal me lembro de vê-la solteira. Essa Kassie parece uma pessoa inteiramente nova e desconhecida, e digo isso a ela.

– Mas você sempre namorou. No dia em que a gente se conheceu, você disse com orgulho que já tinha namorado um menino que morava do outro lado da rua.

– Ah, meu Deus. O Timothy Smith! Adivinha? Vi ele trabalhando numa barraquinha vendendo capas de celular uns anos atrás – conta a Kassie de uma vez, rindo. – Enfim, é por isso mesmo que estou solteira há um tempo. Mesmo na faculdade, eu vivia me enfiando em namoros que me consumiam completamente. Eu me perdia neles. Uns anos atrás, prometi para mim mesma que toparia uns encontrinhos casuais. Desde então, foi o que fiz. Estou ocupada demais construindo minha carreira e adoro a liberdade de fazer só o que eu quero e quando quero. Tenho amigos, tenho meu cachorro... Não sinto que preciso de outra pessoa para completar minha vida, sabe?

Não tem como eu não me orgulhar da pessoa que ela se tornou. Acho que, se ela quisesse, poderia dominar o mundo.

– Tenho orgulho de você. Mas quem poderia imaginar que eu estaria noiva, e você, solteira e feliz?

– Bom, em todo caso, que bom que você está feliz. Com o J. T. Da última vez que topei com ele, ele parecia... todo dedicado a você.

– Quando foi a última vez que viu ele?

Ela morde o lábio, perplexa.

– Hã... foi... no ano passado, no enterro do seu pai.

Capítulo vinte e dois

– No *enterro* do meu pai? – repito.

– A gente não chegou a conversar – acrescenta ela, dando de ombros. – Você me abraçou... mas estava na maior correria, cuidando de todos os detalhes, sendo superorganizada, como sempre.

Repito as palavras para mim mesma. *O enterro do meu pai.*

Meu pai morreu. *Morreu.*

Estou perplexa demais para me mexer, para fazer qualquer coisa além de ficar aqui paralisada, segurando o smoothie com tanta força que meus dedos começam a amassar o copo. Não parece verdade. Como pode? Meu pai morreu, não sei o que aconteceu e não posso perguntar à Kassie sem que ela ache que perdi o juízo.

Ela me olha com uma expressão triste.

– Desculpa. Sei que ainda deve ser muito difícil.

– A gente nem se falava muito.

Não é bonito dizer isso, mas é a verdade. Principalmente porque perdi os últimos treze anos.

– Pois é. Mas você amava seu pai.

Enquanto me esforço para reprimir as lágrimas, minha mente volta àquele telefonema na loja de aluguel de decorações. Eu andando de um lado para o outro naquele estacionamento quente enquanto, do nada, meu pai me convidava para passar o verão com ele e a namorada grávida. Penso em como fiquei zangada por ele não ter ido à nossa festa ontem à noite. Como fiquei zangada quando vi que ele não estava no mapa de lugares da festa.

Nas vezes em que ele deveria comparecer, mas não compareceu. E agora não tenho para onde dirigir essa raiva. Porque meu pai morreu.

Então, começo a soluçar. Incontrolavelmente.

Kassie se ajoelha ao meu lado, abraçando-me com força. Ela não diz nada; apenas me deixa chorar. É como se toda a raiva reprimida tivesse fervido dentro de mim e agora transbordasse como lava, espirrando na forma de lágrimas salgadas que caem nos meus joelhos. E, apesar da raiva e da decepção serem válidas, senti-las agora parece injusto. Indevido. Acho que é difícil ficar brava com uma pessoa que morreu.

– Desculpa – murmuro, assoando o nariz num guardanapo. – Tô completamente fora de controle.

– Ah, meu Deus. Não peça desculpa.

– Sei que consolar uma desconhecida de luto na calçada não é o que você esperava para hoje.

– Você não é uma desconhecida, Char.

Ela se inclina para a frente e põe a mão na minha perna, que não consigo parar de mexer de ansiedade. Mais uma coisa que não mudou na minha versão de 30 anos.

– Vou estar com você sempre que precisar. Tá?

– Promete?

Ela estende o dedo mindinho e, por uma fração de segundo, vejo a Kassie de 9 anos, com uma mecha roxa no cabelo, no verão em que nos conhecemos.

– Prometo.

Christopher "Chris" Wu faleceu de maneira repentina em 19 de março de 2036, aos 56 anos. Foi um marido, pai, filho, colega de trabalho e amigo dedicado e amoroso.

Nasceu em 20 de setembro de 1979, filho de Michael e Lisa. Depois de se formar na faculdade, Christopher investiu em seus sonhos, frequentando a Escola de Administração de Columbia, o que abriu o caminho para uma carreira de sucesso em finanças.

Christopher deixa três filhas: Charlotte (29), Marianne (11) e Lily (8), e sua esposa amorosa, Alexandra.

Leio o obituário do meu pai pelo menos cinquenta vezes na viagem de trem para casa e passo o restante do tempo revirando o perfil da Alexandra numa rede social. Como esperava, encontro algumas fotos dela, do meu pai e das minhas irmãs. Numa delas, estão posando entre a folhagem do outono e parecem uma família de revista. Ninguém imaginaria que ele tinha outra filha.

A menina mais velha, Marianne, se parece muito com meu pai; a mais nova puxou a Alexandra. Vou rolando as fotos, esperando sentir raiva e ressentimento por elas, mas não sinto.

Faço uma rápida análise das mensagens mais antigas que troquei com a Alexandra e encontro uma de seis meses atrás.

> **ALEXANDRA:** Oi, Charlotte. Desculpe incomodar, mas queria te contar que estava arrumando as coisas antigas do seu pai e encontrei algumas caixas que talvez você queira. Sei que ele gostaria que você ficasse com elas. Fique totalmente à vontade para passar por aqui quando quiser e ver o que é. As meninas adorariam te ver.

A vontade de falar com ela toma conta de mim. Preciso descobrir o que aconteceu – por exemplo, eu e meu pai nos falávamos? Tenho um relacionamento com a Alexandra e com minhas irmãs? Mas também tenho medo. Medo de ver como a vida nova dele era perfeita. E se eu não gostar da verdade sobre nosso relacionamento?

O caminho fácil seria perguntar para a Nori, a única pessoa que não vai achar que sou lunática. Mas nunca confidenciei à Nori nada a respeito do meu pai. Não é que eu não confie nela nem que ela não tenha empatia. Muito pelo contrário. Ela é uma das pessoas mais confiáveis e empáticas do planeta. É pelo fato de a família dela ser perfeita. Seus pais têm um romance de filme; conheceram-se na Coreia quando o pai estava fazendo um intercâmbio.

Toda vez que falo do meu pai, a Nori reage com um otimismo idealista. Tem certeza de que basta eu falar mais com ele, que só preciso dizer que sua ausência na minha formatura me magoou. Acha que um toque de sinceridade vai curar nosso relacionamento num passe de mágica.

A única pessoa que compreendia de verdade minha angústia era a Kassie. Mais uma coisa que mudou.

Enquanto vejo o horizonte da cidade desaparecer ao longe, substituído por galpões industriais e árvores, percebo que ainda não sei o que aconteceu entre mim e a Kassie. Será que a gente se afastou naturalmente, como a Nori disse? Ou tivemos algum tipo de desentendimento? A esta altura, será que isso importa?

A verdade é que estamos em conflito desde que começamos o ensino médio. Quando ela entrou na equipe de líderes de torcida, eu entrei na Simulação da ONU. Sempre que eu queria ficar em casa comendo besteiras e vendo um filme, ela ficava doida por uma festa. No primeiro ano, tive que implorar para ela entrar no grêmio estudantil comigo e às vezes acho que ela só ficou lá porque sabia que eu queria. Nosso amor por filmes de terror era a única coisa que tínhamos em comum.

Mesmo assim, eu me sentia atraída pela energia da Kassie, pela luz dela. Era alegre, divertida, espontânea, tudo o que eu não era, e continuo não sendo. Acho que sempre quis um pouquinho disso, que o resplendor dela me contagiasse. Além disso, ela me ajudou a passar por alguns dos piores momentos da minha vida, como o divórcio dos meus pais, e esteve nos melhores momentos também. Talvez eu precisasse da Kassie. Mas, para ser sincera, não sei se preciso dela no final do último ano da escola. E talvez seja por isso que não percebi logo de cara a ausência dela na festa do Ollie. Porque faz muito tempo que não preciso dela.

Verifico o celular enquanto o trem se aproxima de Maplewood. Renner mandou algumas mensagens.

PÉ NO SACO 🖤**:** Oi, já tá voltando?

PÉ NO SACO 🖤**:** Tive que ir pra escola sem você. Avisa quando estiver chegando. ☺

NORI: Hoje à noite o Ollie vai fazer uma fogueira. Vem com o Renner depois do baile!

ANDAR DE BICICLETA COM VESTIDO e salto alto não é exatamente o ideal. Pode ser que eu tenha exibido minhas partes sem querer para algum velho que passou de patinete motorizado. Mas, como o Renner já havia saído, não restou alternativa.

Achei um vestidinho preto ombro a ombro nas entranhas do guarda-roupa. Mandei uma foto para a Nori, que disse que eu parecia uma mulher de meia-idade cansada que sai com o marido uma vez por mês para "dar uma renovada" na relação. Exatamente o que eu procurava. Muito apropriado para uma professora. Além disso, era isso ou meu vestido de noiva – um modelo de renda rodado e simples, mas elegante, de manga solta –, que ainda está num saco plástico chique.

Pensei em não ir ao baile depois de saber o que aconteceu com meu pai, mas não podia deixar o Renner na mão. E, se tem alguma coisa que consegue tirar uma notícia devastadora da minha cabeça, é o baile de formatura.

Conforme me aproximo do ginásio, a batida de uma música rápida e grave vibra sob meus pés. Há um homem de terno azul-marinho apoiado com tranquilidade no batente da porta, conversando com as alunas em traje de gala que recebem os ingressos à mesa na entrada. Isso me faz parar de uma vez. Sabe, tenho um calcanhar de aquiles: caras que se apoiam nas coisas (de preferência com ar pensativo e antebraços musculosos à mostra). Não sei explicar exatamente por quê, mas alguma coisa nessa pose me faz derreter todinha.

A postura relaxada e superconfiante desse homem misterioso me lembra uma celebridade, linda e elegante no tapete vermelho. Quem é esse homem relaxado e confiante, e o que está fazendo em Maplewood? Só quando ele vira a cabeça é que percebo: é o Renner.

Ele está com aquele sorriso enorme de Mister Simpatia que me dá vontade de enfiar a cara num travesseiro e gritar. Parece o cara em *The Bachelor* em frente à mansão, esperando ansiosamente uma limusine cheia de mulheres que disputam o afeto dele. Esse não é o Renner do nono ano, que tentou engolir um Kinder Ovo inteiro que nem um pelicano por causa de uma aposta. Nem o Renner que pulou de bicicleta do telhado do Ollie para o lago para postar no TikTok.

Amaldiçoo o fato de o Renner adulto ficar tão elegante de terno. Ou isso, ou contraí um vírus grave no trem e estou começando a delirar.

– Oi, linda – diz ele num tom suave, com os olhos literalmente cintilando.

Já espero que comece a rir e diga: *É zoeira!*, mas não é isso que ele faz.

As alunas ao lado dele fazem *aaaw* ao mesmo tempo, olhando para nós com olhinhos brilhantes e sonhadores.

– Vocês são tão perfeitos – comenta uma menina com óculos de aro de tartaruga.

– Um dia quero um casamento igual ao deles – diz a outra para a amiga.

Renner fica com as orelhas vermelhas. Ele continua me encarando, incentivando-me em silêncio a colaborar com a cena; afinal, em tese, vamos nos casar.

Abro um sorriso forçado e o envolvo num abraço rápido. É tudo encenação, claro.

– Eu estava começando a achar que você ia me deixar sozinho com as feras – sussurra ele no meu ouvido.

Entramos no ginásio quase vazio; o baile só começou oficialmente há cinco minutos.

O lugar está completamente transformado. As exuberantes cortinas roxas, as serpentinas e os balões brilhantes fazem parecer que estamos mesmo em Nova Orleans. Penas e miçangas do Mardi Gras cobrem as mesas, além de máscaras extravagantes em várias cores e formatos.

Inclino a cabeça, pensativa.

– Ah, pode acreditar que eu cogitei fazer isso.

– Aposto que sim. – Ele me dá uma cutucada brincalhona nas costelas e abre um sorriso triste.

Talvez seja por causa do terno, mas olhar para o Renner está me deixando nervosa.

– Então, qual é exatamente o trabalho de um monitor? – pergunto, porque cumprir tarefas é a minha melhor distração.

– De acordo com ela – ele aponta para a Moça do Ouriço, que está acenando do outro lado do ginásio –, temos que ficar de olho em quem estiver bêbado ou trazendo bebida escondida. Ah, e parece que precisamos garantir que ninguém entre sem ter comprado ingresso.

É impossível não dar uma risadinha. O Renner está todo responsável.

– Gostei de ver que você está levando o trabalho a sério.

– E aí, como foi na cidade? – pergunta ele.

– Foi... interessante.

Ele franze a testa e percebo que quer perguntar mais. Em vez disso, me cutuca com o cotovelo.

– Ah. Você satisfez alguma vontadezinha de adulta por lá?

Penso em contar sobre meu pai agora mesmo, mas a última coisa que quero é arruinar o baile com a notícia de uma morte.

– Ah, sim. Fiquei totalmente fora da casinha – respondo, sarcástica.

– Aposto que foi ver um show de strippers.

Tento conter uma gargalhada.

– É o que qualquer pessoa responsável faria no momento em que chegasse à maioridade.

– Pura questão de lógica.

– E seu dia, como foi? – pergunto.

Antes de eu sair, ele disse que ia jantar na casa da mãe.

– Legal. Minha mãe fez lasanha, então não tenho do que reclamar – responde ele de bom humor. – Conheci o namorado dela, o Jared. Sinceramente, é um cara legal. Parece que eu e ele saímos para tomar cerveja toda quinta-feira, e ele me ajuda a treinar a equipe júnior de atletismo.

Eu fico muito mais leve ao saber que ele se sente melhor. Antes que eu possa dizer isso, a Moça do Ouriço se aproxima de nós.

– Charlotte, graças a Deus que você chegou. Os outros monitores não me dão ouvidos.

Ela aponta para um homem de cabelo branco no canto, de cabeça baixa e braços cruzados, cochilando bem ao lado da cabine do DJ. O rosto dele não me é estranho. É o Sr. Kingsley, nosso professor de planejamento de carreira, só que um pouco mais velho.

– Ele só quer saber de beber o ponche de morango e dormir – diz a Moça do Ouriço. – E os monitores que são pais só sabem fofocar e comer todos os lanches.

Eu estalo os dedos, pronta para o desafio. Delegar é o meu superpoder. Nasci para isso.

– Não esquenta. Deixa comigo.

– Precisa de ajuda? – pergunta o Renner, pegando minha mão enquanto me dirijo à pequena cozinha anexa ao ginásio.

Quando ele me toca, um arrepio desce pela minha espinha, e levo um tempo para ter certeza de que ouvi direito. Essa é nova. Ele nunca me ofereceu ajuda em nenhuma tarefa do grêmio estudantil. Nem quando eu ralei para carregar dois baldes cheios d'água com sabão no lava-rápido para arrecadar fundos. Ele tinha dito, todo irônico: "Bom trabalho, continue", enquanto flertava com a Anya Holton.

– Não precisa. Valeu – respondo, soltando a mão dele.

Não é difícil pôr os monitores nos eixos. Quando me intrometo na gangue de mães que está na sala dos fundos, elas ficam em posição de sentido, de costas bem retas, como se eu fosse uma sargenta. Já acordar o Sr. Kingsley da soneca é mais trabalhoso. Depois de sacudi-lo, o Renner tenta cutucá-lo com uma vara de medição. Ele permanece consciente por dez minutos antes de pegar no sono de novo.

Em uma hora os estudantes chegam em bandos, lotando o ginásio. Às nove, a pista de dança está abarrotada de gente. Pelo jeito, os adolescentes do futuro trouxeram de volta as dancinhas de esfrega-esfrega. Sem querer, fico fazendo contato visual com os estudantes que curvam o corpo e giram em volta das partes íntimas uns dos outros.

O rebolado não foi a única relíquia a ser desenterrada. Os vestidos cheios de camadas e babados também voltaram. Lembram as fotos velhas do baile de formatura da minha mãe. Adoro a moda cíclica.

O Renner e eu defendemos o forte feito seguranças de casa noturna. Já confiscamos várias garrafinhas de vodca escondidas na caixa acoplada das privadas. O Renner acha que devemos deixar "a turma curtir a juventude" e pegar leve, mas a última coisa de que precisamos é de estudantes saindo daqui *trêbados* sob nossos cuidados.

– Peguei esses aqui tentando beber atrás da arquibancada – digo, entregando à Moça do Ouriço a décima garrafa da noite.

– Você é demais. Vou pôr isso aqui direto na coleção.

A "coleção" é o estoque que os professores guardam na gaveta para emergências em período de provas.

– Você e o J. T. trabalharam a noite toda. Vão lá curtir um pouco – diz ela, dando-me um leve empurrão.

Eu cambaleio para trás e dou uma trombada em alguém.

Quando me viro, o Renner me pega pela cintura.

– Você é boa nisso – diz ele, com a respiração roçando minha orelha.

– Desculpa. A Moça do Ouriço me empurrou – explico, sentindo a proximidade esquentar minhas bochechas.

Antes que eu consiga arrumar um jeito de me afastar dele, uma melodia conhecida toma conta do lugar. É "(I've Had) The Time of My Life", de *Dirty Dancing*, um dos filmes preferidos da minha mãe.

A Moça do Ouriço faz um movimento engraçado com as mãos, fingindo dançar com o ar.

– Parece que ela quer que a gente dance – comento, apreensiva.

O Renner aperta minha cintura um pouco mais.

– Com essa música, não dançar deveria ser crime.

– Você já viu *Dirty Dancing*?

– *Quem* não viu?

– Não sabia que você conhecia filmes de romance dos anos 1980.

Ele levanta um ombro só.

– Pode ser velharia, mas é clássico. Você podia fazer aquilo de correr e pular – diz ele, empolgado. – Eu te pego.

Estremeço só de pensar.

– Não. Não confio nem um pouco em você. E não ando dando muita sorte nas quedas.

Eu me imagino caindo de cara no chão e acordando 50 anos no futuro, mais enrugada que ameixa seca.

Ele faz beicinho.

– Vem. Não vou te deixar cair.

Eu resisto, com os pés firmes no chão.

– Não.

– Tá bom. Então vou cantar – anuncia ele.

– Por favor, não canta.

– Ah, para. Eu sei a letra inteira.

Não sabe, não. Na verdade, ele assassina os versos. É a cara do Renner ir atrás do prêmio máximo com zero planejamento. Mas o estranho é que isso não me deixa tão irritada quanto naquele dia na van dele.

Desajeitado, ele me gira, e meu braço se engancha no dele.

– E aí, como foi lá com a Kassie?

– Apareci do nada no estúdio de ioga superchique dela e derrubei uma planta. Fiz a maior bagunça – admito, sentindo a música enquanto giro ao encontro do peito dele.

Sinto a vibração de sua risada perto do meu rosto.

– Ela ficou brava?

– Na verdade, não. Fomos para uma lanchonete do lado do estúdio, tomamos um smoothie e eu perguntei por que nossa amizade acabou.

Ele assente como se entendesse, acomodando a mão na base das minhas costas.

– E aí?

Dou de ombros quando ele me gira outra vez. Até que o Renner Adulto não dança mal.

– Não consegui uma resposta objetiva, mas acho que não foi nada de mais. Ela parecia superfeliz por nós dois.

Engulo o nó na garganta porque ainda não estou pronta para falar do meu pai.

– Sério? Eu esperava alguma coisa mais dramática.

– Pois é. O que quer que tenha acontecido, parece que a gente simplesmente desistiu de dez anos de amizade.

Ao dizer isso, sinto uma pontada no peito.

Balançamos para lá e para cá por um tempo antes de ele voltar a falar:

– Posso ser sincero a respeito de um negócio?

– E quando é que você não é sincero?

– Sempre achei que você merecia gente melhor do que a Kassie.

Isso me pega de surpresa, ainda mais porque nunca o ouvi falar mal da Kassie. Na verdade, presumi o contrário: que ele a incentivasse a não ser minha amiga. Eu pisco, confusa.

– Sério? Por quê?

– Porque você era uma amiga maravilhosa para ela. – Vejo a luz estroboscópica verde dançar no rosto do Renner enquanto ele procura as palavras certas. – Você estava sempre do lado dela. Sempre defendia ela e ajudava ela a passar de ano. Vai, você sabe que é verdade – diz ele ao me ver balançar a cabeça. – Você fazia toda a lição de casa dela, e ela sempre colava de você.

– Tá, mas, em defesa da Kassie, ela também foi uma boa amiga para mim – argumento.

Apesar do fato de que ela nunca me deixava tirar fotos do meu melhor ângulo. E da sua incapacidade de responder às minhas mensagens num período razoável. E da sua incapacidade de guardar absolutamente qualquer segredo.

– Ela é sempre sincera comigo. Dá conselhos ótimos. E, sim, o Ollie era a prioridade dela. Mas será que posso criticar ela por isso? Ele era namorado dela e...

– Você merece amizades melhores – diz o Renner.

É um soco no meu estômago. Ninguém nunca me disse uma coisa dessas.

– Apesar de você ser insuportável – acrescenta, rindo e me puxando para mais perto.

Até que eu gosto. Quero ficar mais perto dele.

– Tão insuportável quanto você?

– Nem tanto. Mas, pelo menos, podemos ser insuportáveis juntos.

Dou uma risadinha em seu peito, deixando-me apoiar nele enquanto a música chega ao fim. Quando me atrevo a erguer o rosto, nossos olhares se encontram – e não se desgrudam. Não é aquela competição de quem para de olhar primeiro que sempre fazemos. Não há adagas nos olhos dele. É outra coisa, uma brandura que não consigo identificar. Meu corpo vibra e a sensação se intensifica quando ele puxa meus quadris de encontro aos dele. Sua boca atrai meu olhar, e quase consigo me imaginar ficando na ponta dos pés para tocar os lábios dele com os meus. Fico pensando se ele teria o gosto doce do ponche que estamos bebendo a noite toda.

Ele abaixa o queixo, deixando os lábios cada vez mais perto dos meus até começarmos a sentir a respiração um do outro. Mas, no momento em que minha boca toca a dele, a música muda e o clima se reduz a pó e a nada, enquanto o bando de alunos lota a pista de dança outra vez.

Nós nos viramos de lado; o momento acabou.

Capítulo vinte e três

Às onze, quando o baile acaba, meus ouvidos estão zunindo.

Só houve um caso de vômito, o que nossos colegas monitores consideram uma grande vitória.

– A Nori me mandou uma mensagem. Disse que tá meio chato na casa do Ollie – conto para o Renner ao entrarmos no carro.

Quando ele me lança um olhar esquisito, logo acrescento:

– Não que eu não queira ir para lá. Quero, sim. Ainda não estou pronta para ir para casa. E você?

Que bom. Agora estou gaguejando. Isso é novidade. Nunca fiquei nervosa nem com a língua presa perto do Renner. Mas, depois do nosso *quase* beijo na pista de dança, é como se estivéssemos atados por um elástico, e agora esse elástico está esticado, carregado de tensão. Eu me pergunto se ele também sente isso. Em todo caso, já estou sem graça demais para passar mais tempo sozinha com ele. Além disso, preciso me distrair e tirar da cabeça o que aconteceu hoje.

O Renner me observa com atenção.

– Char, você tá bem?

– Claro, por quê?

– Você tá meio... tensa. Mais tensa do que o normal. E olha que o seu normal já é muito – acrescenta ele, provocador.

– Meu pai morreu – digo de repente.

O Renner olha para mim, depois olha de novo, boquiaberto.

– Quê?

– Hoje, quando falei com a Kassie... ela disse que a última vez que nos viu foi no enterro dele. No ano passado.

Ele balança a cabeça, incrédulo.

– Puta merda. Sério?

Assinto.

– Isso explica por que... – Ele passa a mão pela barba. – Minha mãe disse que é muito fofo ser a sua mãe quem vai te levar ao altar. Nem imaginei... – Ele para, frenético. – Você tá bem? Sabe de uma coisa? É melhor a gente ir para casa.

– Não.

– Char, você acabou de descobrir que seu pai morreu. Por que não me contou antes? Não deveria ter tido que fingir que estava tudo bem no baile...

– Não. Sério, tá tudo bem. Quer dizer... Já chorei em público por causa disso. Não tenho mais o que pôr para fora – digo com sinceridade, fazendo uma careta ao me lembrar da Kassie me consolando na calçada. – No máximo, sinto muito pelas minhas irmãs. Elas conheceram meu pai melhor que eu. Eu não falava com ele... digo *falar* de verdade... há muito tempo.

– Nem por isso é mais fácil.

– Talvez eu só esteja em choque. Talvez uma parte de mim ainda ache que não é verdade, sabe? Como se a gente fosse voltar para os 17 anos num passe de mágica e esquecer que tudo isso aconteceu.

Ele reflete, com os olhos cravados no para-brisa.

– Pode ser...

– Estraguei a noite, né?

– Não. De jeito nenhum.

Olho para ele sem acreditar.

– Tá bom, vai. Estragou, sim. A morte do seu pai é meio... – Ele gesticula, invocando as palavras.

– Trágica? Deprimente? – sugiro.

– No mínimo.

– Será que a gente pode... não falar disso hoje? – pergunto, desviando o olhar para não ver a pena nos olhos dele, porque a última coisa de que preciso é que ele me trate como se eu fosse frágil.

– Lógico. A gente pode até... curtir a noite... se você quiser – propõe, muito sério.

– Quero, sim.

Ansiosa, fecho os olhos com força ao dizer essas palavras. Será que eu deveria mesmo sair para me divertir depois de saber que meu pai morreu? Provavelmente não. Mas minha cabeça ainda não está pronta para processar o fato.

– Então tá.

O Renner franze os lábios enquanto segura o volante com uma das mãos e faz uma curva com facilidade rumo ao bairro do Ollie. Ele tirou o paletó, revelando uma camisa social dobrada até os cotovelos. Seus antebraços trincados se flexionam ao menor movimento no volante.

– Se prepara, Char.

– Para quê?

– Para a noite mais legal da sua vida – diz ele com confiança, lembrando-me de que por dentro ainda tem 17 anos, apesar de agora parecer um deus grego esculpido em pedra.

– E o que você considera "legal"?

– Sei lá. Brincar de esconde-esconde com carros?

– Esconde-esconde com carros – repito.

Na última vez em que brincamos, eu e o Renner tivemos a maior briga. Eu e a Kassie estávamos no carro dela, e o Renner estava com o Pete na van, correndo para encontrar o esconderijo do Ollie e da Andie. Diz o Renner que ganhou porque foi o primeiro a alcançar o carro, mas eu e a Kassie entramos no estacionamento primeiro.

– Que foi? É melhor do que ir para casa tomar um chazinho para dormir – diz, me provocando.

Olho feio para ele, de brincadeira.

– Aí, não menospreza o chazinho para dormir, não. É coisa boa. E você acha mesmo que gente de 30 anos vai querer brincar de esconde--esconde com carros às onze da noite?

NA VERDADE, GENTE DE 30 ANOS QUER, sim, brincar de esconde-esconde com carros. E tenho certeza de que a maioria das pessoas acompanharia o Renner até num esquema de pirâmide se tivesse chance.

Ele está empolgado, batucando no volante e balançando a perna, impaciente, esperando o Ollie e a Nori mandarem uma mensagem com a primeira pista. Enquanto isso, ele decide parar no drive-thru do Wendy's.

– Quer alguma coisa? – pergunta quando chegamos ao painel iluminado com o cardápio.

– Só batata frita, por favor.

– Qual é o pedido? – resmunga uma voz ríspida pelo interfone.

Quem quer que seja, deve estar precisando de um banho de espuma, um podcast de meditação e uma boa noite de sono.

O Renner abre um sorrisinho estranho para mim.

– E aí, como vai hoje?

– Hã… tudo bem – responde a voz, surpresa.

– Legal. Que noite bonita, né? Você deve estar torcendo para o seu turno acabar logo.

– É, pois é. Saio daqui a uma hora. – Agora a voz está mais suave.

– Beleza. Bom, tomara que você tenha uma noite ótima. Antes do seu turno acabar, quero pedir um milk-shake de chocolate médio e uma porção grande de fritas, por favor.

– Pode deixar. É só ir até a segunda janela.

No fim das contas, a pessoa no interfone é uma mulher de uns 40 anos. Está com cara de quem precisa realinhar os chacras com a Kassie. Mesmo assim, consegue abrir um sorrisinho enquanto o Renner paga pelo nosso pedido.

– Estou te dando um milk-shake grande – diz ela, entregando tudo num saquinho de papel marrom e engordurado.

– Opa, valeu, Stacy! – responde ele, lendo o nome no crachá dela. – Boa noite pra você, viu?

– Como é que você faz isso? – pergunto, lançando um olhar enfático quando ele deixa o embrulho quente no meu colo.

– Como eu faço o quê?

Gesticulo vagamente na direção dele e abro o pacote.

– Essa sua mágica com as pessoas.

Ele para numa vaga do estacionamento.

– Quer dizer agir como um ser humano decente?

– É. – Mordo a ponta da primeira batata. – Como é que você faz? Você fez aquela mulher ganhar a noite.

– Atender cliente é um saco. Tenho certeza que ela preferiria estar em casa com a família, se tiver família. Se eu tenho o privilégio de ir para casa, por que não tentar melhorar o humor dela? – pergunta ele como se fosse óbvio, algo que todo mundo deveria fazer.

Enquanto penso nisso, meu coração palpita. Passei todo o ensino médio vendo a mágica do Renner em ação. Ele usava seu charme para encantar os professores e se dar bem fazendo o mínimo em sala de aula. Sempre tive inveja por presumir que era simplesmente por interesse. Mas talvez eu estivesse errada.

Prendo a respiração quando ele estica o braço por cima do painel e mete a mão nas minhas fritas.

– Ô, compra uma batata pra você.

– Você tem que dividir com seu noivo apaixonado – responde ele, provocando.

Vejo a batata mergulhada no milk-shake desaparecer entre os lábios dele e viro o rosto ao perceber o calor que cresce entre as minhas pernas. Eu trabalho numa sorveteria, e ninguém fica tão atraente assim lambendo uma casquinha.

Antes que esse pensamento se alastre na minha mente, meu celular vibra.

NORI: Dica: Pete enquadrado.

Viro a tela para o Renner ler.

– O campo de beisebol! – gritamos juntos.

Essa foi fácil. No décimo ano, o Pete ficou famoso porque um policial o deteve lá depois de uma pegadinha elaborada. Ele enfiou páginas rasgadas de uma revista pornográfica barata em todas as caixas de correio da rua. O incidente acabou na primeira página do jornal local, e o assunto passou semanas na boca do povo.

O Renner acelera pelas ruas antigas e vazias de Maplewood enquanto eu passo as coordenadas e as batatas. A cada esquina sou atacada por visões daquela manhã na van dele, quando buscamos a decoração do baile. Só que, desta vez, estar com o Renner não parece um castigo.

Pelo jeito, formamos uma ótima equipe de navegação, porque chegamos segundos antes da Lainey com o Pete. O Renner me dá um toca-aqui, entusiasmado.

– Parabéns, navegadora!

Ele pisca para mim de um jeito adorável, e eu enfio um punhado de batatas na boca, sentindo o suor escorrer pelas minhas costas. Ligo o ar-condicionado e percebo que minha boca está travada num sorrisinho. Racionalmente, parece errado sorrir horas depois de descobrir que meu pai morreu. Nunca vivi situação pior que essa e, mesmo assim, estou feliz. Não quero estar em nenhum outro lugar nem com nenhuma outra pessoa. É estranho como esses sentimentos podem coexistir.

– Tá legal, sua vez de se esconder – diz a Nori, apontando para o nosso carro.

– Tá valendo. – Com um gesto dramático, o Ollie aponta para o carro da Lainey e do Pete. – É pra ser mais difícil dessa vez! – grita ele do outro carro para nós.

Eu e o Renner seguimos pela Rua Principal debatendo possíveis esconderijos.

– Acho que precisa ser um lugar novo. Para surpreender todo mundo – sugiro.

Ele passa a mão no queixo, pensativo.

– Que tal o Riacho das Nozes? Às vezes eu pescava lá com os caras. Dependendo da pista, podem até adivinhar. E tem muitas árvores para esconder o carro. Me dá batata. – Ele se inclina para o meu lado enquanto ponho uma batata entre seus lábios.

Respiro fundo e olho para o outro lado.

– Gostei. Qual é a pista?

Renner dá de ombros, de olhos fixos na rua escura à frente.

– Sei lá. Você é o cérebro desta operação.

Tamborilo com os dedos na minha coxa.

– Que tal "gordura boa"? Já que tanto os peixes quanto as nozes são ricos em gordura boa?

O Renner levanta as sobrancelhas.

– Meio... abstrato. Acha mesmo que vão adivinhar?

– Tá, tudo bem. Uma dica mais simples... Que tal "*nozes* vamos pescar"?

– Gostei.

Quando entramos no estacionamento do Riacho das Nozes, o lugar está um breu. Um bosque denso, vasto e assustador impera em ambos os lados. O Renner para numa pequena clareira meio escondida com uma vista parcial do riacho.

Ele desliga o carro e estende a mão para o meu colo em busca de mais batata, demorando-se enquanto tenta localizar uma no fundo da embalagem quase vazia. Imagino como seria se a mão dele fosse até a minha coxa. Deixo a visão invadir minha mente por dois segundos antes de jogar essa fantasia traiçoeira pela janela à brisa fresca da noite.

Cruzo e descruzo os braços e as pernas, distraída pelo sorriso encantador dele, e não tenho ideia de para onde desviar o olhar. Já estou franzindo o rosto.

– Para de sorrir desse jeito para mim.

Isso só faz o sorriso dele se ampliar mais, e sinto que ele consegue ler minha mente, apesar do inocente dar de ombros.

– O que tem de errado em sorrir? Você não gosta de sorrir?

Protejo os olhos.

– Parece *Um duende em Nova York* falando.

Ele põe a mão no peito.

– Essa é a coisa mais legal que você já me disse.

– E seus dentes estão me distraindo. – É só o que consigo pensar em dizer.

– Meus dentes?

Amasso o saco engordurado da lanchonete até virar uma bola e o coloco no chão aos meus pés.

– São muito brancos.

Ele fecha a boca, mas o sorriso permanece.

– Desculpa. Vou abandonar minha rigorosa rotina de higiene bucal se for melhor para você.

– Vai ser melhor para mim.

Ele sorri.

– Beleza.

– Beleza – repito, decidida a ter a última palavra.

Passamos um tempo olhando para o deque. Tudo é silêncio, a não ser pelo roçar do tecido quando o Renner se remexe para lá e para cá no assento, incapaz de ficar parado. Desde que estacionamos, ele abriu e fechou a janela pelo menos três vezes.

– Acho que nossa pista não foi muito fácil – diz ele finalmente.

– Não, era superóbvia. Mas só passaram tipo uns dez minutos. Dá um tempinho para eles. Se não chegarem em quinze minutos, a gente manda outra pista.

– Vou esticar as pernas – anuncia ele.

Ele sai do carro, anda em direção ao deque, se senta na beirada e olha para a escuridão do riacho.

Também preciso de um pouco de ar fresco. Os pensamentos indesejados estão turvando minha mente. Sigo pela noite até a beira do deque instável. Sento-me ao lado do Renner sem dizer nada. Nossas coxas não chegam a se tocar, mas sinto o calor do corpo dele.

O Renner tem um cheirinho de brejo, mas os ruídos da natureza atenuam qualquer que seja a estranha energia que tem fluído entre nós.

– Posso te fazer uma pergunta? – pede ele por fim.

– Claro, por sua conta e risco.

Endireito os ombros, preparando-me para uma piada ou ofensa besta.

– Numa escala de um a dez, quanto você quer me jogar na água?

Respiro fundo, fingindo estar ofendida.

– Mais ou menos seis. Mas afogamento é simples demais. E é uma morte relativamente rápida...

Prendo a respiração ao perceber o que acabei de dizer. O Renner também fica paralisado, esperando minha reação.

– Eita. Cheguei com tudo e já falei de morte.

– É, foi mesmo.

Ficamos um instante só respirando e olhando um para o outro antes de começar a gargalhar ao mesmo tempo. O estranho é que rir até doer a barriga me alivia muito mais do que chorar.

– Por que eu sou tão mórbida? – consigo dizer, segurando-me no deque com uma das mãos para não cair e, com a outra, segurando a barriga agora dolorida.

– Opa, humor sombrio também tem seu valor. Por falar nisso, fico feliz em saber que você faria meu sofrimento durar o máximo possível.

– Aham. Tortura casual parece um bom ponto de partida para você. Mas estou tentando trabalhar em equipe, por isso aceito sugestões – aviso.

– Faça o que fizer, não me obrigue a ouvir a mesma música irritante sem parar por 72 horas.

– Olha, é o único jeito de te forçar a aprender a letra certa. Acho que "Baby Shark" vai te destruir.

Ele bufa.

– Nossa. Você me odeia mesmo.

Ao luar, vejo um pequeno vinco na testa dele. Nossos olhares se fixam um no outro, e eu curvo os ombros.

– Eu não te odeio, Renner.

E é verdade. Não importa o quanto ele tenha obstruído minha lista de desejos, nunca o odiei de verdade.

– Bom, você não gosta nem um pouco de mim. Toda vez que entro num lugar, você faz uma cara de quem está resistindo com todas as forças à vontade de me matar.

Cubro os olhos com as mãos.

– Está dizendo que eu tenho cara de assassina?

– É. É, tem sim. – Ele finge se afastar de mim.

– Você é famoso por me levar a um estado de raiva homicida.

– Viu? É o que eu estou dizendo.

Dou de ombros.

– Para sua informação, é só a minha cara. Não quero fazer você temer por sua vida. Mas, respondendo à sua pergunta, tudo começou na festa de volta às aulas, quando você me largou por causa de outra menina.

Ele inclina a cabeça.

– Peraí. Quê? Nunca te larguei por causa de outra menina.

– Tenho que discordar.

– Mas é verdade. Tive um problema de família – explica ele, franzindo as sobrancelhas.

– Então por que a Kassie me disse que você estava saindo com a Tessa de Fairfax?

– Eu nem conheço essa tal de Tessa.

Começo a piscar, encarando-o, desconfiada.

– Por que a Kassie mentiria para mim?

– Não sei – responde ele, franzindo a testa mais ainda; há um lampejo de raiva em seus olhos. – Mas é pura mentira. Vai ver ela estava tentando se vingar de mim por terminar com ela.

– *Você* terminou com ela? Quando?

– Depois que eu te conheci. Eu não estava interessado nela daquele jeito e disse isso para ela com todas as letras no dia seguinte. Foi logo antes de as aulas começarem. Antes mesmo de ela conhecer o Ollie.

Balanço a cabeça sem entender. Ainda me lembro da Kassie, como se fosse ontem, me dizendo que não estava interessada nele depois de terem ficado.

– Mas ela sempre me conta tudo… – digo, parando no meio da frase. – Quer dizer… pelo menos, contava.

O Renner passa a mão no cabelo. Está com uma expressão horrorizada, como se alguém tivesse acabado de tentar afogar um cachorrinho.

– Estou dizendo a verdade, Char. Eu que terminei com ela. Não ela comigo. E nunca te larguei por causa de outra.

Estou confusa e sem palavras, tentando encontrar alguma explicação que faça sentido. Pelo que me lembro, a Kassie e o Ollie começaram a flertar já naquela reunião de boas-vindas. Talvez ela tenha feito isso para deixar o Renner com ciúmes. Mas acreditar no Renner e não na Kassie não parece natural. Pensando bem, nada nessa situação é natural.

– Para dizer a verdade, só inferi pelo que a Kassie me disse – argumento, dando de ombros em minha defesa.

– Você me odiou mesmo todo esse tempo porque a Kassie mentiu que eu gostava de outra pessoa? Putz. E esse tempo todo a gente podia ter…

Levanto a mão para impedir que ele continue.

– Tá bom, vai com calma. Eu também tive outras razões.

– O quê, por exemplo?

Percebo que todas as outras razões são ridículas e insignificantes e desvio o olhar.

– Não sei, Renner. Acho que também foram todas as coisinhas ao longo dos anos. Principalmente porque você é tão carismático que dá raiva.

Ele me lança um olhar fofo e divertido.

– Ah, para. As pessoas também gostam de você.

– Não é do mesmo jeito. Tenho que me esforçar muito para fazer alguém gostar de mim.

– Sinceramente, eu também me esforço. Mais do que você imagina.

Penso na funcionária do Wendy's. A conversa pareceu fluir naturalmente para ele.

– Está dizendo que seu charme não é uma espécie de maldição bruxesca de família?

Ele começa a rir.

– Infelizmente, não. Na verdade, tenho horror à ideia de não gostarem de mim. Tipo, a Sra. Webber, a bibliotecária da escola, começou a me odiar no nono ano depois que eu baguncei as estantes dela. Passei anos me humilhando, elogiando e dando várias revistas para fazer ela gostar de mim.

– Para que tanto esforço? Se a pessoa não gosta de você, é problema dela.

– Sei lá. Sempre fui assim. Desde que a minha irmã... – Ele deixa a frase inacabada.

Eu baixo a cabeça. Quando conheceu o Renner, a Kassie me contou que a irmã caçula dele morreu quando tínhamos 10 anos. Ela estava brincando na rua e foi atropelada por um carro. É uma espécie de tabu. Para ser sincera, quase tinha me esquecido.

– Sinto muito, Renner. Qual era o nome dela?

– Susie – responde ele com carinho. – Ela tinha a risada mais fofa de todas. O sorriso mais feliz. Já faz sete anos e às vezes parece que foi ontem. Ainda escuto minha mãe gritando no meio da rua, abraçando ela. – Ele faz uma pausa. – Bom, se a gente tem 30 anos, já faz 20.

Eu trinco os dentes, tentando encontrar as palavras certas, mas não encontro nenhuma.

Ele continua:

– Foi por isso que não consegui cuidar das coisas do baile outro dia. Era o aniversário da morte da Susie, e em geral meus pais fazem alguma coisa em memória dela e...

– Não precisa explicar.

– Não, eu quero explicar. Foi por isso que não fui à festa de volta às aulas. Minha mãe ficou muito mal naquela noite. Ela sabia que eu precisava ir para a festa, mas eu não podia largar ela daquele jeito.

Deixo as palavras dele assentarem na minha mente. Durante todo esse tempo, presumi que ele tinha me dado um fora porque não me queria como acompanhante.

– Se eu soubesse, tudo teria sido diferente.

Acho que ele também sabe disso.

– É. Bom, você não quis saber. E, para dizer a verdade, acho que eu não estava pronto para falar disso naquela época.

– Eu não te culpo de jeito nenhum.

Ele passa a mão pela nuca.

– Você deveria me culpar, sim. Eu... agi mal, fiz besteira.

Dou de ombros.

– Agiu como um menino de 14 anos. Depois de perder a irmã... Nem imagino como deve ter sido difícil.

– A parte mais difícil é pensar no que a Susie poderia ter sido. Ela gostava da vida, ria o tempo todo de qualquer coisinha. Acho que me sinto obrigado a ocupar esse vazio. Como se fazer os meus pais rirem, do jeito que ela fazia, fosse o único jeito de deixar eles felizes de novo.

Essa confissão me dói no coração. É como se a última peça do quebra-cabeça do Renner se encaixasse. Depois de quatro anos não o compreendendo, achando que tudo era fácil para ele, eu finalmente o entendo. Agora, sua personalidade exuberante faz sentido. E isso me faz gostar ainda mais dele.

– Renner...

– Ainda lembro que, uns meses depois do enterro, meus pais eram uns zumbis. Viviam no piloto automático. Aí eu fiz uma piada besta e eles riram. Tipo, riram pra caramba, pela primeira vez desde que ela tinha morrido. Desde esse dia, senti que era minha obrigação deixar os dois felizes. Se bem que "felizes" não é a palavra certa. Estava mais para "funcionais".

O sofrimento no olhar do Renner é diferente de tudo que já vi. É como se ele estivesse baixando totalmente a guarda para mim. Por mais triste que seja a circunstância, fico grata por ele dividir isso comigo.

– Quando vi minha mãe feliz naquela primeira manhã e depois na casa do Ollie, fiquei abalado. Porque eu não sabia que ela podia ser assim de novo.

– Ela parecia feliz mesmo.

– Não sei o quanto disso tem a ver com o Jared. Mas, se ele faz parte dessa felicidade, não posso ficar bravo. Acho que tô me sentindo meio merda por não ter conseguido deixar minha mãe feliz.

– Não fala isso. Você deixa ela feliz, sim. E, mesmo que não deixasse, você não pode fazer todo mundo gostar de você. Bom… é, talvez *você* possa. Mas não deveria ter que fazer isso.

Ele dá de ombros.

– É uma compulsão esquisita. Não consigo parar. Mesmo depois que a Susie morreu, meus pais me puseram na terapia e eu até tentei impressionar a psicóloga dizendo que estava sempre ótimo. Hoje, comprei legumes no mercado só para impressionar as pessoas.

– Quem?

– Sei lá… Clientes aleatórios. O caixa. Não sei nem cozinhar legumes. Sua modéstia ameaça me derreter até eu virar uma poça aqui mesmo.

– Legumes? Você é mesmo viciado em agradar.

– Estar na minha pele cansa, viu? – Ele abre um sorrisinho.

– Você ficava incomodado por eu… não ser muito sua fã? – pergunto, tomando cuidado para não usar a palavra "odiar".

Seus olhos ardentes encontram os meus.

– Mais do que você imagina.

– Então, por que se esforçou tanto para me fazer te odiar? Você podia ter me contado por que precisava da presidência… Talvez eu não tivesse…

– Char, você já tinha uma opinião formada sobre mim, não importava o que eu fizesse. Acho que era melhor receber atenção negativa da sua parte do que não receber nenhuma.

– Mas por quê? Que coisa mais… boba.

Renner se vira para me encarar.

– Você não faz ideia mesmo, né? – pergunta ele, baixando a voz num tom marcante, rouco e sexy, de um jeito que me faz querer me encolher num cantinho e ao mesmo tempo colar nele.

– Não faço ideia do quê?

Ele abre a boca para responder no momento em que um farol ofuscante inunda minha visão. O jipe do Ollie.

Eu recuo, meio cega por causa da luz, sentindo meus batimentos acelerarem. Tinha esquecido que ainda estávamos num jogo; a existência de qualquer outra pessoa foi momentaneamente ignorada.

– Até que enfim acharam a gente – comento, levantando-me de uma vez.

– É. No momento perfeito – murmura o Renner atrás de mim.

Não sei se ele está sendo sarcástico. E estou com muito medo de perguntar.

SÓ JOGAMOS MAIS UMA RODADA antes de o Ollie admitir que está cansado e precisa ir para a cama desmaiar.

– Parece que a Operação de Volta aos 17 foi um fiasco – comenta o Renner a caminho de casa.

– Nem me fale.

Ele morde o interior da bochecha.

– Acho que a gente deveria dizer para as pessoas que o casamento foi cancelado, né? Minha mãe não vai gostar.

– É, nem a minha – respondo. – Mas não vai chegar a esse ponto. A gente vai sair daqui.

Sinto um aperto no peito ao pensar em cancelar. Que esquisito. Por que essa ideia me dá vontade de chorar? A dor do luto deve estar me deixando mais emotiva.

Os olhos dele vagam pelo meu rosto e pelas minhas mãos, depois pelo meu colo, antes de se voltarem para a rua.

– A boa notícia é que a gente conseguiu informações cruciais. Você se acertou com a Kassie e eu pude conversar com a minha mãe. Tem mais alguma coisa que você ainda queira descobrir? A gente podia rever nossa lista – acrescenta ele.

– Ainda tem uma coisa… – começo a dizer, mordendo a parte de dentro da bochecha de tanto nervosismo.

– O que é?

– Acho que quero visitar a mulher do meu pai.

Falar da irmã do Renner despertou meu interesse. Ele perdeu a irmã cedo demais, e parece que nem me esforço para ver as minhas, que estão vivas e bem. Isso não está certo.

Por um tempo, ele fica em silêncio.

– Posso ir junto se você quiser.

Sua oferta aquece meu coração.

– É. Quero, sim.

– Então eu vou.

As palavras dele têm um efeito tranquilizador. E, quando ele estica a mão para pegar a minha, o nó no meu estômago diminui um pouquinho.

Podemos estar presos nesta realidade muito, muito estranha, mas, pela primeira vez na vida, é bom poder contar com alguém. Mesmo que seja o Joshua Taylor Renner.

Capítulo vinte e quatro

Quando meu pai me falou da casa onde morava perto do lago em Fairfax, imaginei uma estrutura quadrada e ultramoderna tipo os arranha-céus da cidade: toda de cimento, com janelas do chão ao teto. De jeito nenhum visualizei essa casa aconchegante em estilo fazenda.

Basta olhar para a Barbie descabelada em cima da roseira e para a bicicleta cor-de-rosa largada no meio da passarela da entrada para saber que uma família mora aqui. Sinto uma pontada no peito ao ver os corações e a amarelinha desenhados com giz pastel. Foram feitos pelas minhas irmãs.

O Renner percebe minha hesitação quando chegamos à porta e aperta minha mão com delicadeza. Não sei o que pensar dessa estranha mudança entre nós. Ontem à noite, no baile e, depois, no riacho, eu poderia jurar que ele queria me beijar. E, no fundo, eu queria que beijasse. Mas, no momento em que voltamos para casa, ficamos tensos e cada um foi dormir no seu quarto (ele no de hóspedes, eu na suíte) sem dizer uma palavra.

Não consigo deixar de me perguntar se essa bondade dele comigo é só seu impulso de agradar todo mundo, se estava tentando fazer com que eu me sentisse melhor só porque ele é uma pessoa absurdamente boa.

– Vai tocar a campainha? – pergunta ele.

– Não me apressa – sussurro, e a porta se abre antes mesmo que eu tenha a chance de bater.

Uma menina de cabelo escuro preso num rabo de cavalo e uma linda roupinha roxa nos recebe. Quando nossos olhos se encontram, ela grita e se joga nos meus braços.

– Charlotte! A Charlotte tá aqui!

Pelo entusiasmo, parece que ela me conhece. O fato de termos algum tipo de relacionamento me faz sentir um pouco melhor, e retribuo o abraço.

– Lily, quem é? – pergunta uma voz distintamente mais velha lá dentro.

Uma mulher desce a escada de madeira com calça de treino e camiseta branca manchada. É a Alexandra; a versão não glamourosa de cabelo castanho-escuro caindo numa espessa cascata atrás dela. Mesmo sem maquiagem e roupa chique, ela é naturalmente deslumbrante, com sobrancelhas escuras que de alguma forma comunicam tudo o que ela está pensando. Neste momento, parece surpresa.

– Charlotte?

– Oi – respondo, com a voz esganiçada.

EU ME PEGO ESMAGADA ENTRE MINHAS IRMÃS num sofá bege com almofadas demais. Lily, a mais nova, não sai do meu lado por nada. Antes que eu pudesse cumprimentar devidamente Alexandra e Marianne, ela me puxou para o quarto dela para mostrar o vestido que vai usar no meu casamento.

Marianne é menos enérgica, mas está igualmente feliz em me ver. Acho que é a mais questionadora das duas, um tanto desconfiada das pessoas em geral; não muito diferente de mim. Mas também fica encantada com o Renner, e desde que chegamos está olhando para ele como se estivesse derretendo feito sorvete.

Enquanto a Marianne me bombardeia com perguntas sobre se vi *Molly e Polly*, um novo filme da Disney pelo qual está obcecada, percebo que elas não me tratam como uma desconhecida. Tratam-me como a irmã mais velha.

Alexandra nos leva para a sala de estar, com uma vista ampla do lago. Se eu soubesse que a casa do lago tinha essa vista, talvez tivesse reconsiderado a ideia de passar o verão aqui.

– Só espero que vocês não se incomodem porque minha casa está um chiqueiro. Com essa gripe, a limpeza ficou de lado – diz Alexandra, com as bochechas rosadas de vergonha, enquanto põe dois copos de limonada na mesinha de centro.

Em geral, quando alguém pede desculpas pela casa bagunçada, não há bagunça nenhuma. Minha mãe gosta de dizer que as pessoas só querem a oportunidade de se gabar, fingindo modéstia, de como a casa está arrumada. Mas Alexandra não exagerou. Apesar de ser linda, a casa está mesmo um caos, com pedaços de cartolina, cola glitter e brinquedos espalhados pela mesa. É o contrário de como imaginei a Alexandra, e isso me faz gostar dela – só um pouquinho.

– Nós é que pedimos desculpas por vir sem avisar – respondo.

Ela inclina a cabeça.

– As meninas estavam com muita saudade. De vocês dois.

– Quando foi a última vez? – pergunto, tentando desajeitadamente descobrir qual é nosso grau de intimidade.

Ela hesita, baixando o olhar para o colo antes de responder:

– No enterro, eu acho.

Sinto um nó na garganta ao digerir as palavras. Faz quase um ano que não as vejo? Isso não está certo.

– Desculpa. A vida anda tão corrida e… – Eu me detenho. – Mas não é desculpa. Quero vir visitar vocês mais vezes.

– Tudo bem. Sei que vocês andam ocupados – diz ela, livrando generosamente a minha cara.

– Percebi que nunca respondi à sua mensagem sobre pegar umas coisas do meu pai. Sei que você não deve estar mais com elas, mas…

Ela se levanta, alisando a calça amassada.

– Estou, sim! Vem comigo. Está tudo no escritório dele.

O Renner fica com as meninas enquanto eu acompanho Alexandra pelo corredor. Ao contornar uma pilha de roupa suja, percebo uma série de fotos da família em molduras descombinadas e paro. Prendo a respiração ao ver minhas fotos de formatura dos ensinos fundamental e médio ao lado de fotos da Lily e da Marianne. Tem até uma foto minha com o Renner na frente de uma árvore de Natal numa moldura dourada com relevos ornamentais.

Alexandra dá um passo atrás e para ao meu lado, olhando para as fotos.

– Seu pai gostava de deixar fotos suas à mostra para as meninas saberem quem você é.

Por essa eu não esperava. Sempre imaginei que meu pai me visse como uma bagagem inconveniente da sua vida passada.

– Gostava, é? – sussurro baixinho enquanto a acompanho até o escritório.

O espaço tem o cheiro dele: mogno e papel recém-impresso. Alexandra não tirou muita coisa daqui. Ainda há documentos e pastas de arquivo de trabalho empilhados em cima da mesa, aparentemente intocados. Ao passar pela porta, ela expira devagar, como se entrar neste cômodo esvaziasse alguma coisa dentro dela. Fico ainda mais triste por ela do que por mim. Está presa nesta casa com lembranças dele por toda parte.

Ela pega uma caixa no alto do armário e deixa-a em cima da mesa.

– Sei que é muita coisa para olhar. Não tem problema se não quiser levar tudo. E esta semana você tem muito o que fazer por causa do casamento e tal.

No alto da caixa está uma pilha de desenhos presos com clipes de papel que fiz para meu pai quando criança, com *Para o Papai, da Charlotte*, em cada folha com uma letra perfeitamente firme. Ter uma caligrafia perfeita sempre foi minha obsessão. Por baixo tem um fichário com a versão impressa de todos os meus boletins, desde o ensino fundamental até o fim do ensino médio.

– Ele guardou tudo isso? – consigo perguntar.

– Lógico. Acho que você era o tema preferido dele – responde ela com uma risada suave.

Meu primeiro impulso é negar. Como eu poderia ser o tema preferido dele quando nem sequer conversávamos?

Alexandra põe a mão no meu pulso; sua expressão é sincera.

– Ele nunca perdia a oportunidade de se gabar para os nossos amigos de como você era inteligente. De que a filha dele só tirava nota máxima na faculdade. De que ela virou conselheira estudantil e mudou a vida dos alunos. Era só eu dar as costas que ele ficava olhando suas redes sociais.

Meus olhos ficam marejados.

– Eu não sabia.

Como é que eu não sabia? Por que ele não me contou?

Alexandra olha para o conteúdo da caixa.

– Sei que a comunicação não era o forte do seu pai, mas ele tinha muito, muito orgulho de você.

EU E O RENNER PASSAMOS O RESTANTE DO DIA rindo com Alexandra e as meninas. Elas são pura alegria, principalmente a Lily. O modo como fecha os olhos bem apertados e joga o corpo todo para trás quando acha alguma coisa engraçada me lembra tanto meu pai que faz meu peito doer.

Não tenho a menor dúvida de que sou uma negação no quesito sociabilidade. Não sei bem o que devo dizer, nem mesmo saber, a respeito dos últimos treze anos. É lógico que o Renner encara a situação como um especialista. Não sei por que me surpreende ele ser tão bom com a Lily e a Marianne. Quando a pequenininha pergunta se pode pôr presilhas de borboleta no cabelo do Renner, ele nem hesita.

É bom estar aqui com elas. Com todo mundo. De alguma forma, é familiar e, sinceramente, já deveria ter acontecido há muito tempo. Porque elas são pedaços do meu pai que nunca tive, e, mesmo que eu não possa afirmar tê-lo conhecido bem, acho que ele teria gostado disso.

– Obrigada por ter vindo comigo. Foi muito importante você estar aqui hoje – digo para o Renner quando entramos no carro.

Agora o sol se põe, pintando o céu de um tom que me lembra algodão--doce.

– Pode contar comigo sempre, Char – responde ele.

Rodamos em silêncio por mais alguns minutos antes de eu me virar para ele e dizer:

– Não quero voltar para casa agora.

– Quem disse que precisa voltar? – Ele pisca pra mim, de um jeito que só ele sabe fazer. – Agora somos adultos. Não temos hora de dormir, lembra?

– Bom, está tarde.

– Tá, agora você parece uma velhinha falando.

– Eu já te disse. Sou idosa com orgulho.

– Char – chama ele, olhando bem para mim. – A gente pode fazer tudo o que quiser.

Capítulo vinte e cinco

É possível evitar noventa por cento dos problemas com organização e planejamento. Esse é o meu mantra.

Nunca entrei numa situação sem ter um plano. Antigamente, ficava acordada à noite, examinando hipóteses de como reduzir os riscos na minha vida. *Talvez, se eu estudar mais uma hora, possa arrasar naquela prova. Talvez, se eu revisar minha lista da venda de bolos do grêmio mais uma vez, possamos evitar contratempos.*

Então sou mesmo um peixe fora d'água no brechó de beira de estrada em que paramos, o Coisas de Gente Morta.

O lugar chamou a atenção do Renner quando pegamos a Rua Principal de Fairfax ao voltar da casa do lago. A fachada azul berrante se destaca entre os edifícios históricos de tijolos aparentes. Além disso, na janela tem um Chucky de papelão em tamanho real, aquele boneco assassino sinistro e ruivo do filme.

– E aí, o que estamos procurando? – pergunto para o Renner.

Embora o brechó não seja grande, conseguiram enfiar roupas e itens diversos em cada canto e nicho. Para onde quer que a gente olhe, tem alguma coisa estranha e curiosa, como o apanhador de sonhos com miçangas pendurado numa prateleira com globos de neve de todo tipo.

O Renner põe o braço em volta do meu ombro enquanto caminhamos sob o olhar atento da proprietária de cabelo preto e lábios pintados de roxo.

– Nosso objetivo, se você decidir aceitar, é encontrar um para o outro a roupa mais ridícula possível para o nosso casamento-que-na-verdade-não--vai-rolar.

– Ah, eu nasci para isso.

Olho para a loja caótica ao meu redor já tramando alguma coisa. Cravo os olhos num colete com estampa de vaca preto e branco. Na verdade, parece couro de vaca mesmo. Horrorizada, eu coloco de volta na arara.

O Renner me olha, sério.

– Não é a minha cor?

– Não é dramático o bastante para você – concluo, dando meia-volta.

Em geral, tenho todo um método para fazer compras: vasculho todas as araras do lado direito da loja e depois o esquerdo. Mas, hoje, fico contente em deixar meu coração me guiar para onde quiser.

Pela minha expressão, o Renner pode ver que levei nossa missão muito a sério. Por isso, a gente se separa, cada um na sua busca.

É então que eu vejo: o traje perfeito, ridículo além da imaginação, para o Renner usar no nosso casamento-que-não-acontecerá. A parte de cima é uma camiseta branca simples com uma estampa extravagante de um filhote fofo de golden retriever numa cesta. Abaixo dele estão as frases: *Você acha que sabe o que é medo? Acha que já sentiu dor de verdade?* Para a parte de baixo, escolho uma calça de couro vermelha que deixa a bunda de fora; tecnicamente, acho que é uma calça de vaqueiro, só que dois tamanhos menor que a do Renner, com um cinto cravejado de turquesas. Depois descubro um par de pantufas marrons em forma de pata de urso e uma corrente grossa banhada a ouro com um medalhão que diz *Classuda e Tesuda* para arrematar o visual.

O Renner escolhe um collant de manga comprida com estampa de arco-íris e um baita cheiro de pastilhas contra tosse e decisões impensadas, além de um sobretudo que, com certeza, foi generosamente doado por um desses exibicionistas que andam por aí sem nada por baixo. Meus acessórios incluem óculos escuros ovais de tamanho infantil com lentes vermelhas microscópicas e sapatos de plataforma grossa e preta com peixes de plástico nos calcanhares. (Ele diz que graças a mim as plataformas vão voltar à moda em grande estilo.)

– Beleza, vamos levar – diz Renner à pobre funcionária do caixa, que tem que escanear as etiquetas dos itens já no nosso corpo.

Na saída, capto um lampejo prateado na minha visão periférica que me faz parar. Renner tromba comigo, segurando meu cotovelo para me apoiar.

– Você está vendo o que eu estou vendo? – pergunto.

Ele acompanha meu olhar até o alto e engole em seco.

– Acho que sim…

Ali, numa prateleira lotada de tranqueiras, há um objeto cilíndrico de aço. As letras gravadas na frente estão parcialmente cobertas por um enorme chapéu violeta-azulado de aba larga cheio de apliques de flores silvestres. Renner tira o chapéu do caminho, revelando a gravura incrustada de poeira: *Cápsula do Tempo – Turma de 2024.*

– Não pode ser a nossa cápsula… ou pode? – pergunto enquanto o Renner a pega da prateleira.

Quando seus dedos tocam o aço, ele se encolhe de leve, retirando a mão.

– Ai. Tomei um choque.

Passo o dedo pela borda lisa, e um pequeno tremor também percorre a ponta dos meus dedos.

– Isso aconteceu da última vez. No ginásio.

Ele faz que sim com a cabeça e observa a cápsula por um instante antes de pegá-la outra vez, flexionando os músculos do antebraço ao sustentar o peso dela.

– Mas como é que a nossa cápsula do tempo veio parar numa loja aleatória em Fairfax?

– Não faço ideia – respondo, sacudindo a cápsula com a orelha encostada nela. – Acha que nossas cartas estão aqui dentro? – pergunto, apoiando o braço na prateleira atrás de mim porque, de repente, fiquei um pouquinho zonza.

– A gente está com 30 anos, né? Acho que já abrimos ela.

Isso se confirma quando ele tira a tampa: está vazia.

– Acho que a gente nunca vai saber o que escreveu.

– Por mim, tudo bem – digo, ajudando-o a pôr a cápsula de volta na prateleira.

Talvez seja o privilégio de descobrir muito mais do que eu queria sobre minha versão futura, mas a esta altura já sei o bastante. Fico muitíssimo feliz em não solucionar certos mistérios.

Saímos para a calçada movimentada soluçando de tanto rir. Em geral, não gosto de chamar atenção. Na verdade, passei a vida inteira tentando desesperadamente ser igual a todo mundo. Numa situação normal, sair em público vestida que nem uma lunática me deixaria apavorada, mas não é o que acontece, apesar de as pessoas nos encararem de boca aberta. Até chegam um pouco para o lado para nos dar passagem.

O Renner está com um sorriso enorme e parece completamente realizado. Cada olhar de espanto fornece ainda mais vitalidade ao seu gingado com a calça de couro que não cobre a bunda. (Não se preocupe, ele está de cueca por baixo.)

– Somos do passado. Viajamos no tempo – anuncia ele, alegre, para uma idosa de olhos arregalados.

Ela nos lança um olhar severo e anda um pouco mais rápido na direção contrária.

O Renner continua dizendo a todos com quem faz contato visual que "viemos do passado". Não consigo parar de rir. Não sou de falar com gente desconhecida aleatoriamente, mas, com o Renner, começo a me sentir corajosa. Quando chegamos ao cruzamento, sussurro "somos viajantes do tempo" para um bebê com cara de querubim. (O pai dele está com fones de ouvido e não me escuta, mas a gente tem que começar de algum lugar.)

Com a adrenalina a mil, pulamos de mãos dadas por cima de uma grade de ventilação e entramos numa loja de fachada magenta que me lembra uma combinação de parque de diversões com *A Fantástica Fábrica de Chocolate*. A loja vende exclusivamente doces, até mesmo doces vintage, como pirulitos de arco-íris do tamanho de pratos. Há uma muralha gigante de caixas de plástico transparente repletas de doces, colheres medidoras e saquinhos listrados de arco-íris para encher. É como um sonho de criança. Eu e o Renner perdemos totalmente a noção, entupindo os saquinhos até transbordar.

O atendente, um cara de cabelo volumoso e cavanhaque, nos encara quando colocamos 55 dólares em doces no balcão do caixa.

Eufóricos para encher a cara de açúcar, entramos num parque verdejante e nos jogamos no gramado espesso, um conforto para nossos corpos doloridos. Estamos num declive com vista para uma área plana onde um grupo de adolescentes joga um *frisbee* fosforescente.

– Nossa, como é bom deitar – geme o Renner, esticando a mão para pegar uma minhoca de goma no saquinho de doces. – Então ter 30 anos é isso? Ficar cansado demais para aguentar até o fim do dia?

– Se ter 30 é isso, tenho medo de saber como é ter 50 – respondo, abrindo o pacote de Skittles.

– Ô, doidinha, por que está colocando a mão em todos os Skittles?

Ele me olha de lado e tenta tomar a embalagem de mim. Tiro-a do alcance, e ele fica com preguiça de insistir.

– Estou separando. Todo mundo sabe que os verdes são nojentos.

Ele estende a mão.

– Você é a rainha do desperdício, Wu. Me dá os verdes. Mas para de colocar a mão em tudo.

– Tá com medo dos meus germes?

– Tenho medo dos germes de todo mundo. Tipo o seu cabelo nos Skittles. – Ele aponta para um fio de cabelo fugitivo que caiu na embalagem.

Faço uma careta.

– Eca. Desculpa. Minha mãe diz que eu solto pelo que nem cachorro.

– É, hoje cedo eu vi a pia do banheiro.

– Bem-vindo à vida de casado – digo a ele, prendendo o cabelo num rabo de cavalo. – Se estamos presos aqui, você também vai ter que tirar o meu cabelo do ralo.

Ele me observa, o olhar ficando mais brando à luz amarela do poste acima de nós.

– Por que você não prende o cabelo assim mais vezes?

Eu hesito.

– Quer saber mesmo?

Ele empina o queixo e faz que sim.

– Nono ano. Quando a mãe do Ollie alugou aquela pista de kart para a gente, você me disse que minha cabeça era, nas suas palavras, "colossal", e que nenhum capacete serviria em mim.

Renner olha para mim, surpreso.

– Tá falando sério?

– Tô. Desde então nunca mais prendi o cabelo.

– Char, eu não quis dizer que sua cabeça era colossal *literalmente*. Quis dizer que é grande porque você é inteligente.

Minhas bochechas ficam vermelhas. Para ser sincera, sinto-me meio boba por ter entendido de outro jeito.

– Ah. Como eu sou tonta.

– Não, não. Eu não deveria ter dito uma coisa dessas. Foi idiotice minha. Mas, escuta. – Quando viro o rosto para o outro lado, envergonhada, ele pega meu queixo com delicadeza e me vira para ele. – Sua cabeça tem um tamanho perfeitamente normal.

– Noooossa, obrigada – respondo, escondendo o rosto.

– Perfeitamente proporcional. Sabe, na primeira vez que te vi, eu... lembro que fiquei sem ar, como se tivesse acabado de correr no ginásio, mesmo estando sentado. Você é linda. Com cérebro grande e tudo.

As palavras dele aquecem meu corpo inteiro.

– Olha quem fala – respondo, desviando a atenção para ele não perceber que me transformei num tomate humano, e confesso: – Uma vez, até escrevi sobre o seu rosto no meu diário. Acho que foi um texto de umas cinco páginas.

– Me deixa adivinhar: você escreveu um ensaio sobre como meu rosto é horrível?

– Foi mais um discurso febril e transtornado sobre como seu rosto é bonito. Sobre achar que você não merecia um rosto desses. E que você deveria ter nascido com uma verruga enorme no lábio superior ou, no mínimo, um queixo sem graça – admito, bufando e sorrindo.

– Para o seu azar, venho de uma longa linhagem de queixos cheios de graça.

Quando ele cutuca meu ombro com carinho, penso no dia seguinte, quando teremos que achar um jeito de voltar, inevitavelmente. É a última coisa em que quero pensar neste momento.

Agora o céu escureceu completamente, e as lâmpadas penduradas nas árvores brilham como poeira estelar ao nosso redor. De alguma forma, é mágico.

Até o céu se abrir e cair a maior tempestade.

Capítulo vinte e seis

– Saco. Tá chovendo. – Ele tira o casaco, usando-o como um guarda-chuva improvisado para nos proteger.

– Tudo bem. A chuva não está... *tão* forte.

Então o estrondo de um trovão arrebenta ao longe, desencadeando uma chuva torrencial.

– Não está tão forte, é? – pergunta o Renner.

As camadas prateadas de chuva desabam, fechando-nos em nosso mundinho. É como se alguém tivesse pegado uma faca e rasgado o céu ao meio.

Não sei se é por causa de todo esse aguaceiro de repente ou o fato de a camiseta extragrande do Renner estar colada no peito e totalmente transparente, mas começo a rir. São gargalhadas de enfraquecer as pernas, de doer a barriga. O Renner também se solta. Dois dias atrás, eu não aguentava nem estar no mesmo ambiente que ele.

E agora estamos rindo debaixo de uma tempestade. É como se alguém me envolvesse num cobertor quentinho quando eu nem sabia que estava com frio.

Ele estende a mão para mim na chuva.

– Vem. Vamos procurar abrigo.

Seria fácil eu ficar estressada por estar encharcada ou pela possibilidade de acabar pegando uma pneumonia, mas todos esses pensamentos desaparecem quando entrelaçamos os dedos. Lado a lado, corremos diretamente para a chuva, sem medo, como se avançássemos para uma batalha. Parte da mesma equipe.

Corremos cerca de um quarteirão antes de entrar numa viela e encontrar o toldo de um restaurante.

– Vem cá – diz ele com delicadeza, os olhos parecendo faróis.

Dou um jeito de subir no degrau da entrada do restaurante e me encolho com o Renner como se estivéssemos numa caverna apertada. Ele me puxa para mais perto, contra seu corpo. Embora a chuva fria ainda consiga nos atingir, nunca me senti tão segura. Segura de que este é o meu lugar, o meu momento.

Apoio a palma das mãos no peito molhado dele e suspiro.

– Por que você tem que ser tão…

– Lindo? Inteligente? Incrível?

Dou um peteleco leve no peito dele.

– Tô me sentindo uma idiota.

Ele recua, olhando bem para mim.

– Por quê?

– Por tudo – admito, com um aperto no peito. – Não paro de pensar em como tudo seria diferente se a gente tivesse… sido amigo. Esse tempo todo.

– Era só isso que você queria? – sussurra ele, apoiando a testa na minha. – Só amizade?

Penso na resposta enquanto o sangue lateja nos meus ouvidos, lateja por toda parte. Não. Essa declaração não reflete o que eu quero de verdade, aqui e agora. Nem um pouco. Porque, para além de qualquer lógica, acho que gosto do Renner. Gosto muito. E odeio gostar.

– Não. Não é só isso. É que não estava nos planos – murmuro.

– O quê? Se apaixonar por mim? – pergunta ele, incapaz de conter aquele sorrisinho típico.

Finjo dar um soco no peito dele.

– Cala a boca. Não tô apaixonada por você.

– Ainda – acrescenta ele com a maior confiança. – E, para ser sincero, vir para o futuro também não estava nos meus planos, por isso estamos quites.

Eu rio no peito dele.

– Mas sério. É esquisito.

– As coisas não precisam ser como você planejou – argumenta ele.

– Precisam, sim.

– Por quê?

Dou de ombros.

– Acho que o desconhecido me assusta. Quer dizer… Não sei se você percebeu, mas minha mãe é a bagunça em pessoa. Não me entenda mal, ela é ótima.

Mas, depois que meu pai foi embora, se eu não assumisse o controle das minhas coisas, nada ia para a frente. Acho que isso criou minha compulsão de querer planejar absolutamente tudo.

– Entendi. Mas também acho que... se você quer tudo planejado, onde fica a espontaneidade? – pergunta ele, a ponta dos dedos percorrendo minhas costas, enviando uma onda de calor para cada parte do meu corpo.

– Falar é mais fácil que fazer. Se eu conseguisse relaxar e encontrar minha paz toda vez que alguém me diz isso, seria o Dalai-Lama.

Ele gesticula, indicando o espaço ao redor, mas é difícil enxergar alguma coisa por entre as camadas de chuva.

– Tá. Mas olha onde a gente está. Estamos presos neste... mundo muito estranho. Não sabemos se é verdade, sonho ou algum universo alternativo bizarro. Mas estamos aqui. E nunca mais vamos viver este momento, né?

– Não. Nunca mais.

Minha mente está turva. É como se houvesse uma corrente de eletricidade entre nós quando ele recua para me olhar. Não é um simples momento de contato visual prolongado. Ele está olhando de verdade para mim. Como se estivesse vendo a minha alma.

Se isso é um sonho, sem dúvida parece mais real do que qualquer outro momento da minha vida. Cada vez que ele roça o polegar na minha pele. O olhar terno e questionador. A maneira como ele passa a mão quente no meu cabelo, massageando a nuca, acende a faísca que dormia dentro de mim, reprimida por todo esse tempo.

Meu mundo está de ponta-cabeça. Parece que eu não tenho controle de nada. Em geral, só a simples ideia de perder o controle já me desestabiliza. Mas, neste momento, sinto uma paz estranha e leve. É como se a chuva escoasse levando todo o meu estresse. E o abraço do Renner permanece.

Agora que a faísca foi acesa, acho que nem um banho de chuva poderia apagá-la. Então eu me inclino e ponho meus lábios nos dele, terminando aquele beijo.

COMO É QUE FUI CAPAZ DE DESPERDIÇAR os últimos quatro anos não beijando o Renner?

Pensar nisso é uma tortura, porque ele beija usando o corpo todo. A Kassie sempre disse que ele beijava bem, mas o que ela contou não chega nem perto da realidade. Aquele beijo na festa de noivado não se compara a este. É um beijo que mexe com a cabeça, distorce o tempo, brilha feito um unicórnio de purpurina e ameaça mudar toda a minha visão de mundo.

Apesar de encharcados, nossos corpos fervem, colados. Neste momento, nada poderia nos separar. Os lábios molhados deslizam um no outro com movimentos curtos, a respiração se mistura. Enquanto a língua dele envolve um pouquinho mais a minha, passo as mãos pelas costas e pelos ombros dele, agarrando o tecido da camiseta.

Sua boca é tão macia que leva a minha a se abrir, faminta, voraz. Encontramos um ritmo, inclinando a cabeça, suspirando de encontro um ao outro até eu ofegar. Uma das mãos dele está entrelaçada ao meu cabelo enquanto a outra enlaça minha cintura, puxando-me para ele.

– Char – murmura ele entre os beijos.

– Hum-humm? – Contemplo o rosto dele como se fosse a primeira vez.

– Esse é o melhor dia da minha vida. – O Renner fala isso com tanta convicção que quase derreto em seus braços. – Sei que é esquisito dizer isso porque nem sei se isso aqui é real, mas eu...

– Também é o melhor dia da minha vida – respondo com ímpeto.

E estou falando sério. Pela primeira vez, não sei se escolheria voltar aos 17 anos caso tivesse a chance. Quero ficar neste momento por mais um tempo se puder.

Ele lança um sorriso pensativo, que é sua marca registrada. Tiro uma foto mental para registrar o momento.

A chuva diminui, e finalmente consigo ver que a viela leva a uma praça de restaurantes e pátios. Flores e trepadeiras transbordam dos vasos, serpenteando as janelas pelos cantos dos prédios. Parece um bosque de conto de fadas. Tem uma atmosfera europeia – dos filmes, pelo menos.

No meio da praça há um relógio grande e antigo. A música do pub mais próximo toca no alto-falante do pátio. É uma melodia familiar.

É... a música de *Dirty Dancing*. A mesma que dançamos no baile.

Paramos onde estamos. O Renner sorri e estende a mão, puxando-me para o centro da praça movimentada.

– Vem. Dança comigo.

– Estamos na frente de todo mundo – sussurro enquanto ele põe as mãos em volta da minha cintura, balançando ao som da música enquanto uma mulher com um carrinho de bebê desvia com raiva de nós. – E não tem mais ninguém dançando.

– Detesto ter que te contar isso, mas olha as nossas roupas. Acho que já passamos da fase de ligar para o que os outros pensam – argumenta ele, inclinando-me para trás num gesto teatral.

– Eu meio que ainda ligo, sim – admito, mas deixo o Renner continuar me girando.

– Eu sei. Você sempre ligou.

– E isso é ruim? – pergunto, hipnotizada por seu sorriso.

Ele dá de ombros.

– Não. Mas não deixa isso te impedir de viver o momento. Agora, vai lá, dá o pulo.

– Que pulo?

– O pulo do *Dirty Dancing*.

Ele dobra os joelhos, apenas um pouco, prejudicado pela calça absurdamente apertada.

Olho para todas as pessoas em volta de nós, correndo para chegar a seus destinos antes que a chuva recomece. Alguns curiosos pararam para assistir ao espetáculo, cochichando entre si. Ouço alguém dizer:

– Devem ser artistas de rua.

– Vem. Confia em mim – diz o Renner, erguendo os braços com firmeza.

Confiança. Está aí algo que nunca existiu entre nós. Mas, depois dos últimos dias, acho que talvez ele seja a pessoa em quem mais confio.

Então, eu vou. Corro na direção dele, que me levanta com delicadeza acima da cabeça. Estendo os braços e sinto que estou voando, sem peso, repleta de ar. Daqui de cima, sinto-me poderosa, forte, como se pudesse fazer qualquer coisa.

Ele me sustenta por um momento antes de seus braços começarem a tremer.

– Hã, Char?

– Hum?

– Eu... acho que minha calça acabou de rasgar na frente.

Começo a rir e inclino o pescoço para ver, mas meu corpo se vira mais do que eu pretendia, desabando dos braços do Renner.

Num piscar de olhos, vou com tudo de cara no chão de concreto.

Capítulo vinte e sete

Sinto uma dor vaga e conhecida atrás dos olhos. Tem alguma coisa dura apertando minha testa, e é difícil respirar, como se uma jiboia tivesse se enrolado em volta do meu peito.

Abro os olhos de uma vez, o corpo rígido em alerta máximo. Estou desorientada, como naquela brincadeira de prender o rabo no burro em que alguém venda nossos olhos e faz a gente girar.

É assim que me sinto enquanto vou assimilando alguns fatos:

1) Estou deitada de bruços.
2) Meu nariz está amassado contra um piso de madeira empoeirado. O piso do ginásio.
3) Não estamos mais numa viela qualquer em Fairfax. Não estou mais nos braços do Renner.

Como a gente veio parar aqui? Será que tive uma concussão depois do Renner me deixar cair?

Passo a mão no cabelo, esperando que os fios estejam embaraçados, grudados e molhados, mas estão secos e macios.

Por falar no Renner... Sinto o aroma fresco e cítrico dele à minha volta, como se eu tivesse tomado um banho de perfume. E é aí que um gemido baixo vibra contra o meu corpo.

O queixo do Renner pressiona a frente do meu peito, bem no meio dos seios.

– É. Amanhã vai doer mais – resmunga ele.

Não sou capaz de responder, principalmente por estar desorientada. Cada músculo e articulação do meu corpo dói. Faço uma anotação mental para agendar uma sessão de quiropraxia. Parece uma atitude adulta da minha parte.

O Renner põe delicadamente as mãos na minha cintura e me tira de cima dele. E é aí que vejo bem seu rosto.

Está sem barba. Jovem e familiar.

O maxilar marcado, a barba e as ruguinhas em volta dos olhos sumiram.

Olho ao redor e avisto uma alga-marinha de papelão cafona colada à parede.

Temos 17 anos de novo. Voltamos.

Assim como as bolhas nos meus pés.

É COMO SE EU TIVESSE CAÍDO de uma varanda no vigésimo andar. Tudo dói. Reúno forças para me sentar, e de repente o Renner estala os dedos na frente do meu rosto.

– Char? Machucou? Tá com uma cara de acabada.

Suas palavras são um banho de água fria. É como ser jogada na escuridão depois de desfrutar da luz do sol. Nos olhos dele, a brandura e o afeto de antes sumiram.

Balanço a cabeça. Antes de quê? Do futuro? O Renner que me encara como se eu fosse uma aberração não é o mesmo que confessou gostar de mim. Não é o Renner que beijei na chuva. Isso significa que… nada daquilo era real. Porque, se estivéssemos em uma realidade alternativa, sem dúvida ele também se lembraria, certo?

Será que foi sonho? Provavelmente.

Mas não faz sentido. Em geral, depois de um sonho vívido, os batimentos cardíacos desaceleram quando você recupera a consciência. Porém, meu coração não dá o menor sinal de que vai se acalmar.

– Oi? – O Renner balança a mão tão perto do meu rosto que chega a irritar.

Recuo antes que ele me arranque um olho.

– É. Tô ótima. Melhor do que nunca – respondo, sarcástica, batendo na mão frouxa que ele estende para me levantar sozinha.

O Renner continua ajoelhado ao meu lado, a cara de bobo de 17 anos iluminada pela luz fluorescente do ginásio como um anjo brega, mas bonito de dar raiva. Várias lembranças percorrem minha mente. Entrar na escola com ele. Estar rodeada de amigos e familiares na nossa despedida de solteira/solteiro. Rodar pela cidade brincando de esconde-esconde de carro. Sentir o peito dele encostado no meu enquanto dançávamos "(I've Had) The Time of My Life" no baile. Rir até a barriga doer no provador do brechó. Provar o gostinho de doce nos lábios dele. Sentir o queixo dele encostado na minha cabeça quando nos protegemos da chuva.

Fico meio tentada a trazer o rosto dele para junto do meu e conferir se o Renner Adolescente Verdadeiro beija igual ao Renner Adulto antes que a razão retome o controle. Afinal, esse é o verdadeiro Renner. Aquele que me ofende sempre que pode. O que se diverte com cada fracasso meu. E que existe para fazer da minha vida um inferno. Como é que pude inventar algo tão diferente?

– Eu... vou chamar a enfermeira – diz ele, levantando-se.

– N-não – gaguejo. – Já falei que estou bem.

Ele me olha, cético.

– Não está, não. Você nem consegue levantar.

Provar que ele está enganado é puro instinto. E eu tento, pelo menos. Começo a me erguer, mas ele põe as mãos nos meus ombros e me faz abaixar, me mantendo no lugar.

– Meu Deus, dá para você me ouvir pelo menos uma vez na vida e ficar aí? Você pode ter se machucado.

O tom dele me surpreende. É firme, mas é caloroso. Não muito diferente do que ele usou com os alunos na aula de educação física. Quando tínhamos 30 anos.

– Tá. Beleza.

Cerca de dez minutos depois, ele volta com a enfermeira Ryerson. Tem uma piada interna sobre ela: qualquer pessoa que sinta atração por mulheres dá um jeito de falar com a enfermeira Ryerson. Ela é uma mulher de 40 bem gata.

Ela faz uma avaliação rápida do meu estado e começa a fazer um discurso sobre segurança.

– Como é que você conseguiu cair da escada? – pergunta, quase como se fosse culpa minha.

O Renner me olha de lado, desafiando-me a pôr a culpa nele. Antes que ele possa inventar alguma mentira para me meter numa encrenca, endireito a coluna e digo:

– Caí tentando pegar um rolo de serpentina da mão do Renner. Ele estava segurando o rolo muito longe de propósito, e acho que meu peso desequilibrou a escada.

O Renner faz uma careta.

– Tá me acusando mesmo de fazer você cair de propósito? Como é que eu ia saber que a escada não era firme?

– Bom, é melhor vocês dois acertarem essa história. Vou ter que escrever um relatório do acidente para o diretor Proulx. E, Charlotte, vou ligar para a sua mãe vir te buscar. Você tem que ir para o pronto-socorro por precaução.

O PRONTO-SOCORRO É UM PESADELO. As salas de espera são sempre uma anarquia, cheias de gente que está no seu pior dia e de germes flutuando pelo ar. É ainda mais estressante para minha mãe, considerando nosso plano de saúde ruim.

Por sorte, meus exames não acusam nada. A médica diz que eu provavelmente tive uma pequena concussão, por isso é melhor tirar o restante do dia para descansar, além de limitar meu tempo de tela. Minha mãe gargalha o caminho todo até em casa, com meu celular em suas garras.

Admito que um dia inteiro de descanso forçado sem dispositivos eletrônicos é, na verdade, mais sereno do que eu imaginava. Também me dá um tempo a sós com meus pensamentos.

Só que, no momento em que deito a cabeça no travesseiro, durmo até a quinta-feira de manhã.

Capítulo vinte e oito

Dois dias antes do baile

O Renner passou a manhã inteira ignorando abertamente minha existência. É normal ele torrar minha paciência, mas me esnobar como se eu fosse um fantasma nunca foi uma de suas táticas.

Prova A: ele nem se preocupou em apostar corrida comigo até o armário antes do primeiro tempo. Na verdade, ficou de lado, com os olhos cravados no telefone, e me deixou pegar meus livros sem criar caso.

Prova B: no horário da chamada, todo mundo se aglomerou na sala do grêmio para pegar os novos anuários. Quase toda a turma do quarto ano assinou o meu, menos o Renner. Houve um longo momento em que nossos olhares se encontraram. Podíamos ter passado nossos anuários um para o outro, mas não passamos.

Prova C: ele mal falou duas palavras na aula de planejamento de carreira. Até o professor Kingsley o acusou de estar quieto demais.

Eu deveria estar escrevendo minha carta da cápsula do tempo para mim mesma, mas, em vez disso, olho pela janela, pensando numa lista de possíveis razões para esse comportamento dele. Talvez seu ego esteja ferido depois que eu disse que não casaria com ele em caso de um apocalipse zumbi, antes de cair da escada. Não, é improvável. Ele encara meus insultos como medalhas de honra. Pelo menos, eu acho. Talvez tenha sido abduzido por um extraterrestre e substituído por uma versão silenciosa de si mesmo.

Penso no que o Renner Adulto me disse: ontem foi o aniversário da morte da irmã dele. Talvez seja essa a razão de ele estar para baixo. Uma pesquisa rápida pelo nome dela no Google mostra um velho obituário do jornal *Monitor de Maplewood*. A data da morte é de exatamente sete anos atrás – como disse o Renner Adulto. Considero a possibilidade de não ter sido apenas um sonho. Mas o que é mais verossímil? Eu me lembrar do aniversário da morte da irmã dele por obra do meu subconsciente? Ou ele cair num estranho buraco de minhoca comigo?

Além disso, se tivéssemos viajado no tempo, o Renner teria falado disso no momento em que acordamos no ginásio. Ele é bem tagarela. Sei disso por causa dos quatro anos que passou contando de propósito os finais de filmes e séries de TV. Ainda não o perdoei por estragar o final da segunda temporada de *Euphoria*. Simplesmente não é da natureza dele reter informação, ainda mais uma dessa magnitude.

Porém, enquanto olho para o perfil dele a duas mesas de distância, eu me pego observando-o com um estranho afeto que nunca senti. É um sentimento que não consigo identificar. É como se estivesse olhando para um ex-namorado ou coisa assim; deve ser porque não posso apagar as lembranças, principalmente as da chuva. Senti uma coisa muito forte por ele. Mas não surgiu de repente; foi um sentimento que cresceu devagar dentro de mim, com tanta naturalidade que foi como voltar para casa.

Agora, quando olho para ele, não sou tomada logo pela raiva e pela irritação. Vejo o Renner Adulto, bondoso e absurdamente charmoso. O cara que vive desesperado para fazer as pessoas gostarem dele. Que faz macarrão com queijo tarde da noite depois de uma briga feia.

Pode ser que eu esteja cansada, e só. Irritada. Desorientada. Afinal, sofri uma concussão. Talvez precise ir de novo ao pronto-socorro. Sem dúvida vou voltar ao normal assim que me recuperar completamente.

NO ALMOÇO, DESCUBRO POR QUE A Kassie e o Ollie não foram ontem ajudar a decorar o ginásio. A Kassie entra no refeitório com calça de moletom, camiseta folgada e o cabelo naturalmente ondulado. Parece o cabelo da Kassie Adulta da Ioga. Está com a boca fechada numa linha estoica ao sentar-se de frente para mim, segurando a bandeja com o almoço. Tenho vontade de perguntar sobre o cabelo quando ela enfia o canudo reutilizável com tudo na garrafa d'água.

– O que foi? Alergia a cabra? – pergunto.

Sim, hoje tem uma cabra na escola. Você sabe que a Semana da Farra foi um sucesso quando tem um bicho zanzando pelos corredores, comendo a lição de casa dos alunos.

Nossa turma está mesmo muito comprometida com a Semana da Farra. Além da cabra, espalhamos rolos de papel higiênico no ginásio, despejamos bolhas de sabão nos dutos de ventilação e disparamos bombas de confete nos armários.

– Nada, não – resmunga a Kassie.

Pelo modo como ela diz "nada, não" e bate os cotovelos na mesa, sei que, na verdade, está longe de ser nada. E, apesar de detestar vê-la chateada, parte de mim também fica grata por ainda sermos melhores amigas.

– O Ollie anda… irritante – diz ela finalmente.

Os dois nunca brigam, muito menos em público. São aquele casalzinho apaixonado que dá comida na boca um do outro no refeitório.

É difícil esconder minha surpresa. Sem querer, começo a associar o futuro, em que o namoro da Kassie e do Ollie é passado, à cara que ela faz agora ao dizer o nome dele. Meu estômago fica embrulhado, e ponho a mão sobre a dela, apertando-a.

– Irritante como?

– A gente brigou a semana inteira. Começou na terça à noite – responde ela com uma careta.

Terça parece ter sido há uma eternidade. Mas forço minha mente a voltar àquela data: o dia dos absorventes rolando para todos os lados. O mesmo dia em que minha mãe tentou me convencer a ligar para o meu pai. Mandei uma mensagem para a Kassie para desabafar e ela não respondeu. Agora entendo por quê.

Ela enfia um pedaço de beterraba na boca e mastiga vigorosamente, como se precisasse de sustento para impulsionar sua explicação.

– Toda vez que eu falo em procurar um apartamento em Chicago, ele fica bravo. Acho que está chateado com a ideia de morar comigo no ano que vem, em vez de ficar num dormitório da faculdade. Quem quer morar num quarto de 12 metros quadrados quando pode morar com a namorada delicinha num apartamento fabuloso no centro da cidade?

A Kassie sempre teve uma resistência estranha a alojamentos de faculdade, ainda mais depois que eu e a Nori descobrimos que vamos ficar no mesmo dormitório. Ela está sempre torcendo o nariz para a ideia de compartilhar um banheiro com outras pessoas e ter que tomar banho de chinelo, mas desconfio que seja menos por detestar a ideia e mais pelo que ela vai perder ao não ir para a faculdade.

Inclino a cabeça, pensando.

– Concordo. Ele deveria estar mais animado para morar com você.

– Foi o que eu pensei. Mas o Ollie fica muito esquisito quando a gente fala disso. Ele vai para a faculdade no fim de semana que vem para conversar com o treinador e nem quer que eu vá junto. Não sei o que fazer. É como se ele... me achasse grudenta, sabe? Eu não corro atrás dos caras, Char. Eles é que correm atrás de mim.

Seus olhos azuis ficam marejados.

Normalmente, eu teria vontade de aproveitar a chance de demonstrar solidariedade à Kassie. Qualquer coisa que me fizesse sentir mais próxima dela. Mas depois de conhecer o Ollie Adulto, gentil e generoso, falar dele pelas costas parece errado.

– O Ollie quer você do lado dele – garanto, incapaz de parar de visualizar a Kassie Adulta da Ioga, tomando seu smoothie, contando que não se interessa mais por relacionamentos sérios e que está muito feliz com a vida de solteira.

– Não quer, não. Ele deixou isso bem claro.

– Quem sabe ele quer fazer o passeio só com a família? – sugiro humildemente. – Sei lá, Kass. Diz para o Ollie que a falta de interesse dele pelo futuro de vocês juntos está te magoando. E que você se sente meio excluída.

Ela avalia o conselho enquanto revira a salada no prato.

– Pode ser. Agora ele está no treino.

– É. Não fica esperando ele de novo na saída do vestiário. Espera até ele esfriar a cabeça. Tipo, depois das aulas.

Seus olhos se iluminam e ela endireita os ombros, a autoconfiança recarregada e pronta para tudo.

– Fato. Ele bem que merece passar a tarde tomando um gelo. Isso vai pôr ele na linha. – Ela afaga minha mão em cima da mesa. – Você sempre sabe o que dizer. Sinceramente, sem você, eu estaria perdida.

– Eu também. Quem mais se dedicaria tanto a me arranjar um acompanhante para o baile? – respondo, provocando-a e tentando me distrair para não contar a ela sobre o meu tombo da escada.

Acho que não é a hora certa. Mas vamos ser sinceros: nunca vai existir hora certa para contar essa história.

O sorriso da Kassie se fecha.

– Mas assim, sério. Você está comigo sempre que eu preciso. E eu fui escrota. A Nori e o Renner cuidaram da decoração toda ontem de noite.

Essa declaração me pega de surpresa.

– O Renner não estava ocupado?

Afinal, foi o aniversário da morte da irmã dele.

Ela dá de ombros.

– Com você fora da escola, a gente precisou de ajuda. Ele se ofereceu.

Balanço a cabeça, assentindo. Hoje cedo a Nori me disse que a Kassie nem se mexeu. Não que precisassem da ajuda dela.

– Quero ser uma amiga melhor – continua ela, arrumando o cabelo de lado. – O que posso fazer?

Não sei por quê, mas meu primeiro impulso é fazer uma piada.

– Bom, para começar você pode parar de se retocar nas fotos da galera. Deixar o restante do pessoal com sorriso amarelo e testa oleosa é sacanagem.

Ela ri pelo nariz.

– Anotado. É um hábito tóxico que eu tenho. Mas o que mais posso fazer?

– Tá tudo bem, Kass. Você pode se redimir na Festa do Pijama hoje de noite. Tem muita coisa para organizar.

– É. Com certeza. Vai ser a noite das meninas, como nos velhos tempos. Vou até levar aquele doce de chocolate com pasta de amendoim e o salgadinho de cebola – acrescenta ela, erguendo e baixando as sobrancelhas de maneira sugestiva.

Eu me arrepio ao pensar nela empesteando meu saco de dormir com o cheiro do salgadinho.

– Isso aí de cebola você pode deixar em casa.

– Cala a boca. É um presente de Deus para a humanidade. – Ela revira os olhos e tira o celular do bolso de trás. – Enfim, fiz mais uma lista de candidatos a acompanhante para você na aula de estatística. Que tal?

Sorrio e balanço a cabeça enquanto ela apresenta uma defesa de cada cara da lista. Essa é a Kassie que virou minha melhor amiga anos atrás. E, mesmo que as coisas andem meio complicadas ultimamente, não vou deixar a gente se afastar de jeito nenhum.

Capítulo vinte e nove

Quando chego em casa, minha mãe está revirando a gaveta da cozinha onde guardamos cardápios de restaurantes delivery, com as unhas incrustadas de terra do jardim desde ontem.

– Quer pedir comida do Smith's hoje? Estou querendo o macarrão com queijo deles.

Sou bombardeada por imagens do Renner Adulto parado à porta do quarto, com duas tigelas fumegantes nas mãos, e meu coração dói. Balanço a cabeça, estremecendo. Preciso me controlar. E já.

– Hum, não sei se quero macarrão com queijo. Que tal comida chinesa? Do Kozy Korner. Você gosta dos *wontons* deles, né? – sugiro, largando minha mochila ainda rasgada no banco.

Ela dá de ombros.

– Tá. Tudo bem. E aí, como está a cabeça hoje?

– Dura como sempre – respondo, fingindo dar uma pancada no crânio.

– Então tá tudo certo.

– Pensei no que você disse ontem de manhã – digo a ela, desabando no sofá com as pernas por cima do braço dele.

A menção à comida me faz lembrar de quando o Renner me levou ao drive-thru depois de eu contar o que tinha acontecido com meu pai...

– O que eu disse ontem? – pergunta minha mãe, meio distraída enquanto vasculha a gaveta.

Ao pensar no meu pai, sinto uma pontada no coração. No futuro, ele morreu. Deixou para trás Alexandra e duas irmãs tecnicamente ainda por nascer.

– Para eu ligar para o meu pai.

Para ser sincera, ainda estou brava com ele e com o jeito como ele lidou com a situação. Mas agora entendo como é não ter mais chance de falar com ele, mesmo que eu quisesse. Portanto, recusar a oportunidade agora, ainda mais depois que ele fez uma oferta de paz, não está certo.

Ela ergue as sobrancelhas, surpresa.

– Ah, jura? Legal. Que bom. Ele vai gostar de falar com você.

– Vou ligar para ele. Talvez depois que eu voltar da Festa do Pijama.

– Ah, é. A Festa do Pijama do Quarto Ano é hoje! – Ela faz uma dancinha de dar vergonha. – Eu me lembro da minha. Eu e a Georgia fizemos um pacto de perder a virgindade...

Jogo uma almofada nela e finjo vomitar.

– Eca, mãe!

– Como você é puritana, Charlotte – diz ela, jogando a almofada de volta. Ela quica no meu joelho e cai no chão.

Minha mãe leu livros demais sobre como conversar com as crianças sobre sexo. Em vez de ter "aquela conversa" como a maioria dos pais, ela tenta criar conexão usando exemplos da vida real, como quando contou tudo sobre sua primeira vez, que aconteceu no banco de trás de um carro enferrujado, estilo Titanic. Ela tem a impressão (a ilusão) de que, quanto mais aberta for, mais vou contar para ela da minha vida sexual inexistente.

– No fim das contas, não perdi minha virgindade na festa do pijama. Acontece que as meninas e os meninos tiveram que ficar em lados diferentes do ginásio – conta ela, parecendo ainda decepcionada.

– Nós também vamos ficar separados. Pelo menos, se tudo der certo. Mas vai saber, né? O Renner ia recrutar os monitores. – Dou um pulo. – Caramba, acabei de lembrar que não confirmei com ninguém!

Ela me lança um olhar de aviso.

– Olha, se continuar assim, você vai ter uma hérnia. É a Semana da Farra. A melhor época da sua vida. Vai se divertir, pelo menos uma vez.

Penso no Renner Adulto. Ele me disse para parar de me estressar e aproveitar a vida.

– Falar é mais fácil que fazer.

Minha mãe me olha daquele jeito sabe-tudo. Antes que ela possa dizer mais alguma coisa, meu celular vibra.

É um e-mail. De Cynthia Zellars, da Fundação Katrina Zellars.

Sinto meu estômago revirar.

Eu me preparo para ler o que já sei: minha mensagem de rejeição oficial. Viro o rosto para evitar a curiosidade da minha mãe. Se ela vir minha decepção, vou desmoronar. Então, enquanto ela se distrai pedindo o jantar, corro para o quarto, fecho a porta e me jogo na cama.

Com o coração acelerado, respiro fundo e abro o e-mail.

Para: Charlotte Wu <charlottewu@xmail.com>
De: Cynthia Zellars <zellarsc@fundacaozellars.com>
Assunto: Bolsa de Estudos

Prezada Charlotte,

Tenho o prazer de informar que você é a beneficiária da Bolsa de Estudos da Fundação Katrina Zellars no valor de 20 mil dólares.

Com a vista embaçada, termino de ler o e-mail. Depois, releio e releio outra vez. Dez vezes.

É pegadinha? Depois daquela entrevista catastrófica, como fui selecionada para a bolsa? Sem dúvida havia muitas candidatas mais qualificadas que não desviaram do assunto ao falar de direitos humanos.

Riscar um objetivo gigantesco como esse da minha lista de desejos é surreal de tão maravilhoso. Eu grito, em êxtase, já repensando meu orçamento para o ano que vem.

Meu corpo vibra, cheio de energia. Volto para a sala de estar para contar à minha mãe, mas agora ela está no quarto, debruçada na escrivaninha, batucando no teclado. Às vezes, ela tem explosões aleatórias de inspiração. Aprendi a não interrompê-la nessas horas.

Abro o aplicativo de mensagens e penso em contar para a Kassie e a Nori o mais rápido possível. Mas meu dedo paira sobre o nome do Renner, e me lembro do comportamento dele na escola e do aniversário da morte da irmã, ontem. Não consigo imaginar como deve ser difícil para ele e para os pais. Sinceramente, foi horrível vê-lo todo calado e retraído. Então, toco no nome dele. Antes que comece a pensar demais, envio a mensagem.

CHARLOTTE: Oi

Ele responde quase na mesma hora.

SATÃ 😈: Oi

CHARLOTTE: Como você tá?

SATÃ 😈: Que estranho. Você nunca pergunta como estou.

Sinto meus lábios se curvarem num sorrisinho. Ler sua resposta atrevida é como vestir minha calça de moletom favorita. Não é a calça mais bonita e está meio esfarrapada, mas é confortável. É a que conheço. A mensagem me confirma que posso esquecer o tal universo alternativo e que a vida pode continuar como estava. Nossa rivalidade. Minha amizade com a Kassie. Tudo.

CHARLOTTE: Tenho uma novidade. Consegui a bolsa.

SATÃ 😈: Viu?!?
Eu sabia que você tava preocupada à toa!

CHARLOTTE: Não. A entrevista foi horrível mesmo.
A Cynthia me odiou.

SATÃ 😈: Sai. Ninguém te odeia.

Fico encarando essa mensagem, sem saber o que responder.

CHARLOTTE: Bom... você odeia.

SATÃ 😈: Quando eu disse que te odiava?
Não odeio ninguém.

CHARLOTTE: Você me odeia...
só um pouquinho.

SATÃ 😈: Às vezes você é bem difícil.

CHARLOTTE: É o meu charme.

SATÃ 😈: Pois é. E vamos falar a verdade.
É você quem prefere morrer a se casar
comigo num apocalipse.

CHARLOTTE: Será que é tarde demais para mudar de ideia?

SATÃ 😈: Sério?

CHARLOTTE: Assim, né... se é questão de vida ou morte,
não posso ser muito exigente.

SATÃ 😈: Haha bom, valeu. Que fofa, você.

CHARLOTTE: Queria te perguntar,
você viu o lance dos monitores pra hoje?

SATÃ 😈: Kkkk eu tava esperando você perguntar.
Tá tudo certo.

Capítulo trinta

– Você acha que eu ficaria muito ruim de franja? – pergunta a Nori quando entro no Volvo da mãe dela, jogando meu saco de dormir no banco de trás.

Ela vai me dar carona para a Festa do Pijama, já que hoje minha mãe fez um belo progresso no livro e não pôde parar.

– O quê?

– Franja. Acha que combina comigo? – Ela mexe no cabelo, puxando uma mecha grossa por cima da testa para imitar uma franja reta. – Às vezes acho que minha testa é retangular demais para isso. Talvez eu devesse cortar tudo bem curtinho, tipo aqueles cortes pixie arrepiados. Que tal?

Fico gelada enquanto ela dá marcha a ré para sair. Eu me concentro para suavizar minha expressão, relembrando a Nori Adulta. *Diz para minha versão de 17 anos não cortar a franja*, ela pediu.

– De onde você tirou essa ideia?

Ela me olha desconfiada.

– É tão aleatório assim? Por que está me olhando como se eu tivesse ganhado uma teta a mais?

– Não… É que…

– Você tá superpálida. É da batida na cabeça?

Eu me viro para ela, respirando fundo.

– Tá bom, Nori. Vou te contar uma coisa bizarra. Uma coisa que vai te fazer achar que eu enlouqueci.

Estou me coçando de vontade de contar para ela desde que acordei no ginásio, ontem de manhã, mas só agora ficamos sozinhas. Ela tira o olhar da rua e olha para mim, intrigada.

– Mais bizarro do que ter três tetas?

– É bem possível. Está pelo menos no mesmo nível.

– Tá. Preciso estacionar para ouvir essa – responde ela.

Estamos na frente da casa da Velha Sra. Brown com a boneca sinistra na janela. O carvalho gigante continua de pé, vivinho.

Conto que caí daquela escada, que acordei ao lado do Renner, que estávamos com 30 anos e íamos nos casar na semana seguinte.

Nori leva um tempo para absorver tudo, balançando a cabeça devagar. Não consigo interpretar a expressão dela. É difícil saber se está prestes a gargalhar, sugerir que eu consulte um médico ou começar um interrogatório desses de operação secreta. Finalmente, ela batuca os dedos uns nos outros e estreita os olhos.

– Então... quer dizer que eu tinha cabelo azul?

– Nori! – Dou um soquinho no ombro dela. – Esse é o seu único comentário?!

Ela se olha no espelho, passando a mão no cabelo.

– Desculpa! É que... parece que minha versão futura era fodona, apesar do fato de ter voltado para Maplewood. Isso é meio decepcionante.

– Para ser sincera, você era fodona, sim.

– Então, você acha que foi tudo imaginação?

– O que mais pode ser?

Ela tamborila os dedos no volante.

– E se foi tipo uma daquelas premonições místicas do futuro? Ou... aimeudeus! Sabe o terceiro filme do Homem-Aranha? O do multiverso? E se foi tipo aquilo? Peraí, na verdade, vi um documentário sobre a teoria por trás dos universos paralelos. Isso é uma prova. Deveriam estudar seu cérebro. Em nome da ciência!

Olho para ela, cética.

– Você acha que isso tudo pode ser verdade?

Ela dá de ombros, mordendo a bochecha e refletindo.

– Acho que existe muita coisa nesse mundo que a gente não consegue explicar.

– Sei lá. Deve ter sido só um sonho muito real.

Ela resmunga, pegando um ursinho de goma da embalagem enfiada no porta-copos. Isso me lembra de quando eu e o Renner compramos doces na noite em que nos beijamos na chuva.

– Mas, agora que você comentou isso, o J. T. estava esquisito ontem à noite quando a gente decorou o ginásio – observa ela.

– Esquisito como?

– Superquieto. Não estava a fim de conversar, e por mim tudo bem, porque eu estava ouvindo meu podcast de *true crime*. Mas é óbvio que o J. T. em silêncio não é normal.

– Sabia que ontem foi o aniversário da morte da irmã dele?

Nori baixa a cabeça.

– Ai, não. Esqueci. Isso explica tudo. – Ficamos em silêncio por algum tempo antes de ela voltar a falar: – Mas será que a gente já pode comentar que você viu o pênis do J. T. adulto? Qual era o tamanho? Numa escala de "minúsculo que nem tampinha de caneta" até "gigante feito um antebraço"? Conta tudo – pede ela, fascinada.

Eu balanço a cabeça enquanto ela sai com o Volvo de volta para a rua.

– Para começar, não existe pênis humano do tamanho de um antebraço. Pelo menos, espero que não. A não ser que seja o antebraço de um bebê ou de uma pessoa muito pequena. – Expulso essa imagem da cabeça. – Enfim, a questão é que, tipo, eu… gostei?

Ela arfa.

– Do pênis? Ou dele?

Dou de ombros.

– Dos dois?

– Eu… é.

– Que bagulho sinistro. Eu achei que você fosse castrar ele, mas isso é maturidade. Tô orgulhosa de você.

Sei que meu rosto está ficando vermelho, por isso cubro-o com as mãos.

– Nunca mais toque nesse assunto. Você vai levar essa informação para o túmulo – aviso.

– Você sabe que eu guardo segredo.

– Que bom, porque não vou contar isso para mais ninguém. Nem para a Kassie. Ela acabaria contando para o Renner, talvez até na frente de todo mundo. Guardar segredo não é o forte dela.

– Você deveria contar para o J. T. – declara a Nori, acenando para ele quando paramos no estacionamento.

O Renner está usando uma daquelas camisetas justas, com os antebraços à mostra, embora estejam menos definidos do que debaixo da camisa de sua versão adulta. Ele acena para mim e dá um meio-sorriso, o que é novidade. Mas, desde que contei para ele da minha bolsa de estudos, estamos trocando mensagens, quase sempre sobre a logística da Festa do Pijama. Mas mesmo assim…

Dou uma bufada.

– Ele é a última pessoa para quem quero contar.

– Mas por quê? Pode ser que ele tenha vivido a mesma coisa.

– Nori, fala sério. Não posso chegar do nada e perguntar se ele foi parar no futuro e ia se casar comigo. É muita munição. Ele ia passar o resto da vida me zoando.

Ela solta o cinto de segurança, dando uma última olhada no Renner pela janela.

– Ainda temos uma semana de ensino médio. Depois, vocês nunca mais vão se ver. Qual é a pior coisa que ele pode fazer?

Capítulo trinta e um

Decido não contar nada para o Renner. Ainda acredito que tudo aquilo não passou de uma invenção da minha mente perturbada e hiperativa, e, sinceramente, a paz de espírito não vale minha reputação. Além disso, a Festa do Pijama é um momento confuso demais para eu tocar no assunto.

Quem diria que enfiar todos os quatrocentos formandos no ginásio seria um caos total e absoluto, né? Bom, acho que eu deveria saber. Talvez por isso tenha sido tão difícil recrutar monitores.

A Kassie e o Ollie, mais uma vez, sumiram. O Renner mandou uma mensagem para o Ollie, mas ele não respondeu. Assim, restamos eu, a Nori, o Renner e alguns professores mais prestativos para aprontar a cabine de fotos, o projetor de filmes, todos os jogos e lanches, e pedir as pizzas.

Temos que fazer uma barricada do lado de fora do ginásio com cadeiras empilhadas e sobras da fita de isolamento que o Clube de Teatro usou na casa assombrada em outubro do ano passado, no Dia das Bruxas. Ninguém tem permissão para sair, a não ser para usar o banheiro. É claro que não dá meia hora e um pessoal da banda já conseguiu encher o banheiro de fumaça de maconha.

Depois de concluir a maior parte das nossas tarefas, eu e a Nori finalmente podemos relaxar e encontrar um cantinho tranquilo para abrir nossos sacos de dormir.

– Precisamos deixar um espaço para a Kassie – aviso, aproximando-me um pouco mais da Nori.

Ela me encara.

– Hã, não sei se vai precisar.

Ela aponta para alguma coisa por cima do meu ombro, e eu vejo:

A Kassie está aqui, do outro lado do ginásio. Chegou naturalmente estilosa com seus óculos aviador com lente rosa espelhada e uma jaqueta jeans envelhecida. Está com o cabelo loiro puxado para trás por uma faixa retrô e com o saco de dormir debaixo do braço. Dá risada com a Andie e algumas meninas da equipe de líderes de torcida, que abrem espaço no meio do grupo para o saco de dormir dela.

– Ela não ia ficar com a gente? – pergunta Nori.

– Aham.

A Kassie se abaixa toda empolgada e joga uma barra de chocolate para a Andie. Sinto um aperto no peito, e não fico surpresa, apesar da nossa conversa no almoço sobre ficarmos juntas hoje. Ela disse que seria como nos velhos tempos, com salgadinho de cebola e tudo.

Todo mundo se levanta quando as pizzas chegam. A Kassie se aproxima de mim e da Nori e pega uma caixa para a equipe. Ela vem de um jeito casual e amigável, como se nem lembrasse que furou com a gente.

A Nori me olha de lado, irritada por mim.

Finalmente, o Renner e o Ollie nos ajudam na linha de montagem das pizzas. A Nori entrega os pratos, eu cuido dos guardanapos, o Ollie abre as caixas de pizza e o Renner distribui refrigerante e água. Depois que entramos no ritmo, a Kassie volta toda saltitante, distraindo o Ollie com um abraço exagerado. É óbvio que fizeram as pazes (e mais umas coisinhas). Acho que ela percebe que estou estressada, porque diz:

– E aí, posso ajudar com alguma coisa?

– Não, já tá tudo resolvido – respondo de imediato, entregando um guardanapo para o Reggie Wilson.

Tecnicamente, a Kassie poderia cuidar do lixo ou separar as caixas vazias para reciclagem. Mas nós quatro já temos um bom sistema em operação e, para ser sincera, não preciso que ela ajude por pena.

– Desculpa ter chegado tarde – diz a Kassie. – Mas agora está tudo bem.

– Tudo bem com quê? Fez as pazes com o Ollie? – pergunto, incapaz de esconder a rispidez no meu tom de voz.

Ela recua, incomodada por eu ter citado a briga deles. Eu me arrependo ao ver o Ollie lançar para ela um olhar de quem foi traído.

Que situação. Socorro.

Ela torce os lábios brilhantes de gloss.

– Por que parece que você tá me olhando feio? Tá irritada com alguma coisa?

Gritar *Isso mesmo, tô irritada com você* é uma tentação. Não foi assim que imaginei a nossa noite das meninas. Estava ansiosa para passarmos um tempo juntas, como fazíamos, antes de terminar o ensino médio. Era para fazermos todas as atividades da Semana da Farra juntas. Mas não posso explicar tudo isso para ela na frente de todo mundo do quarto ano.

– Tá tudo bem, Kassie – rosno, voltando minha atenção para a próxima pessoa na fila.

– Não tá, não – retruca o Renner, curto e grosso.

Ele larga uma nova caixa de pizza e encara a Kassie.

– Cara, qual é a sua? – Ollie olha para ele, desconfiado.

Em defesa do Renner, acho que nunca o ouvi usar esse tom de voz. Ele dá uma bufada e responde:

– Ontem eu e a Char chegamos aqui às seis da manhã para deixar tudo pronto para o baile. Hoje chegamos há uma hora e meia. E você não levantou nem um dedo, Kassie. Como integrante do grêmio, seria legal você comparecer para fazer sua parte.

O lugar é tomado pelo silêncio, todos atordoados com a voz séria do Renner.

A Kassie pisca, surpresa.

– Calma, J. T., agora eu tô aqui me oferecendo para ajudar. A Char acabou de dizer que não tem nada para eu fazer. Tá surtando por quê?

Imagino que o Renner vá sorrir e pedir desculpas, mas ele não recua.

– É porque você sempre faz isso. Sempre deixa todo o serviço pesado para a Char, dá as caras só no fim e fica com o crédito.

O queixo da Kassie cai de uma vez. Ela endireita os ombros e cruza os braços, bem ciente de que todo mundo na fila está ouvindo a discussão.

– Talvez eu ajudasse mais se a Char não quisesse mandar em todo mundo. Você mesmo disse, J. T, que ela não sabe trabalhar em equipe.

A Nori arfa de espanto.

– Alguém precisa organizar toda a logística, Kass. Não posso cuidar de tudo. Tenho que delegar tarefas – retruco.

Mas ela também não recua.

– Eu me inscrevi para fazer parte do grêmio. Todo mundo aqui fez isso. Era para a gente ser uma equipe, mas você trata todo mundo como empregado, dando ordens e esperando que a gente faça tudo como você quer. Parece até que ninguém mais pode ter opinião.

Ah, pronto. Para mim, chega. Jogo o pacote de guardanapos na mesa e me viro para a Kassie.

– Não é só por causa do grêmio. A gente combinou que ia passar a noite juntas como nos velhos tempos, e você foi ficar com as meninas da torcida.

– Você tá tão irritada assim porque vou passar a noite com as meninas? Sério?

– Não é só hoje. Você não é confiável. Vive furando comigo. O. Tempo. Todo. Em noventa e nove por cento das vezes é por causa do Ollie. Daqui a dois meses vamos morar em cidades diferentes e não fizemos nenhuma das atividades da Semana da Farra juntas… como combinamos de fazer. No ano que vem você já vai morar com o Ollie. Por que vocês têm que ficar juntos a cada segundo do dia?

Ela pisca, balançando a cabeça de desgosto.

– Char, você simplesmente não entende o que é ter um namorado.

– Pode ser, mas sei o que é ser uma boa amiga. Não posso dizer a mesma coisa de você.

Eu me arrependo dessas palavras no momento em que saem da minha boca. Na frente de todos os alunos. Todo mundo olha para mim, o silêncio é pesado. Sinto uma náusea subindo até a garganta. Acho que vou desmaiar. Dou meia-volta e tomo a única atitude lógica: fugir.

NA ESCADA, ESTÁ TUDO ESCURO. E frio, muito mais frio do que no ginásio abafado. Apoio as mãos nos joelhos e inclino o tronco, deixando a respiração desacelerar devagar, entrando pelo nariz e saindo pela boca. Quando finalmente consigo controlar meus batimentos cardíacos, a porta da escada se abre atrás de mim.

Imagino ver a Kassie ou a Nori. Mas não, é o Renner. Agora meu rosto está a poucos centímetros do pescoço dele.

– Que susto. Achei que fosse outra pessoa – digo, sentindo as bochechas esquentarem ao encará-lo.

Enrijeço a postura e desvio o olhar para esconder o rosto, pois tenho certeza de que meu semblante revela tudo.

Uma vez, tive um sonho erótico com o Clay. E, no dia seguinte, na Simulação da ONU, mal conseguia olhar para ele sem querer cair morta. Isto aqui é infinitamente pior.

– Aquilo foi… tenso – comenta o Renner. – Você tá bem?

– Tô. É só… cansaço. Essa última semana é estressante.

Sinto que meu corpo ainda não se recuperou da exaustão de ontem.

– Quer tomar um ar fresco? – Ele inclina a cabeça para cima indicando a escada.

– É contra as regras. Não é para a gente sair do ginásio – respondo, relembrando-o.

– Tecnicamente, já saímos. Vem. Tenta viver um pouco – diz ele, puxando meu dedo mindinho.

Deixo o Renner me guiar, grata pela oportunidade de adiar o momento de encarar a Kassie e todo mundo que testemunhou meu colapso de proporções épicas.

– Aonde a gente vai?

– Para um lugar onde você com certeza nunca esteve.

Não sei como isso é possível. Afinal, depois de quatro anos no grêmio, já estive em quase todos os cantinhos da escola. Chegamos ao andar seguinte e ele me leva por um corredor escuro perto do Departamento de Inglês, depois por uma porta que sempre imaginei ser um armário de limpeza. A porta dá num lance de degraus de cimento estreitos.

– O que é isso? – pergunto.

– Você vai ver.

A escada supersecreta leva a uma laje super-super-supersecreta, com uma vista panorâmica do estacionamento e de parte do campo de futebol. Eu olho para o campo, saudosa, relembrando todas as noites frescas de outono que passei com a Kassie na arquibancada, assistindo aos jogos do Ollie. Ela sempre me fazia pintar o rosto com as cores da escola, embora a tinta dela durasse a noite toda, como mágica, enquanto a minha borrava e escorria em questão de minutos.

– Como você sabia desse lugar? Eu nem imaginava que dava para subir aqui – digo, esfregando os pelos arrepiados do meu braço.

– É o que acontece quando se vive perigosamente – responde ele, provocador. – Uns caras do time de futebol vinham malhar aqui quando a sala de musculação estava muito cheia. Treinar e tal. Todo mundo gostava, porque aqui o treinador não vigiava muito a gente. Mas eu detestava.

Ele olha por cima da borda, segurando a parede para se apoiar.

Solto uma risada. Não estou acostumada a essa versão vulnerável do Renner.

– Ainda não superou o medo de altura, hein?

– Não muito.

– Lembra quando tiveram que resgatar você da tirolesa no aniversário do Ollie?

Ponho a mão no peito me lembrando da cena. O Renner subiu na primeiríssima árvore e ficou paralisado; o instrutor magrinho teve que levá-lo para baixo de rapel. Ele foi o primeiro da fila, então, todo mundo viu.

– Aham. Valeu por me lembrar.

Ele me dá um cutucão de brincadeira e se senta no chão de brita. Eu me abaixo ao lado dele, encostando os joelhos no peito.

– Então… Aquilo lá no ginásio foi interessante – comenta ele.

– Todo mundo ouviu, né?

O canto da boca do Renner se inclina para cima, só um pouquinho de nada.

– Bom, nem todo mundo. Só uns setenta por cento dos formandos.

Eu me viro para ele.

– Olha, antes de mais nada, sei que o que eu disse para a Kassie foi errado. Foi maldade minha. Vou pedir desculpa para ela.

– Nem vem. Você tinha razão. Talvez tenha que trabalhar o jeito de falar… mas só ouvi verdades. Ela não é uma boa amiga para você, Char.

Ele afirma isso com tanta convicção que me lembra de quando o Renner Adulto disse exatamente a mesma coisa sobre a Kassie.

– Ela tenta ser. Tenta mesmo – garanto, empurrando a brita fininha para lá e para cá com o pé. – Tipo, acho que ela não fura comigo de propósito. Não é por mal. E talvez minha expectativa seja muito alta, né?

Ele balança a mão com desdém.

– Lembra aquela vez no nono ano quando você planejou a festa de aniversário da Kassie e ela só ficou tipo uma hora e depois te largou para ir para a casa do Ollie?

Com certeza eu me lembro. Foi no começo do namoro. A Kassie e o Ollie já viviam grudados, e eu me lembro de esperar, por egoísmo, que fosse um casinho rápido, só até ela passar para outro cara por quem estivesse menos obcecada. Mas isso não aconteceu. Na verdade, a paixão dos dois só aumentou. Não me entenda mal, sempre adorei o Ollie. Mas é difícil não sentir uma pontinha de mágoa dele, que foi o motivo da nossa amizade mudar.

A lembrança me faz estremecer.

– Eu dei tudo de mim naquela festa. Fui de bicicleta para toda parte procurar as serpentinas certas. Pendurei tudo em volta da minha casa. Passei a noite inteira enchendo os balões. Até encomendei um bolo daquela padaria que ela gosta no centro da cidade.

– Já falou para ela como você se sente?

– Já. Algumas vezes. Mas não adianta nada, então eu meio que desisti e aceitei que as coisas são assim. E ela deve ter razão no que falou de mim lá embaixo… Talvez eu assuma mesmo o controle e fique dando ordens.

Essa resposta parece decepcioná-lo.

– Se quer saber, não concordo. Você faz muita coisa. Sempre dá cobertura para todo mundo, até para mim. Você salvou minha pele o ano inteiro, dirigiu o grêmio praticamente sozinha, e eu nunca te agradeci.

Fico sem ar. O Renner Verdadeiro nunca reconheceu o trabalho que fiz, muito menos me agradeceu sinceramente.

– Não sei o que dizer. Obrigada – respondo sem entusiasmo.

– Legal. – Ele me cutuca de brincadeira.

Fecho os olhos, aproveitando o calor do sol poente no rosto. Sinto-me totalmente em paz, o que é um pequeno milagre depois do que aconteceu no ginásio.

– Como está se sentindo? – pergunto. – Sei que ontem foi um dia difícil.

O corpo dele fica tenso.

– Foi complicado. Minha mãe não estava nada bem. Nem levantou da cama para ficar comigo e com meu pai.

– Sinto muito.

O Renner dá de ombros.

– Tentei animar ela, mas nada fez diferença.

Penso na nossa conversa no Riacho das Nozes.

– Não é sua responsabilidade fazer sua mãe feliz de novo, Renner. É um fardo grande demais. Você não pode ser o sol de todo mundo sem perder sua luz.

De canto de olho, vejo-o assentir, concordando.

– E você? Falou com seu pai desde aquele dia?

– Ele quer tomar um brunch comigo. Antes do baile.

Decidi ligar para ele antes da Nori me buscar. Ele pareceu feliz em falar comigo. O estranho é que não estava distraído. Fez algumas perguntas pontuais sobre a Semana da Farra e quem seria meu acompanhante no baile, e tive que confessar que ia sozinha. Parte de mim desconfia que minha mãe o avisou de antemão sobre o que estava acontecendo comigo. Antes que eu pudesse comentar sobre a casa do lago, ele disse que queria vir para cá e me levar para tomar um brunch. Só nós dois.

– E como você está depois disso?

– Nervosa? Apavorada? Em todos esses anos foi muito mais fácil não falar com ele, porque assim ele não podia me decepcionar. Agora, é muita tensão saber que ele vai falar comigo porque está noivo e vai ter um bebê. Mas aí outra parte de mim sente muita culpa por não falar com ele. Tipo, quero ter um relacionamento com minha futura irmã... ou irmão – digo, corrigindo-me. – Mas é difícil imaginar um relacionamento com ele. Isso faz algum sentido?

– Faz, sim. E não precisa se sentir culpada. Ele te abandonou. Foi ele quem saiu de cena, e ele é quem tem que corrigir isso.

– É, pois é.

O Renner passa um tempo olhando para o horizonte.

– Se você quiser... posso ir com você?

Aperto os olhos, confusa.

– Ir comigo? Encontrar com meu pai?

– Não, não é... tomar o brunch. Aí fica esquisito. A não ser que você queira – acrescenta ele, com a voz tremendo numa cadência quase nervosa. – Mas posso te levar e ficar esperando lá fora.

– Sério? Você faria isso?

Lembro-me da disposição do Renner Adulto para me acompanhar na visita à Alexandra e as meninas, e como sua presença foi reconfortante durante o caminho, quando eu estava uma pilha de nervos.

– Lógico.

Estreito os olhos, desconfiada.

– Por que de repente você tá sendo legal comigo?

– Posso te perguntar a mesma coisa. Já faz 24 horas que você não solta os cachorros pra cima de mim.

Ele ergue o celular num gesto teatral para confirmar as horas. Quando guarda o telefone no bolso, sua perna toca a minha.

Quero contar a ele a verdadeira razão. Mas não conto, porque não quero estragar o que quer que esteja acontecendo aqui.

– Você já imaginou como tudo seria se…

Deixo a frase por terminar, sentindo o peso da familiaridade. Porque já tivemos essa conversa.

– O tempo todo – responde ele, como se soubesse o que eu ia dizer.

– Acho que agora é tarde demais. – É só o que consigo pensar em dizer.

A Semana da Farra está quase no fim, e depois tudo isso vai acabar. Cada um de nós vai seguir seu caminho. A vida tal como a conhecemos vai mudar para sempre.

– Será que é tarde demais? – pergunta ele, simplesmente.

Ergo o rosto e o encaro. Observo aqueles olhos lindos, a linha espessa dos cílios. Sua respiração resvala na minha bochecha e fecho os olhos, deliciada com a sensação. Meu corpo emana tanto calor e luz que poderia rivalizar com o vermelho intenso do céu.

O momento paira entre nós, prolongando-se, ameaçando se romper enquanto o nariz dele roça a ponta do meu. A respiração dele está forte, profunda, misturada com a minha. E então ele me beija.

Capítulo trinta e dois

O verdadeiro J. T. Renner também beija usando o corpo todo.

Ele é voraz, chega aos meus lábios num ímpeto e os aperta com firmeza. E a sensação é boa, como a de uma libertação que foi muito adiada.

Talvez eu não consiga mais distinguir sonho de realidade, mas correspondo ao beijo sem nenhuma hesitação. Porque não parece a primeira vez. É uma sensação indescritivelmente familiar, como um déjà-vu anabolizado. Ele traça meu rosto com os dedos, embrenhando as mãos no meu cabelo e inclinando minha cabeça para deslizar a língua ao encontro da minha. Eu avanço, aproximando-me mais dele. Sinto o calor irradiar de seu corpo.

– Você nem imagina há quanto tempo eu quero fazer isso – diz ele, arfando, enquanto passo os dedos pelas costas dele, admirando cada saliência musculosa no caminho.

Olho para ele e penso em pedir mais informações. Há quantos meses, semanas, dias, horas, segundos, exatamente? Afinal de contas, gosto de detalhes e precisão. Mas citar aritmética parece um jeito infalível de cortar o clima e acabar com o momento mais delicioso da minha vida. Então, continuo beijando ele. E beijando. Aproveito cada pedacinho dele como se estivesse compensando o tempo perdido.

Não sei há quanto tempo estamos aqui. Parecem horas, mas, ao mesmo tempo, apenas segundos. Em todo caso, não é tanto tempo quanto eu gostaria. Não sei como, acabamos deitados, com ele em cima de mim.

Quando ele se afasta e nos sentamos, meus lábios estão inchados e dormentes. Ele abre aquele sorriso de parar o coração antes de envolver minha cintura com os braços. O ar sai do fundo do meu peito quando aninho a testa na curva do pescoço dele e inspiro seu perfume cítrico. É um momento de segurança. De verdade.

Passei os últimos dois dias tentando desesperadamente separar sonho de realidade. Mas aqui, com ele, as duas coisas se entrelaçam, tornando-se indistinguíveis.

Penso no que ele disse quando estávamos sentados no parque vendo o pôr do sol, em como preciso aproveitar a vida ao máximo. Correr riscos. Parar de pensar tanto e de me preocupar. Minha versão normal não convidou ninguém para o baile por medo de rejeição. Minha versão normal prefere ficar estressada e desesperada por não ter um acompanhante a correr o risco de ouvir um não. Mas não quero viver assim. Quero me arriscar mais, fazer mais daquilo que me dá alegria. E não consigo pensar em nada que me dê mais alegria do que ir ao baile com o Renner. Meu inimigo mortal.

– Renner, vai parecer meio aleatório... – começo a dizer.

Ele dá um sorrisinho.

– Eita.

– Será que você, hã... quer ir ao baile comigo?

A frase sai mais como *queriraobailecomigo*. E num tom de voz mais alto do que eu pretendia. Praticamente gritei na cara dele e não estou nem aí.

Talvez eu esteja passando por uma sobrecarga de endorfina, ou talvez o beijo do Renner esteja me fazendo delirar, mas torço para que ele sorria e grite *Sim* para todo mundo ouvir (literalmente). Em vez disso, minhas palavras atingem o vazio, como uma sirene de nevoeiro. O Renner pisca como se eu tivesse jogado água gelada na cara dele.

Então a porta se abre.

– Achei vocês! Procurei os dois pela escola inteira.

É a Andie. O Renner dá um pulo para trás como se eu fosse uma doença, e a suspeita reluz na expressão dela.

– O que vocês estão fazendo aqui?

As bochechas do Renner ficam supervermelhas enquanto ele passa a mão pela nuca, quase como se fosse culpado de alguma coisa.

– Nada. Só falando do...

– Baile – digo de uma vez, desmoronando sob o olhar da Andie.

O rosto dela se ilumina, e ela olha ansiosa para o Renner.

– Ah, isso me lembrou que a gente precisa falar da sua gravata. Não sei se é a iluminação, mas, pela foto que você me mandou, não combina com a cor do meu vestido.

Meu estômago afunda feito um saco de tijolos atirado na espuma do oceano. O Renner e a Andie vão ao baile juntos?

Na mesma hora, ele desvia o olhar do meu e começa a encarar os próprios sapatos.

– Hã, mas isso importa mesmo? Não é fácil encontrar uma gravata laranja...

– Importa, sim. As fotos vão durar para sempre.

– Então... vocês vão ao baile juntos? – pergunto.

Os olhos do Renner continuam fixos nos pés, evitando-me descaradamente.

– Vamos.

Minha vista fica turva. O suor escorre da minha testa. Dou as costas e digo alguma coisa parecida com:

– Ah, tá. Hã, legal.

Deve ser essa a sensação de passar por uma experiência extracorpórea. E eu achando que viajar no tempo era esquisito.

Este é o momento em que questiono todas as decisões que já tomei na vida. Estou morta e enterrada de vergonha. O que eu não daria para fugir para uma floresta remota! Já vi muito o Discovery Channel. Até que eu teria chance na selva, trocando galhos e frutas com os animais. Achei que nada poderia ser pior do que derrubar meus absorventes na frente do Clay Diaz, mas convidar o Renner para o baile foi a cereja do bolo. O que me deu na cabeça?

– Desculpa – murmura ele.

Mas as palavras dele não me alcançam. É como se elas fossem água, e eu, impermeável.

Não suporto o jeito como ele me olha, com a expressão cheia de angústia e alguma coisa muito parecida com pena. Preciso sair dessa laje. Agora.

– Char, espera... – grita o Renner quando corro para a porta da escada. Antes que ele termine, fui embora.

Capítulo trinta e três

Admito que existe muita coisa nesse mundo que me desagrada, mas correr está quase no topo da lista.

Sinto aquela dor aguda nas panturrilhas e nas canelas que leva dias para passar. E tem o fato de meus pulmões parecerem estar desabando dentro de mim. E de ser mais lenta do que uma tartaruga, por isso o tempo parece durar uma eternidade.

Acredite, tentei gostar de correr como todo mundo (gente mentirosa). Sério, eu tentei. No nono ano, quando a Kassie e a Nori se juntaram à equipe de cross-country, também experimentei. Cinco minutos de corrida em volta do quarteirão e eu quase me larguei no gramado de uma casa aleatória.

Mas, hoje, eu corro.

Já percorri pelo menos dez quarteirões com meus Keds brancos. É claro que sinto a queimação, mas as pontadas nas canelas não são nada perto da dor abrasadora dentro de mim. Depois de dezessete anos, finalmente descobri o segredo da corrida: raiva e confusão.

Visões de quando conheci a Kassie surgem do fundo da mente. Temos 9 anos, estamos rindo nos balanços do parque e tentando balançar o mais alto possível. Depois temos 13 anos e nos sentimos muito adultas no shopping com nosso frozen yogurt, saindo sozinhas pela primeira vez. Temos 17 e andamos de carro sem rumo por Maplewood, cantando a plenos pulmões. Talvez a cola que nos manteve juntas por todos esses anos esteja secando e esfarelando. Parte de mim sabe que é verdade; só não quero admitir.

Estou arfando e bufando enquanto sigo pela rua, passando para o acostamento só quando os faróis chegam à minha vista.

Estreito os olhos diante da luz enquanto um carro se aproxima, parando logo atrás de mim. Só quando meus olhos se adaptam é que reconheço o veículo: o Prius branco da Kassie.

Ela buzina uma vez, provavelmente porque estou olhando diretamente para os faróis, atordoada. Mas o que ela está fazendo aqui na rua? Deveria estar na Festa do Pijama.

Vou até a janela do passageiro e olho para dentro do carro. A expressão dela está meio desamparada e nervosa, como se estivesse se preparando para levar uma bronca minha. Não digo nada, principalmente porque ainda estou totalmente sem fôlego. Além disso, é porque estou olhando para ela como se fosse uma miragem. Ela se inclina por cima do banco e abre a porta para mim.

Em silêncio, ocupo o banco do passageiro. Ela joga um saco fechado de Cheetos no meu colo, uma oferta de paz, antes de dar a partida e sair.

Passamos as duas horas seguintes vagando sem rumo pelas ruas secundárias de Maplewood, berrando músicas da Olivia Rodrigo e da Taylor Swift até nossos dedos ficarem alaranjados e cobertos de farelo de Cheetos para sempre. Enquanto voltamos na direção da minha casa, percebo que não chegamos a conversar, a não ser quando ela faz um discurso sobre a blusa de gola alta ser mais sexy do que as pessoas pensam.

Embora eu não possa concordar, é inevitável rir também. É de momentos como esse com a Kassie que tenho saudades. Momentos em que não precisamos dizer nada uma para a outra, em que não nos preocupamos com nosso futuro nem com o próximo grande evento escolar. Quando só o que nos interessa é curtir. Viver o agora.

Sei que facilitei tudo para a Kassie escapar dessa, lógico. A Nori gosta de me lembrar que essa é a nossa dinâmica: a Kassie me deixa na mão com frequência, depois pede desculpas com algum gesto elaborado típico de comédia romântica. Como na vez em que ela ia passar o fim de semana na cidade comigo e com minha mãe e deu para trás na última hora. Ela apareceu na noite em que voltei e jogou bolas de neve na minha janela, só. E todas aquelas vezes em que ela me ligou do nada e me levou para uma aventura no meio da noite. É claro que é tudo sempre do jeito que ela quer.

A situação merece ser devidamente discutida. Mas, depois de tudo o que aconteceu, estou ansiosa pela sensação de intimidade e pelo conforto de estar com minha melhor amiga – mesmo sabendo que tem alguma coisa errada.

Além do mais, é difícil ficar brava com a Kassie por muito tempo. Ela é igual a um cachorrinho pidão que mastigou seu passaporte até fazer picadinho dele dias antes das suas férias no exterior, mas você não consegue deixar de perdoá-lo. Ela pode ser egoísta, incapaz de refletir como seus atos afetam as outras pessoas, mas sei que no fundo tem um grande coração. Ela gosta de mim e da nossa amizade.

Além disso, não estar disposta a perdoar significaria guardar a raiva dentro de mim, deixá-la apodrecer e talvez cumprir a profecia do futuro. Apesar de estar perdendo a paciência com nossa amizade, no momento preciso da sabedoria da Kassie. Ainda mais depois do que aconteceu hoje com o Renner.

Estou com raiva dele, mas não consigo deixar de pensar no que o Renner Adulto me disse naquela viela: que preciso de mais momentos como esse, sem preocupação, em que eu possa viver o agora.

Estendo o braço pela janela, sentindo o vento na palma da mão. Sinto o cheiro leve de um KFC a algumas ruas de distância. O céu azul-marinho. Acolho tudo isso, consolidando na memória. Só queria que não fosse tão passageiro.

Não quero me preocupar com os eventos da Semana da Farra, nem com o baile, nem em ser a oradora da turma, nem com qualquer coisa que faça parte do pacote da minha vida em Maplewood. E com certeza não quero pensar na minha jornada rumo ao futuro.

– E aí, o que rolou com o J. T.? – pergunta Kassie, finalmente, quando voltamos ao estacionamento da escola.

Pisco várias vezes, como se tivesse sido pega no flagra.

– Sei que vocês foram para a laje. Quando voltou para o ginásio, o Renner estava chateado. Disse que você tinha ido embora e que era melhor eu ir atrás de você – explica ela.

– Ele falou para você vir atrás de mim?

Ela assente.

Será que a Kassie teria saído da Festa do Pijama se o Renner não pedisse? Deixo esse pensamento de lado e me concentro na situação atual. Pelo tom de voz dela, descontraído e curioso, sei que o Renner não contou do nosso beijo. Se tivesse contado, ela não conseguiria se segurar. E com certeza não seria capaz de resistir à vontade de me confrontar por todo esse tempo.

Eu suspiro, lamentando o fim do silêncio confortável. Não posso deixar de contar para ela, mas também não posso contar sobre a sequência de acontecimentos que me levou a beijar o Renner. Primeiro porque ela não é a Nori. Ia achar que eu enlouqueci. E segundo porque não sabe guardar segredo.

Ela espera enquanto organizo meus pensamentos.

– Um monte de coisas – respondo vagamente, escolhendo as palavras com cuidado para contornar a verdade sem mentir na caradura.

Ela me lança um olhar de quem sabe tudo, tamborilando as unhas no painel entre nós.

– Aff. Sei que não adianta nada eu falar, mas você precisa parar de deixar o J. T. estragar tudo pra você. Primeiro o baile, agora a Festa do Pijama…

Quem dera fosse tão simples quanto jogar a pá de cal na minha ideia para o tema do baile ou outra coisa igualmente insignificante… Se ao menos uma ilusão absoluta não tivesse criado um desejo, e um vazio, um sentimento que nunca existiu antes.

– Não foi uma das nossas brigas normais. A gente se beijou – confesso, porque é a única coisa que a fará entender uma parte da verdade.

Ela arregala os olhos até eles quase saltarem da cara.

– Peraí, como é que é? Você beijou o J. T.? O J. T. Renner? – sussurra Kassie, enunciando "beijou" bem devagar, como se estivesse falando outra língua.

Escondo o rosto nas mãos antes de ela bater no meu ombro.

– Conta TU-DO!

– Nem sei como aconteceu – respondo sem pensar.

É uma mentira parcial. Sei de onde vêm os sentimentos e sei por que o beijei. A questão é: por que é que ele me beijou?

Ela me dá um cutucão no braço, como sempre faz quando não gosta das minhas respostas.

– O Renner foi para a escada ver como eu estava depois que… a gente brigou.

Desvio o olhar. Eu e a Kassie ainda não resolvemos esse assunto. O estranho é que é mais fácil falar do beijo do que conversar sobre isso.

– A gente acabou indo para a laje para tomar um pouco de ar. E aconteceu – concluo, dando de ombros.

Ela pisca, não se dando por satisfeita.

– Você não foi de "estou na laje com alguém que eu odeio" para "vou beijar o cara" assim, do nada. Eu te conheço. Você preferiria jogar ele da laje a deixar ele encostar na sua boca.

Rio pelo nariz, sentindo calor nas bochechas.

– Acho que ele usou aquele charme mágico. Eu estava preocupada com tudo, quase enlouquecendo... achando que você me odiava – acrescento com cuidado.

Ela me lança um olhar astuto.

– É lógico que não te odeio. Mas continua.

– Enfim, o estranho é que ele estava sendo superfofo. Compreensivo além do normal.

– Char, o J. T. é gente boa. Sempre foi, e você saberia disso se desse uma chance.

Aperto os lábios ao me lembrar do que aconteceu depois do beijo. Será que um cara gente boa diz para uma pessoa que gosta dela quando já combinou de ir ao baile com outra? Improvável. E, para ser sincera, essa é a versão do Renner que acho mais palatável. É a mais cômoda, porque é a única que conheço. Ou era, até pouco tempo atrás.

– Ele não é gente boa – respondo. – Foi só um dos joguinhos mentais dele.

– Jogos mentais? Por que você acha isso?

– Porque convidei ele para ir ao baile.

A Kassie avança, encostando a mão na minha testa para verificar minha temperatura.

– Você tá doente?

– Eu me fiz essa mesma pergunta.

– Ele vai ao baile com a Andie – afirma a Kassie, como se fosse a coisa mais natural do mundo.

Eu me encolho. Essa não é uma daquelas verdades que ficam mais fáceis de engolir se a gente falar mais sobre elas. Na verdade, é o contrário.

– É, ele me disse. Depois que a gente praticamente transou de roupa e tudo na laje – conto, amarga.

– *Transou de roupa e tudo?*

Ela solta uma gargalhada frenética, batendo no volante e sem querer tocando a buzina. E, apesar de nada disso ter a menor graça, é impossível não me juntar a ela, rindo até as duas estarem quase deitadas nos bancos, segurando a barriga dolorida.

– Por favor, diz que isso conta como uma sessão de abdominal – peço.

Depois que nos recuperamos, ela olha para mim e se endireita no banco, com o cabelo todo bagunçado.

– Não. A gente não vai evitar o assunto. Não dá para acreditar que você *transou de roupa e tudo* com o J. T.!

– Primeiro, para de dizer *transar*. Não foi bem assim.

– Você falou primeiro!

– E você não pode falar nada. Não acredito que não me contou que ele ia ao baile com a Andie – retruco.

Ela torce a boca, um tanto na defensiva.

– Mas por que eu contaria? Ele nem estava na minha lista de candidatos para você. E, caso não lembre, você exigiu ficar o mais longe possível dele na limusine. E agora está com raiva porque ele vai com a Andie? O que tá rolando com você?

Essa é a questão, não é? Errada ela não está, mas "estar com raiva" não é o jeito certo de descrever o que sinto.

– Porque é óbvio que ele só me beijou para... sei lá... me fazer passar vergonha? Me admira ele não contar vantagem disso para todo mundo.

É a única explicação lógica em que consigo pensar.

Ela balança a cabeça, negando.

– Acho que não. Ele não falou nada sobre ter te beijado. – Ela sorri para mim, sabichona, de olhos brilhando. – Admite, vai: o J. T. beija bem demais, né?

Capítulo trinta e quatro

Um dia antes do baile

É o clima perfeito para o Dia da Praia. Está quente o bastante para a gente ter que dar vários mergulhos no lago para se refrescar, mas não a ponto de cada passo na areia parecer um passo rumo ao inferno. O céu está perfeitamente azul, sem nuvens, a não ser por alguns fios de algodão-doce.

E o mérito é todo meu, porque vasculhei cinquenta anos de relatórios meteorológicos para identificar o dia da Semana da Farra com o menor histórico de chuva. Também passei semanas acompanhando a previsão do tempo, totalmente preparada para mudar o evento para nosso dia de reserva se necessário.

Todo mundo está aqui, nadando no lago ou se bronzeando nas esteiras de praia, ouvindo música. E não faltam atividades, de vôlei de praia a futebol, spikeball e frisbee.

Estou decidida a aproveitar o dia, apesar de ser obrigada a segurar vela na minha própria esteira extragrande para a Kassie e o Ollie. E, sim, é tão dolorosamente estranho quanto parece, ainda mais quando eles começam a se beijar do meu lado. Cada estalo e lambida me deixa arrepiada, e não no bom sentido. Acho que isso também incomoda a Nori, porque ela levanta os óculos escuros e dispara raios laser silenciosos contra eles.

Minha tentativa de evitar o Renner foi bem-sucedida nas últimas duas horas, assim como na noite passada, quando eu e a Kassie voltamos à Festa do

Pijama. Ele está participando de um torneio de spikeball enquanto eu o espio mas finjo estar dormindo (benditos sejam os óculos escuros).

Infelizmente, a equipe de spikeball volta quando estou pegando um sanduíche na caixa térmica. O Renner se acomoda na toalha a menos de um metro na minha frente e nem olha para mim, mas isso não me surpreende. O que ele pode dizer? Além de contar vantagem por me deixar com a maior cara de idiota? Nem ele é assim tão perverso, pelo menos na frente dos outros.

– Perdeu feio, J. T. – grita o Ollie de brincadeira, atraindo o olhar do Renner na minha direção.

Nossos olhares se encontram por um instante até ele se distrair com a Andie. Lógico. Ela está brincando na beira da água, com os longos cabelos pretos jogados para trás e gotas de suor cintilando em seu corpo de capa de revista, perfeitamente definido. Não tem como errar: os olhos do Renner estão fixos na Andie enquanto ela corre pela areia, como se estivesse fazendo um teste para um reboot de *Baywatch*.

Eu resmungo baixinho quando ela se senta ao lado dele, com o busto volumoso transbordando do biquíni. Sinceramente, estou com inveja do decote dela e gostaria de ter um também. E já, não aos 30.

– Oiê. Dá uma ajudinha? Não quero ficar com marcas de bronzeado no vestido de festa.

A Andie joga uma embalagem de protetor solar no colo do Renner e aponta para as costas.

Sinto a mandíbula tensa. O Renner obedece sem hesitar, esguichando protetor na palma da mão. A Andie até pede para ele desamarrar o sutiã do biquíni. Estou presa num pesadelo.

Para evitá-los, sou obrigada a olhar diretamente para o sol. Não deveria ficar com raiva. O Renner não é meu, não tenho nenhum direito sobre ele. Aliás, não que eu queira. Porque ele é um babaca. Mesmo assim, não consigo parar de sentir esse ciúme louco ao ver as mãos dele nas costas da Andie. As mesmas mãos que me tocaram na laje. As mesmas que me tocaram quando tínhamos 30 anos.

Incapaz de suportar a sessão de massagem, saio pela praia, contornando um bando de estudantes que entornam garrafas térmicas enormes.

Não demoro muito para sentir um cheiro de cachorro-quente ao longe. É da churrasqueira, pilotada pelo diretor Proulx, que transpira generosamente na camiseta amarelo-ouro. Meu estômago ronca enquanto entro na fila. Ela anda tão devagar que dói, principalmente porque o diretor está flertando com a enfermeira Ryerson, e ela é responsável pela mesa de condimentos.

Assim que consigo me aproximar, ouço uma voz conhecida atrás de mim:

– Aí, cara. Posso passar aqui? Preciso falar rapidinho com a Char.

Eu me viro. É o Renner.

Ele deu um jeito de enfeitiçar o Tommy Dixon, um gótico que usa casaco preto com capuz até na praia. Ele não fala com ninguém se puder evitar – a não ser, pelo jeito, com o Renner. Admirada, vejo o Renner elogiar uma das pinturas do Tommy, expostas no corredor da escola. Ele fica lisonjeado e explica que é uma representação abstrata de sua mortalidade, antes de abrir passagem com a maior boa vontade.

O Renner exibe aquele sorriso lindo para mim, como se estivesse tudo numa boa.

– Oi!

– Não pode furar a fila – sussurro.

– O Tommy deixou – responde ele, olhando para trás.

O Tommy pisca para o Renner e presta continência para mim. (É a primeira vez que ele nota minha existência.) O Renner se vira para mim e estreita os olhos.

– Preciso falar com você.

Solto um gemido. Já sei aonde isso vai levar. Ele vai explicar que já ia ao baile com a Andie antes de nos beijarmos. Vai negar que teve a intenção de me beijar. Não vou acreditar nele. Fim.

De braços cruzados, avanço na fila.

– Acho que não temos mais nada pra dizer.

Ele me segue a um passo de distância.

– Sério, Char? Ontem à noite você saiu correndo. Nem me deu a chance de explicar – diz ele, sem se dar ao trabalho de baixar a voz.

– Por que você tem que falar tão alto? – pergunto, irritada porque agora a fila toda está participando da conversa. – E não precisa explicar nada. Por que não vai passar protetor na sua namorada e me deixa…

Antes que termine a frase, um rosto conhecido atrai meu olhar. É o Clay. Ele está vindo para a fila do churrasco com os chinelos na mão. Seu cabelo balança ao vento enquanto ele estreita os olhos por causa do sol. É alto, esbelto, um daqueles caras com abdômen naturalmente visível, ao contrário do Renner, que se dedica a esculpir seu corpo de academia e o exibe a cada oportunidade.

Clay tem o jeito do Cole Sprouse, o tipo que curte poesia e tudo que seja irônico e diferente do comum. Quando me vê olhando para lá, ele acena e vem bem na minha direção.

Eu queria que a areia debaixo dos meus pés virasse areia movediça para eu desaparecer. Não há nada mais estranho do que ficar cara a cara com alguém que ignorou descaradamente uma mensagem direta.

– E aí, Canadá? – diz ele com uma simpatia natural. – Eu estava querendo falar com você.

Eu pisco à luz do sol, calada, como em geral fico perto dele, até o Renner me cutucar para eu avançar na fila. Ele olha desconfiado para o Clay.

– Você… estava, é? – consigo perguntar.

Clay sorri.

– Por que a surpresa?

– Mandei uma mensagem outro dia. Você não respondeu.

E me arrependo na mesma hora de dizer isso. O silêncio é melhor. O silêncio é seguro. Clay franze a testa, confuso.

– O quê? Mandou? – Ele tira o celular do bolso.

– No Instagram – explico.

Ele faz uma expressão surpresa.

– Excluí o Instagram do meu celular na semana das provas e esqueci de instalar outra vez. Me desculpa. Senão eu teria respondido.

Ele parece estar sendo sincero. Sinto alívio e seco a gota de suor que está prestes a pingar no meu globo ocular. Passei todo esse tempo achando que ele tinha me ignorado de propósito.

– Ah. Não esquenta. Eu, hã… não liguei muito – digo.

Ele abre um sorriso estranho.

– Ah, bom, então tá.

– Não, não. Eu liguei, sim – digo depressa. – Queria que você respondesse.

Ele abre um sorriso ofuscante, e eu começo a me perder, mas recupero o juízo ao ver o Renner ao meu lado, franzindo a testa para mim.

– É a sua vez de pedir, Char – diz o Renner.

Toda a carne na grelha está quase queimada, porque o diretor Proulx continua prestando muito mais atenção na enfermeira Ryerson.

– Ah, é.

Cansada, sem querer peço dois hambúrgueres em vez de dois cachorros-quentes. Também dou um jeito de espirrar todo o conteúdo da embalagem de mostarda em cima do meu peito.

Sem ter mais o que dizer, o Clay vira de costas para ir embora. Fecho os olhos com força. Essa tarde não pode ficar assim. Se o Renner vai se apaixonar loucamente pela Andie, tenho que adiantar meu lado. Penso no conselho da Kassie: ser atrevida. Assumir o comando. Então, é o que faço.

– Clay! – grito. – Você vai ao baile amanhã?

Ele se vira e aponta para o peito, como se dissesse: *Quem? Eu?*

– Não estava nos meus planos. Não sei dançar direito – admite ele.

– Ah. Você também não foi à Festa do Pijama. Você não curte muito as tradições do ensino médio? – pergunto, tentando manter a voz firme.

– Curtiria… se tivesse companhia – responde ele, tímido.

Sinto um nó na garganta.

– Bom… Eu pretendo ir.

– É?

– É. Você… quer ir comigo, quem sabe? Se ainda não tiver outros planos, planos melhores.

Meu Deus do céu. Eu sou um caso perdido. Preciso ir para casa deitar.

– Gostei. Me manda as informações por mensagem? Pode deixar que vou baixar o Instagram de novo. – E abre aquele sorriso que é sua marca registrada antes de ir embora.

Dou um gritinho e praticamente dobro meu prato de papel com os dedos. Acabei de convidar o Clay Diaz para o baile. Clay Diaz! O cara por quem passei os últimos quatro anos suspirando desesperada e pateticamente. De onde tirei a cara de pau para fazer isso?

Quando lembro que o Renner estava atrás de mim na fila, ele já foi embora.

Capítulo trinta e cinco

Encontro o Renner com nosso grupo, dividindo uvas e flertando com a Andie, é claro.

A Kassie para um pouco de chupar a cara do Ollie para mostrar que percebeu que eu voltei, e me sento ao lado deles.

– O que aconteceu?

– ConvideioClayDiazparaobaile – respondo de uma vez só, secando o suor da testa.

Ela pisca várias vezes.

– Quê?

– Convidei o Clay para o baile – repito, oferecendo meu segundo hambúrguer para ela.

A Nori ergue o tronco e o agarra antes que a Kassie tenha a chance de fazer isso, apoiando os óculos em cima da cabeça.

– O quê? E o que ele disse?

– Disse que *sim*.

A Kassie dá um berro, o que chama a atenção de todo mundo, incluindo a do Renner.

– Você vai ao baile com o *Clay*.

– O Clay!

Faço uma péssima tentativa de acompanhar o entusiasmo da Kassie. Não é estranho ela estar mais animada do que eu?

Todo mundo me dá parabéns, menos o Renner. Na verdade, ele se virou para a Andie, apaixonado demais para se importar. Não que eu queira a atenção dele.

O RESTANTE DA TARDE É TOMADO por conversas animadas sobre os detalhes do baile de amanhã à noite: como vamos arrumar o cabelo, a que horas vamos passar na casa do Ollie para tirar fotos, quem será responsável por quais tarefas.

– Você e o Clay vão ficar fofos demais nas fotos de casal! – diz a Kassie. – Você pediu para ele combinar a gravata com o seu vestido?

Olho para a praia procurando o Clay, mas não há mais sinal nem dele nem de seus amigos.

– Não tivemos tempo de falar sobre isso, mas vou mandar todas as informações para ele. Hoje de noite.

A Kassie apoia a cabeça no meu ombro.

– Olha só você sendo atrevida e indo atrás do que quer. Tô muito orgulhosa.

Assinto, pensando que consegui convidar dois caras para o baile num período de 24 horas. Não faço ideia de onde tirei forças para fazer isso. Mas gostei, apesar de o Renner ter me rejeitado. Gosto de acreditar que nada acontece por acaso. Se o Renner não tivesse recusado o convite, eu não teria coragem de convidar o Clay.

Isso é tudo que eu quero há anos. Sonhei com o dia em que o Clay Diaz se interessaria por mim, e agora ele aceitou ir ao baile comigo. Eu devia estar dando cambalhotas pela praia.

E ainda assim não consigo sentir a emoção que deveria estar sentindo.

Capítulo trinta e seis

O dia do baile

Eu esperava acordar e pular da cama toda empolgada e cheia de energia. Afinal, tudo está exatamente como deveria: fiz as pazes com a Kassie, e eu e o Renner voltamos a ser rivais, adversários, inimigos, nêmesis um do outro.

Mas, em vez de entusiasmo, o que sinto quando minha mãe abre as cortinas do meu quarto é *nhé*. Só quero me esconder debaixo das cobertas. Não porque esteja deprimida nem nada disso, mas porque quero que tudo desacelere. O ano todo, passei horas intermináveis pensando na Semana da Farra, mas ela chegou mais depressa do que consigo acompanhar, com a pintura dos tijolos, a assinatura de anuários e agora o baile de formatura. Parece injusto isso tudo ser tão anticlimático.

– Você acabou de sibilar para mim? – pergunta minha mãe.

Protejo os olhos feito uma vampira e mergulho debaixo das cobertas, onde é seguro.

– Talvez.

Ela me balança de leve por cima do cobertor.

– Ah, vai. Se anima. Hoje tem baile! Você espera por isso desde pequena.

Resmungo um "ebaaa" fraco, mas parece a voz de um animal ferido. De que outra forma posso explicar minha falta de entusiasmo? Sinto a mais absoluta apatia toda vez que me imagino tirando fotos na casa do Ollie e entrando no ginásio lotado.

– E você vai com o Clay Emmanuel Diaz. O cara mais gato da escola.

Levanto o cobertor e lanço um olhar gelado para a minha mãe.

– Não quero nem saber como você sabe o nome do meio do Clay.

– Fuxiquei ele com meu perfil fake no Instagram – admite ela, orgulhosa, como se ter uma conta falsa para seguir a filha e os amigos dela fosse a coisa mais normal do mundo.

Estremeço quando ela arranca o cobertor, expondo minha pele ao ar fresco.

– Vai, levanta. Não vou deixar você passar a melhor época da sua vida dormindo.

Olho para ela, cética.

– Sério que essa é a melhor época da minha vida?

– A melhor época da vida tem dessas coisas. Você só sabe que é a melhor depois que ela passa – conta minha mãe, com o olhar repleto de nostalgia.

É um pensamento verdadeiramente deprimente. Se for verdade, o que significa para alguém como eu, que vive para bater metas e alcançar objetivos? Será que um dia vou experimentar a verdadeira alegria de alcançá-los na hora em que isso acontecer? Ou a melhor parte será sempre recordar esses momentos depois que passarem? Por um instante, acho que minha mãe vai mesmo sacar seu anuário escolar, mas ela se levanta.

– Aliás, são dez e meia. Não esqueça que você vai encontrar seu pai daqui a uma hora – avisa ela.

O brunch com meu pai. Talvez isso tenha relação com meu humor. Com tudo o que aconteceu nos últimos dias, não tive muito tempo para pensar nisso, mas ficou guardado no fundo da minha mente. Quem sabe, depois que o encontro com ele acabar, minha empolgação venha à tona.

A ESTÉTICA DA LANCHONETE É O QUE A NORI chama de grunge-retrô. Só que não parece ser proposital. Não reformam esse espaço há décadas. Os azulejos pretos e brancos do piso estão arranhados e rachados. Há uma cratera no fundo do estabelecimento que todo mundo conhece e evita. Os sofás das cabines, rasgados e desbotados, têm um tom de menta. Se originalmente eram azuis ou verdes, é objeto de muito debate. (Sou do time verde.)

E num canto há uma jukebox que só funciona se você chutá-la exatamente no ângulo certo e com a quantidade certa de força. Embora o ambiente não seja exatamente ideal, serve o melhor fast-food de Maplewood, e é por isso que as pessoas toleram o espaço. Pertence à mesma família desde que foi inaugurado, e as receitas foram passadas de geração em geração. Nem os cardápios de plástico enormes mudaram desde o tempo em que eu me sentava numa cadeira de criança.

Eu esperava chegar primeiro, já que meu pai sempre se atrasa. Mas, quando entro na lanchonete, sentindo o cheiro de frituras deliciosas, vejo-o debruçado à mesa da janela, lendo o cardápio. A nossa mesa. Ele sempre pedia essa porque sabia que eu gostava de olhar pela janela e jogar o jogo do carro, aquele em que a gente se revezava em dizer "é meu" vendo os carros passarem. Ele sempre me deixava trapacear e ficar com os mais bonitos.

Daqui da entrada, ele parece mais magro, e o cabelo preto e espesso agora está meio ralo no alto da cabeça. Isso me lembra que já se passou quase um ano desde a última vez que nos vimos. Ele não me conhece mesmo, e talvez eu também não o conheça. Penso na proposta do Renner de vir comigo. Agora, bem que eu gostaria de ouvir um dos discursos inspiradores dele, apesar de ele ser um idiota.

Mas o Renner não está aqui, por isso dou um passo à frente, depois outro, até chegar à cabine.

– Oi, pai – digo sem ânimo, sentando-me de frente para ele.

Ele arregala os olhos e abre a boca, como se minha chegada fosse uma espécie de surpresa.

– Que bom que você veio – diz ele, daquele jeito estranho com que um homem cumprimenta um parceiro de negócios. – Espero que não se importe, mas pedi um queijo quente para você. Sei que você adorava.

Errado não está. Eu adoro mesmo o queijo quente de dois andares dessa lanchonete.

– Ah, hã, obrigada. Como foi de viagem? – pergunto, analisando o rosto dele.

Minha mãe sempre disse que puxei o meu pai. Temos várias características em comum: olhos escuros, sobrancelhas grossas, lábios com formato de coração e o mesmo sorriso torto.

– Foi longa – responde ele, rindo. – O trânsito já está lento por causa do verão.

– Ah. Tem planos para as férias?

– Como eu disse, estamos de mudança para a casa do lago dos pais da Alexandra. Então, acho que vamos com calma...

Ele para, porque sabe o que estou pensando. Meu coração dói pela minha versão mais jovem, que faria qualquer coisa para passar as férias de verão com meu pai. Tento afastar esse pensamento, lembrando que tenho muito o que fazer no verão antes da faculdade.

– Que legal – comento, distraída pela garçonete que deixa os pratos para nós.

Ele também pediu o de sempre, um club sandwich preso por um palito com um enfeite de papel-alumínio colorido. Ele sempre me dava o palito.

– Chega de falar de mim. Ouvi dizer que você andou ocupada. Como foi nas provas? – pergunta ele, tirando o palito.

Sua mandíbula estala um pouco quando ele morde, como sempre.

Dou de ombros, ainda sem vontade de comer, apesar de estar com fome.

– Fui bem. Na verdade, muito bem. Acho que tirei nota máxima em todas.

Ele sorri orgulhoso.

– Claro que tirou. Ah, sua mãe me mandou um convite para a sua cerimônia de formatura. Se tiver um convite extra, a Alexandra gostaria de vir comigo. – Ele percebe minha reação e hesita. – Quer dizer, se não tiver problema.

Lembro como me senti ao atravessar o palco na formatura do ensino fundamental, procurando o rosto dele em cada fileira escura da plateia, e como foi devastador apertar a mão do diretor e posar para uma foto com minha mãe como minha única convidada.

Eu solto um pigarro.

– Claro, se vocês puderem vir. Se não puderem, tudo bem também. Prefiro que não cancele de última hora.

– Não, nós vamos, sim – promete ele. – Alexandra quer muito te conhecer.

Aperto os lábios.

– É por isso que você vai à minha formatura? Para a Alexandra poder me conhecer?

– Não. Eu não perderia a sua formatura por nada nesse mundo. É um evento importante. Mas é claro que quero que você conheça a Alexandra, ainda mais com a chegada do bebê. É por isso que quero que você passe um tempo com a gente no verão.

Ele se alegra ao falar da Alexandra e do bebê. Chego até a ficar meio feliz por minha futura irmã. O brilho nos olhos dele parece bem genuíno, e quero acreditar nele de todo o meu coração.

– Desculpa pela minha reação ao telefone – digo, baixando a cabeça. – Você me pegou de surpresa. Afinal, a gente não tem muito contato.

Ele também baixa o rosto.

– Eu sei. E isso é culpa minha. Me desculpe por não ter ficado ao seu lado tanto quanto deveria.

– O que te fez chegar a essa conclusão?

– O bebê – responde ele sem vacilar. – Passar por isso com a Alexandra me fez perceber quanto tempo perdi ao não estar com você. Sei que você provavelmente nunca vai me perdoar, e não te julgo...

– Tá tudo bem – respondo, interrompendo-o ao ver seus olhos marejados. Acho que nunca vi meu pai chorar na vida.

– Não. Deixei o trabalho controlar minha vida. Deixei meu relacionamento com sua mãe interferir no nosso. E, quando percebi, achei que era tarde demais, que você não me queria mais na sua vida.

As palavras dele me ferem, ainda mais porque eu sentia exatamente o contrário.

– Eu queria, sim. Mais do que tudo. Passei a vida querendo seu apoio e senti que nunca recebi.

– Você sempre teve o meu apoio. Sempre tive um orgulho enorme de tudo o que você faz.

– Sério? – pergunto, e minha voz é pouco mais que um sussurro.

Penso na caixa que a Alexandra me deu na casa do lago. Ela disse a mesma coisa. Verdade ou não, eu estava começando a achar que meu pai gostava mesmo de mim.

– Eu pensei que você soubesse – continua ele.

Por alguma razão, sempre achei que os adultos tomavam decisões de caso pensado, que sempre sabiam o que estavam fazendo. Mas talvez os adultos sejam iguais aos adolescentes, soltos por aí, a esmo, sem saber se fizeram a coisa certa.

– Eu com certeza não sabia.

Ele parece magoado, mas entende.

– Daqui pra frente vou dizer isso com clareza. Tá bom?

Ele estende a mão para mim.

Aceito a promessa e também o aperto de mão. Ao sentir a mão do meu pai segurando a minha, sinto um alívio enorme. Pela primeira vez, estou disposta a abandonar minha raiva e seguir em frente. Talvez não seja tarde demais para ter um relacionamento com ele. Talvez isso seja apenas o começo.

Capítulo trinta e sete

No décimo ano, fiz uma lista de sonhos para o baile de formatura.

O primeiro da lista era o Clay Diaz me buscar em casa com flores, admirando a minha beleza. Queria tirar aquelas fotos cafonas de casal na casa do Ollie na frente do roseiral da mãe dele. Eu as colocaria em porta-retratos e exibiria na minha mesa de cabeceira até o fim dos tempos. Queria fazer um Boomerang do pessoal brindando com taças de champanhe nos bancos da limusine com a Kassie. Também é cafonice? Ô se é. Mas as comédias românticas forjaram minhas expectativas, tá?

Sonho com essa noite desde que eu e a Kassie vimos *A barraca do beijo* numa festa do pijama no sexto ano. Consultamos o Google na mesma hora, cobiçando vestidos de lantejoulas, fazendo colagens cheias de famosos com quem adoraríamos ir, organizando as playlists românticas perfeitas para dançar coladinho e tagarelando sobre o dia em que finalmente chegaria nossa vez de ir ao baile.

E agora ele chegou. O melhor dia da vida de uma adolescente, depois de anos de expectativa, consternação e minucioso planejamento.

As coisas não estão saindo exatamente como o planejado. Minha cabeleireira, Alice, massacrou meu coque. Não sei o que deu nela na hora de ondular as mechas em volta do rosto, criando uns cachinhos de velhota. Não é que eu não curta cachos, mas o penteado está longe das ondas glamourosas à moda da antiga Hollywood que apresentei no meu álbum de fotos inspiradoras.

– Tenho que fazer os cachos pequenininhos porque seu cabelo é muito liso e grosso. Daqui a umas horas vão ficar mais soltos, confia – ela não parava de dizer enquanto eu encarava o horror no espelho.

Já saí do salão há duas horas e os cachos não se soltaram. Na verdade, estou parecendo um hobbit. Isso não me ajuda nem um pouco a confiar nas pessoas. Até minha mãe teve que segurar o riso quando foi me buscar de carro.

Infelizmente, meu horário atrasou, então não tenho tempo para corrigir o penteado. Tenho exatos 45 minutos para me maquiar e me vestir antes de o Clay passar aqui.

Estou nua na banheira raspando freneticamente um trecho peludo no alto da coxa quando o Clay chega. Ele veio meia hora mais cedo do que eu avisei ontem à noite por mensagem.

Enquanto lavo as pernas para tirar o creme de barbear, minha mãe abre a porta da casa. Eu a ouço gritar de alegria. Depois, passos na sala de estar, e ela diz:

– O famoso Clay Diaz. A Charlotte falou muito de você!

Alguém me mata agora.

Eu luto para fechar o zíper do vestido sozinha enquanto minha mãe bajula o Clay na sala, perguntando sobre a Simulação da ONU, para que faculdade ele vai no ano que vem e o que espera fazer da vida. Então ela diz que ele é idêntico a um dos personagens do livro que está escrevendo. O que me surpreende é o Clay não fugir.

Na hora em que reúno forças para sair do quarto, ele está sentado de costas retas no sofá, agarrado ao braço do móvel. Está de terno preto e gravata cinza listrada. Há alguma coisa diferente no cabelo dele. Será que é gel? Está penteado para trás igual a um cabelo de gângster das antigas. Só falta um chapéu fedora.

– Oi! – digo.

Vejo minhas meias sujas com estampa de lhama largadas na almofada ao lado dele. Legal. Tranquilo. Maravilha.

– Oi, Charlotte – responde ele com um meio-sorriso.

Seu olhar percorre meu cabelo e depois volta à minha mãe atrás de mim. Ele parece completamente nervoso, muito diferente do seu jeito descontraído de sempre.

– D-desculpa o atraso.

Meu rosto está quente de tanto correr para lá e para cá e passar o secador de cabelo no peito para tirar uma mancha de água do meu vestido de seda.

– Você está... muito bem – comento.

Ele sorri.

– Valeu. Minha mãe insistiu para eu usar terno.

Dou uma risada, aturdida. *O que* ele usaria no baile senão um terno? Há um estranho momento de silêncio enquanto espero que ele retribua o elogio, mas ele não diz nada. Talvez meu cabelo esteja um horror mesmo. Em vez disso, ele estende a mão na minha direção, segurando uma caixa de plástico transparente que contém flores rosa-claro para usar no pulso. É um arranjo lindo, preso a uma pequena pulseira feita de miçangas que imitam pérolas.

Abro a caixa e ponho a pulseira, admirando-a de todos os ângulos.

– Que linda! Obrigada, Clay.

Minha mãe bate palmas, levanta-se de repente e apalpa o próprio corpo feito uma agente de segurança revistando alguém. Ela faz isso quando procura o celular, que geralmente está perdido entre as almofadas do sofá ou largado no porta-copos do carro. Dessa vez, está em cima do micro-ondas.

– Posso tirar umas fotos de vocês no quintal da frente antes de irem embora?

Saímos e tiramos algumas fotos que não nos favorecem nem um pouco antes de a minha mãe nos deixar partir.

– Meio tímido, né? – sussurra ela enquanto o Clay vai até o jipe dele.

Percebo que o que ela está pensando é: *Hum, esse cara, não sei, não.* Lanço um olhar de aviso para ela, e sua expressão fica mais branda.

– Não fica nervosa! Aproveita! E não esquece de se cuidar.

Ela dá uma piscadela sugestiva. Minha mãe virou a Amy Poehler em *Meninas malvadas.*

– Tchau, mãe – digo antes de entrar no jipe, e me viro para o Clay. – Aliás, desculpa pelas coisas que ela disse.

– Tudo bem. Ela é legal.

Ele está de olhos fixos na rua e não parece abalado.

Eu deveria ter planejado alguns tópicos de conversa com antecedência, porque, neste momento, nada me vem à cabeça. Por que não consigo dizer uma única palavra na presença do Clay? É como se ele tivesse um poder esquisito sobre mim que me torna incapaz de falar inglês. Na verdade, as únicas palavras que trocamos no caminho todo são as que uso para indicar a casa do Ollie.

Quando chegamos, solto um suspiro de alívio. Talvez tudo fique mais leve quando estivermos com o pessoal. Afinal, ficar sozinha num carro com alguém que você não conhece muito bem é complicado.

O TOM GRAVE DA RISADA DO RENNER atravessa o jardim amplo da casa do Ollie, à beira do lago. Fecho os olhos com força enquanto ajeito o vestido no final da longa passarela de cascalho.

É só ignorá-lo como sempre. Não deixe esse cara arruinar mais um evento monumental da escola.

Infelizmente, o Renner é a primeira pessoa que vejo ao entrar no quintal com o Clay.

Seu terno cinza-escuro tem um caimento perfeito, acompanhando os ombros largos. A brisa quente do verão joga seu cabelo meio de lado, tipo o de um surfista da Califórnia. Mas é o sorriso deslumbrante que me dá frio na barriga.

A expressão forma ruguinhas nos cantos dos olhos dele. Imagino esses olhos se arregalando em forma de corações de desenho animado enquanto ele admira a Andie, que faz pose atrás de pose para o fotógrafo profissional. Sinto uma pontinha de inveja ao observar o conjunto de blusa e saia longa, fluida e laranja berrante da Andie acentuando seu corpo atlético, fazendo suas pernas de corredora parecerem ainda mais longas. Enquanto a maioria das meninas escolheu coques com cachos, ela está com um rabo de cavalo elegante e totalmente liso, suavizado pela franja longa recém-cortada que cai de ambos os lados do rosto. Ela está lindíssima, mesmo ao lado da Kassie, que parece uma rainha do gelo com o vestido azul-prateado enfeitado com cristais, um meio coque e cílios postiços exuberantes. E eu sou um sapo atarracado em comparação a elas.

Acho que sempre tive um pouco de inveja da Andie, mesmo antes desse fiasco com o Renner. Embora a Kassie sempre tenha sido minha melhor amiga, nunca fez essa distinção entre mim e suas outras amizades. Sempre que saímos juntas em fotos, ela chama as duas de *besties*. E, nas postagens de aniversário, me chama de "uma das" suas pessoas favoritas. Ela é diplomática, tenho que reconhecer.

Depois que o Clay me larga para atirar bolas de pingue-pongue em copos de plástico com os outros meninos, eu me escondo na cozinha e fico ajudando o pai do Ollie a preparar aperitivos. O pai dele é um cara doce, de fala mansa, que aproveita todas as oportunidades para lamentar que "hoje em dia a música não é mais como antes".

Ele está defendendo a ideia de que o Red Hot Chili Peppers deveria ser matéria obrigatória no ensino médio quando a Nori me chama para tirar fotos em grupo. Apesar do vestido lindo, a primeira coisa que noto é a franja dela. Os fios param logo acima das sobrancelhas e estão meio desiguais no lado esquerdo.

– Você. Tá. Gata – sussurra a Nori, andando de braço dado comigo em direção à área das fotos.

– Eu pareço ter chegado do condado do *Senhor dos Anéis*. Mas você tá maravilhosa. E... cortou a franja – comento, estendendo a mão para ajeitar uma mecha dela antes que o fotógrafo tire uma foto nada lisonjeira.

– Eu sei. Eu não queria, mas aí senti que não deveria mexer com o destino, sabe?

Embora eu tenha explicado várias vezes para a Nori que minha "viagem no tempo" foi só minha imaginação hiperativa, ela ainda acredita que foi algum acontecimento cósmico estranho.

– Aí você cortou mesmo assim?

– Não tive escolha. Você nunca viu aqueles filmes de viagem no tempo? Se você tenta mudar o resultado, sempre acaba esculhambando totalmente a vida – explica ela, sorrindo. – Você disse que eu estava feliz no futuro, então a última coisa que preciso fazer é não cortar a franja e acabar morando debaixo da ponte ou coisa assim.

Penso em explicar o paradoxo reverso do avô do tio Larry, mas é coisa demais para digerir enquanto tiramos as fotos de hoje. Então, concordo e pronto.

– É justo.

As fotos em grupo são uma nova categoria de caos. Há variações de pares, poses, fotos do grupo completo, fotos só das meninas, fotos só dos meninos etc. Começa até uma discussão sobre quem fica no centro das fotos em grupo e quem fica no canto. (Alerta de spoiler: fico voluntariamente no canto para evitar polêmica.) E, quando chega nossa vez de tirar uma foto juntos, o fotógrafo decide que eu e o Clay precisamos aprender o que é um "sorriso natural".

Quando entramos na limusine, o Clay vai para o banco dos fundos com os meninos, e a Kassie e a Andie ficam tirando selfies no banco mais perto da frente. O único lugar desocupado é bem no meio. Pertinho do Renner. É claro.

Ele endurece o corpo quando me sento ao seu lado, ansiosa para descansar meus pés podres.

– Ainda tá com dor nos pés?

– Como é que você adivinhou? – resmungo.

O Renner tira do bolso um punhado de Band-Aids enquanto a limusine deixa a entrada da casa.

– Precisa?

Olho para ele desconfiada, além de meio irritada comigo mesma por não trazer curativos a mais.

– Por que você está com o bolso cheio de Band-Aids?

– Não posso carregar material de primeiros socorros?

Não me dou ao trabalho de responder enquanto pego dois da mão dele.

– Valeu.

– Como foi o encontro com o seu pai?

A pergunta me pega de surpresa. Achei que ele não se lembraria.

– Então... – o Renner começa a dizer quando vê que eu não respondo. – Você veio com o Clay.

– É óbvio. Que é que tem? – pergunto, colando um Band-Aid em cima de uma bolha recém-formada no calcanhar.

Ele dá de ombros, ajeitando-se no banco.

– Nada. Eu... só queria ter certeza de que vocês estão curtindo. Sei que essa noite é importante para você.

– Estamos nos divertindo muito, obrigada – digo com cara de paisagem, embora não possa falar pelo Clay; ele parece totalmente constrangido com essa história de baile de formatura.

O Renner acompanha meu olhar até o Clay, que procurou consolo na companhia dos garotos, aparentando esquecer que eu existo.

– Mas estão mesmo? Porque você tá com aquela sua cara de brava.

– Minha cara de brava?

Ele confirma com a cabeça.

– É um subproduto natural da sua presença – respondo, cansada demais para pensar numa resposta mais espirituosa.

– Tá bom. Se você está dizendo – resmunga ele, embora o tom de voz diga que não colou.

– Em vez de me encher o saco, por que não vai lá idolatrar a Andie? A sua acompanhante?

Ele arregala os olhos.

– Ah, vai. Você não pode ficar chateada por eu ter topado vir com a Andie dias antes de acontecer qualquer coisa entre nós dois.

Meu impulso é negar, negar.

– Não estou chateada por causa disso, Renner – respondo, embora tenha certeza de que minha expressão diz o contrário. – Mas parabéns por achar que tudo gira em torno de você. E, só para constar, não aconteceu nada entre nós dois.

– Acha mesmo que aquele beijo não foi nada? – sussurra ele.

E tem razão, é claro. Aquele beijo foi tudo, mas meu orgulho não me deixa admitir. Então, balanço a cabeça.

– Não. Nada. *Niente. Zilch.*

– Tá, se você está dizendo.

Ficamos assim, num silêncio constrangedor e forçado. Finalmente, o Renner cede, exasperado:

– Você nem me deu a chance de explicar. Saiu correndo e…

Levanto a mão para impedir que continue.

– Por que está fazendo isso? Você sabe que eu gosto do Clay. Por que não me deixa ser feliz só dessa vez, em vez de tentar estragar tudo? – Minha voz sai mais alta do que eu pretendia, chamando a atenção da Andie na frente da limusine.

Vejo o sofrimento nos olhos do Renner. Os lábios comprimidos. O olhar triste e atordoado. Antes que ele possa responder, a Andie se enfia entre nós, metade no meu colo e metade no dele.

Encaro isso como minha deixa para sair daqui e ocupar o lugar dela ao lado da Kassie.

– Tudo bem com você e o J. T.? – pergunta ela com interesse, afofando o cabelo em seu espelho compacto.

Abro um sorriso falso, querendo que o Renner desapareça numa nuvem de poeira.

– Quando é que está tudo bem entre nós?

– Não deixa ele te irritar – pede ela.

– Ah, não deixo, não.

O J. T. Renner pode ter arruinado a festa de volta às aulas de anos atrás, mas não vai estragar o meu baile.

Capítulo trinta e oito

O Clay me larga assim que entramos no baile. Não julgo, considerando que estou em modo grêmio estudantil total, cuidando para que tudo e todos estejam onde devem estar. Admito que não é a noite de conto de fadas que imaginei com ele.

Apesar de ter visto o ginásio hoje cedo, é uma experiência completamente diferente à noite, com as luzes apagadas, as velas acesas e todo mundo bem-vestido. É um oásis subaquático. As luzes vindas do chão realmente fazem maravilhas no ambiente, lançando raios azuis e rosa que parecem ondular como água. Até as luzes estroboscópicas do DJ fazem com que as algas aparentem balançar no mar. Pode até ser mais bonito do que o baile do Mardi Gras do futuro. No fim das contas, talvez o Renner tivesse razão quanto ao tema.

Na maioria das festas, a pista de dança demora um pouco para encher. Mas, quando chegamos, já está bem movimentada. Todo mundo está em volta do Patrick Stone, o dançarino de break da escola, que no momento gira apoiado na cabeça.

Estou empenhada em busca de um centro de mesa perdido quando a Nori me puxa para a pista. Sempre é legal dançar com ela, principalmente porque ela é a encarnação da frase "dance como se ninguém estivesse olhando".

Lá pela terceira música, a Kassie e a Andie vêm dançar com a gente. Apesar dos meus sentimentos conflitantes em relação à Andie, aproveito o momento. Depois de quatro anos, esta é a última vez que estaremos todas juntas assim. Não vai haver mais nenhum baile da escola.

Uma música lenta e melancólica começa, uma mudança repentina. As luzes diminuem e todo mundo corre para encontrar seu par. Eu me pego sorrindo, vendo a Nori e a Tayshia rirem freneticamente de alguma coisa enquanto rodopiam juntas. Enquanto isso, o Ollie sussurra bobagens doces no ouvido da Kassie. Meu coração palpita ao ver meus amigos tão felizes. Deve ser incrível encontrar um amor como esse no ensino médio.

Olho a pista de dança cheia de casais abraçados e, do canto do olho, vejo o Clay. Ele está perto da arquibancada no que parece ser uma conversa animada com um amigo. A última coisa que quero é obrigá-lo a dançar comigo quando ele demonstrou não ter interesse em dançar – nem em ser meu par no baile.

– E aí, tá curtindo? – pergunta ele quando me aproximo.

Dou de ombros.

– Eu ia curtir mais se meu acompanhante dançasse comigo – tento dizer num tom descontraído.

– Tá bom. Bora lá – responde ele, monótono.

Ponho as mãos nos ombros dele, ele apoia as dele na minha cintura, e dançamos feito pré-adolescentes deixando um espaço para o Espírito Santo entre nós, antes de começar uma música mais animada. É impossível não comparar a dança com o Clay Verdadeiro com a dança com o Renner Adulto. Não é a mesma coisa.

– Então, hã, obrigada por vir comigo – digo a ele, aliviada porque a música terminou e podemos nos separar.

Ele coça a cabeça.

– Claro. Mas acho que você preferia vir com outra pessoa.

– Quê? – respondo, chocada com a afirmação.

Ele ri por cima da música, levantando uma sobrancelha.

– O J. T.

– O Renner? Não. Por que tá dizendo isso?

– Sei lá. Acho que é intuição, né? Parece que vocês tiveram uma conversa bem tensa na limusine. E não paravam de se olhar lá na casa do Ollie.

Eu pisco, constrangida.

– Eu não estava olhando nem um pouco para o Renner.

– Não tem problema, Char. Sério. Não estou chateado.

Ele me encara como quem diz: *Já entendi tudo. Não tem problema.*

Incapaz de admitir, cubro o rosto com as mãos.

– Desculpa, Clay. Não sei o que dizer. Passei a vida inteira a fim de você e…

Não sei de onde vem a coragem para dizer isso. Talvez seja o fato de que provavelmente nunca mais vou ver o Clay depois que sairmos da escola. E quem sabe seja porque estou começando a perceber que talvez, *talveeezzz*, o incômodo que sinto perto dele não tenha a ver só com nervosismo, como sempre pensei. Talvez seja porque simplesmente não existe atração entre nós.

– É, eu meio que tinha essa impressão. Sempre me perguntei por que você não falava comigo e pronto.

Escondo o rosto.

– Desculpa. Acho que sempre fiquei meio sem jeito. Ainda hoje, quando você foi me buscar, você estava perfeito e eu... Não sei. Não senti nada – admito.

Ele parece meio aliviado ao ouvir isso.

– Tá tudo bem, Char. Concordo plenamente. Amigos?

Faço que sim.

– Amigos.

Saio para o corredor em busca de ar fresco, parando para tirar os sapatos.

Enquanto abro a fivela da alça, a parede de tijolos da turma de formandos do ano passado chama minha atenção. Os tijolos me lembram que ainda preciso escrever a carta da cápsula do tempo para a formatura na semana que vem.

Daqui a poucos dias vou me despedir dessa escola e dessas pessoas para sempre. Uma vez, minha mãe descreveu o ensino médio como uma "jornada" – uma passagem de tempo que parece lenta e entediante, mas também rápida como um raio. Depois de lutar pelas notas perfeitas, pela próxima lição de casa, pelo próximo evento escolar, é difícil acreditar que todos esses miniobjetivos culminaram em quatro anos completos.

Enquanto vou descalça até meu armário, o barulho de sapatos batendo nos azulejos ecoa atrás de mim.

É o Renner. Ele tirou o paletó, assim como a gravata, e dobrou as mangas da camisa. Seu visual de estagiário desgrenhado é irritantemente sexy.

Quando me viro, ele pigarreia e diz:

– Quero que você seja feliz.

Pisco umas três vezes e me aproximo para ter certeza de que ouvi direito. Ele continua:

– Na limusine, você perguntou por que não deixo você ser feliz. E eu sempre, sempre quis a sua felicidade.

Eu baixo o rosto, incapaz de assimilar o que ele diz. A sinceridade em sua voz não corresponde à minha memória.

– Então, por que me beijou se já tinha acompanhante para o baile? Qual era o seu plano? Superar seu feito na festa de volta às aulas? Ficar comigo e depois ir ao baile com outra?

De bochechas vermelhas, ele esfrega as mãos no rosto.

– Não! Pelo amor de Deus, Char. Para de ser teimosa só um instante e me escuta.

Cruzo os braços.

– Pode falar.

Ele me encara intensamente.

– Você é a única pessoa com quem eu sempre quis ir ao baile. A única.

– Desde quando?

– Desde o primeiro dia de aula.

– Como posso acreditar nisso?

Ele passa as mãos pelo cabelo, a luz fluorescente acima de nós lançando uma claridade branca em seu rosto.

– O primeiro ano. Eu te pedia um lápis todo dia só para poder falar com você.

Olho para ele de olhos semicerrados, piscando devagar.

– Você fazia isso só pra falar comigo?

– Você achava mesmo que eu perdia todos os lápis que você me dava? – pergunta ele, provocador, e me dá uma cutucada para abrir seu armário.

Ele alcança as profundezas e tira uma porção de lápis meus, amarrados com um elástico. Olho para eles, sem fôlego, enquanto ele os coloca na minha mão.

– Guardei todos. Lógico que guardei – afirma ele.

Como é que pode? Como é que ele guardou todos os lápis durante todo esse tempo?

– Mas… mas e a festa de volta às aulas?

– Acho que nós dois já sabemos a resposta.

Uma sensação de familiaridade floresce em mim. O Renner está dizendo o que eu acho que está? Que já tivemos essa conversa?

Ele me observa com atenção, esperando uma reposta. É quando a Andie chega depressa pelo corredor, gritando:

– J. T.! Vão anunciar a rainha e o rei do baile!

Capítulo trinta e nove

A professora Chouloub parece uma apresentadora do Oscar, segurando, orgulhosa, o envelope com os resultados, tabulados oficialmente pelo professor Hamilton, chefe do Departamento de Matemática.

Ela solta um pigarro no microfone, o que chama a atenção de todos. O ginásio vira pura anarquia quando todo mundo se reúne em volta do palco feito fãs num show de rock. Quem está na frente até bate os punhos imitando o rufar de tambores enquanto a professora se esforça para rasgar o envelope com as unhas postiças. Do meu canto à margem da multidão, procuro os vencedores que previ – Kassie e Ollie –, mas não os vejo. Tudo é um borrão. Para dizer a verdade, minha cabeça está muito cheia. Ainda não terminei de processar minha conversa com o Renner.

A professora Chouloub finalmente abre o envelope e também um sorriso largo enquanto lê os resultados.

– E o rei do baile é... J. T. Renner! – grita ela ao microfone.

O ginásio irrompe em aplausos alucinados enquanto o Renner cruza a multidão com seu sorriso encantador, caminhando até o palco feito um astro do rock que ganhou um Grammy.

Admito que estou um pouquinho surpresa. Quer dizer, o Renner sempre foi uma das escolhas óbvias, mas achei que seria o Ollie, considerando que ele é o astro do futebol na escola e namorado da Kassie.

Pelo jeito, o Renner também não esperava ganhar. Há certa surpresa na expressão dele quando aceita o novo título e a coroa de plástico barata. Isso só deixa o gesto ainda mais encantador. A multidão não se cala, nem quando ele faz um agradecimento meio triste. Ele realmente não tem um único inimigo sequer, e é fácil entender por quê. Ele é a luz do sol encarnada.

A multidão finalmente silencia quando a professora Chouloub pigarreia outra vez para anunciar a vencedora.

– A rainha do baile é... Kassie Byers!

Meu coração se enche de alegria pela Kassie enquanto a bomba de confete e os balões caem do teto. Ela sonhava em ser a rainha do baile desde que éramos crianças. Enquanto isso, meu único objetivo era ter um acompanhante. Andie parece meio chateada, mas a Kassie não percebe isso ao abrir caminho até o palco. Fica radiante com a coroa prateada e cintilante na cabeça, como se tivesse sido feita para ela.

É tradição que a rainha e o rei dancem uma música lenta, o que dá certo na maior parte das vezes, quando os dois são mesmo um casal. O Renner e a Kassie não são obrigados a dançar, mas os dois encaram a tarefa numa boa, rindo, dando giros e rodopios dramáticos para a multidão. O Ollie não parece nem um pouco chateado por perder. Na lateral da pista, ele assobia de brincadeira, tentando envergonhá-los.

Penso naquela vez, anos atrás, em que a Kassie foi para a minha casa depois do jantar vibrando de empolgação por ter conhecido o Renner.

"A gente ficou se pegando tipo... umas duas horas", contou ela, passando para mim um pote enorme de molho.

"Duas horas?", perguntei, admirada, mergulhando uma batatinha no molho.

Ficar de pegação com alguém por tanto tempo parecia fisicamente impossível. Ela deu de ombros, afofando o cabelo.

"Tá, não devem ter sido duas horas. Podem ter sido até dois minutos. Quem sabe? Ele beija bem demais. E sabe qual é a melhor parte? Ele vai estudar com a gente."

Ela parecia tão animada naquela noite, abraçando meu travesseiro, os olhos sonhadores brilhando enquanto contava cada detalhe. Por isso me surpreendi no dia seguinte, quando ela disse que não tinha sido nada de mais – só pegação sem compromisso.

Minha mente volta às palavras do Renner no corredor. *Acho que nós dois já sabemos a resposta.*

Sinto os dedos formigarem. Lembro-me da época em que tinha – quer dizer, terei – 30 anos. Da noite no riacho, quando o Renner me contou que rejeitou a Kassie, apesar de ela ter passado todos esses anos dizendo o contrário. Penso no olhar confuso do Renner Adulto quando o acusei de me largar na festa de volta às aulas para ficar com outra. Nunca houve outra. E finalmente percebo: a Kassie mentiu.

Quando a música termina, ela cai na cadeira ao meu lado para descansar os pés.

– Dá para acreditar que eu ganhei mesmo? – pergunta, meio sem fôlego.

– Claro que ganhou. Você é a Kassie Byers. Essa coroa fica bem em você – respondo no modo piloto automático de melhor amiga.

Estendo a mão para arrumar a coroa na cabeça dela, mas estremeço e respiro fundo ao perceber o que estou fazendo. É o que sempre faço com Kassie: passar pano para os erros dela e perdoá-la num instante. Mas ela mentiu. Passou quatro anos mentindo para mim a respeito do Renner.

É grave demais para ignorar. Não sei por que ela mentiu para mim, mas preciso confrontá-la. E já.

– Também fica bem no J. T. – comenta ela, enquanto ele conversa com seus admiradores.

Levo minha cadeira para mais perto dela.

– Por falar no J. T., lembrei uma coisa. O que aconteceu com vocês?

Ela ajeita a pulseira de rosas, arrancando uma pétala murcha.

– Nada. A gente se pegou faz uns mil anos. Só isso.

– Certo. Agora estou lembrando. E você nunca sentiu nada por ele?

Ela aperta a boca numa linha fina, de olhos arregalados, como se fosse uma ladra pega no flagra.

– Por que você tá perguntando isso? Claro que não sinto nada pelo J. T. Você sabe que eu amo o Ollie.

Não duvido do amor da Kassie pelo Ollie. Afinal, passei os últimos quatro anos sendo lembrada disso na marra, a cada dia, a cada minuto. Mas não foi isso que perguntei.

Endireito as costas, enrijecendo a coluna enquanto as peças se encaixam.

– Não foi essa a pergunta. Você já sentiu alguma coisa por ele?

– Eu… hum… Eu… – A Kassie parece aflita. Ela nunca parece aflita. – Bom, todo mundo ficou a fim dele em algum momento!

– Não foi você quem rejeitou ele, né?

Ela coça o braço, nervosa.

– Hum… bom…

A expressão dela diz tudo.

Saio depressa do ginásio. O ar no corredor está fresco. Eu me sento no chão, com as costas na parede de tijolos e o rosto nas mãos, tentando entender.

A Kassie mentiu para mim. Passou quatro anos mentindo. A questão é: por quê? E a questão ainda maior é: como isso tudo é possível? Como é que foi o Renner quem me contou a verdade antes? Nossa conversa – todo o tempo que passamos com 30 anos – aconteceu mesmo? Não tem como. É possível que eu soubesse, no fundo, que ela estava mentindo para mim? Pode ser.

A Kassie aparece no corredor, e finalmente tenho coragem de interrogá-la.

– Por que mentir sobre isso, Kassie? – pergunto, levantando-me para ficar na altura dela.

Ela morde o lábio e baixa o olhar. Um cristal do vestido cai a seus pés.

– Porque fiquei com vergonha. E você gostou dele.

A expressão do rosto dela quando contei que o Renner me convidou para a festa de volta às aulas passa pela minha cabeça. Era indecifrável.

– Foi por isso que você ficou brava quando ele me convidou para aquela festa?

– Eu… – A voz dela vai sumindo, sem palavras.

Eu balanço a cabeça e cruzo os braços.

– E, quando ele me largou, você mentiu e disse que ele estava com outra menina.

Ela me lança um olhar astuto.

– Desculpa, Char. Entrei em pânico. E, em minha defesa, eu ouvi mesmo aquele boato. Ele não era nenhum santinho.

– Mas você estava com o Ollie. Que importância tinha?

– Não sei… Foi burrice. Eu ainda estava amargando a dor por ele ter me rejeitado. Não que eu gostasse dele, juro. Mas ninguém nunca tinha me rejeitado, e isso me magoou. Depois eu superei depressa, ainda mais quando meu namoro com o Ollie ficou sério. Sempre me senti muito escrota por ter mentido. Pode acreditar, várias vezes eu quis te contar a verdade, mas o momento certo nunca chegou e…

– E eu odiei o Renner desde então…

Penso em como fiquei furiosa com ele. Como fui leal à Kassie, apesar de ela ter passado todos esses anos mentindo descaradamente para mim. Não consigo nem olhar para ela. Não acredito que ela mentiu para mim. E, acima de tudo, não acredito que o Renner Adulto tinha razão.

– Eu não tenho culpa se você odeia o Renner. Quantas vezes implorei para você parar de guardar esse rancor besta dele? E não finja que odiava ele só por minha causa. Você tem uma lista completa de motivos para odiar, não tem?

– Só por causa daquela festa! – Eu me esforço para baixar a voz. – Não consigo acreditar que você fez uma coisa dessas... Era para você ser minha melhor amiga.

Ela abaixa o queixo com o que parece ser remorso genuíno.

– Me desculpa mesmo. Deixar um cara afetar nossa amizade foi mais do que imaturo e errado. Agora sei disso.

Não duvido que a Kassie esteja mesmo arrependida. Ela nunca foi de pedir desculpas, mesmo quando sabe que está errada. E, embora eu possa tentar perdoá-la pelo passado, não sei se basta para retomar nossa amizade.

– O que posso fazer para me redimir? – pergunta ela.

– Para de mentir. Você mente para mim o tempo todo. Não só sobre as coisas importantes, mas também sobre as insignificantes. Eu sei que você não gosta de conflito, mas dói porque sei que é mentira. Pode mudar de planos, faz o que quiser, mas pelo menos me respeita e fala a verdade.

Ela estremece.

– Eu sei. Preciso mesmo me esforçar nesse sentido. Sinto muito por te magoar. Nunca foi minha intenção, eu juro. É que a gente tem jeitos diferentes de lidar com as coisas e às vezes isso dificulta tudo.

– Nem me fale – resmungo.

– No fundo... a gente sempre foi diferente, né?

Ela está certa. Sempre fomos opostos. E, sem uma cidade, uma escola e um círculo de amizades em comum, quem somos de verdade uma para a outra?

– Sempre fomos opostas – concordo.

Yin e yang. É assim que minha mãe nos chama.

– Bom, daqui para a frente, será cem por cento de honestidade. Prometo.

Ela pega minha mão e aperta. Por um instante, vejo a Kassie Adulta com roupa de ioga. Embora eu valorize o gesto, acho que ambas sabemos que alguma coisa mudou. Algo irreversível. É como uma fratura minúscula que com o tempo, inevitavelmente, vai se aprofundar.

Talvez minha mãe tenha razão. Talvez, com o tempo, eu descubra que nem todas as amizades estejam destinadas a durar a vida inteira. Não ter mais amizade com alguém não requer uma briga catastrófica. Ninguém quer magoar ninguém. A gente toca a vida adiante, só isso. Por mais triste que seja, também me dá uma sensação de paz.

– Bom, por questão de honestidade, também preciso contar uma coisa.

Penso em contar tudo para ela, mas me contento com o resumo:

– Eu gosto do Renner.

Ela arregala os olhos.

– Nem. Ferrando. Quê? Desde que vocês se beijaram na Festa do Pijama?

Isso também não está certo. Não consigo identificar o momento exato em que começou. Será que foi no primeiro dia de aula, na primeira vez que ele sorriu para mim na arquibancada? Nas discussões intermináveis? Naquele beijo na laje? Na verdade, não importa. O Renner deu um jeito de ocupar meu coração e completá-lo. Ele o encheu de alegria.

– Já faz… um tempinho. Eu acho.

E, embora não saiba de tudo, a Kassie consegue interpretar meu olhar. De alguma forma, ela entende do que preciso, porque ainda é minha melhor amiga, pelo menos por enquanto.

– Vai lá falar com ele – diz ela com um empurrãozinho.

Com a aprovação da Kassie, eu volto para o ginásio de cabeça erguida, mas agora o clima está mais tranquilo. É quando escuto aquela melodia conhecida:

A música do *Dirty Dancing*.

Capítulo quarenta

As luzes diminuíram, e agora pontos amarelos cintilantes rodopiam na pista de dança.

Atravessar a multidão é como passear por uma galáxia estrelada, com o ritmo da música pulsando nos meus ouvidos. A gente sabe que é o fim da festa quando o cabelo das meninas está colado na testa e os meninos estão de camisa amassada e meio desabotoada. São quase onze horas, mas todo mundo continua firme na pista. São os últimos e preciosos momentos do ensino médio.

Ao me aproximar da mesa de bebidas, vejo uma figura alta conversando com o DJ. Sei que é o Renner. Ninguém mais tem essa postura tão segura de si. Ao me ver, ele sorri, com o rosto bonito iluminado pelas luzes azuis perto do palco. O sol humano.

Quando nos encaramos, a multidão parece se afastar, abrindo um caminho direto até ele. Seu olhar diz tudo. É um olhar de percepção, medo e adoração, tudo junto. Sem sequer dizer uma palavra, sei que ele passou pelo que eu passei. Sei disso no fundo da minha alma.

Só quando meus pés começam a doer percebo que estamos caminhando até o meio da pista de dança repleta de estrelas. Paramos, e ele estende a mão.

– Dança comigo?

– Meu medo é você me deixar cair – respondo.

Um sorriso dança em seus lábios.

– Touché. Nada de saltos extravagantes. Prometo.

Finjo olhar à minha volta.

– Mas e a sua acompanhante?

Ele abre um sorriso triste.

– Está ali… se agarrando com o Cliff.

Viro o pescoço. Andie e Cliff Johnson estão na maior pegação na arquibancada.

– Eita. Não sabia que eles se curtiam.

Na verdade, tenho certeza de que o Cliff estava com uma menina de outra escola no começo da noite. O Renner dá de ombros.

– Acho que agora se curtem.

Arregalo os olhos.

– Mas achei que…

– Eu e a Andie viemos como amigos.

– Não parecia que era só amizade. A Andie gosta de você.

– Gosta. – O pomo de adão do Renner sobe e desce. – E eu disse para ela que queria continuar só na amizade.

– Sério?

– Sério. Eu disse para ela que gostava de outra pessoa, e já faz tempo que gosto. Disse que não sabia se a menina também gostava de mim, mas que precisava saber. Que ia me arrepender se não tentasse. – Ele faz um gesto convidativo com a mão. – Agora vem cá antes que a nossa música acabe.

O nó no meu estômago se desfaz e finalmente sinto que voltei a respirar.

– Foi você que pediu a música?

Ele empina o queixo e faz que sim.

– Por que não disse nada? – pergunto. – Por que não me contou que aquilo também aconteceu com você?

Ele dá um sorrisinho.

– Posso te perguntar a mesma coisa.

– Achei que você ia pensar que eu enlouqueci – respondo, encarando-o.

– Pois é, pensamos a mesma coisa. E você estava tão irritada quando a gente acordou no ginásio… que achei que não tinha a menor chance de ser verdade.

Pisco algumas vezes, confusa.

– Posso te dizer a mesma coisa. Afinal, você disse que eu tava com cara de acabada.

Ele abre um sorriso sem graça.

– Eu sou um idiota. Fazer o quê? Acho que isso nunca vai mudar. Nem quando a gente fizer 30 anos.

– Justo.

– Como foi que você teve certeza? – pergunta ele.

– A Kassie. Ela me contou a verdade sobre aquela festa. E você?

– Meio que juntei as peças quando você me largou na laje. E você disse aquilo sobre a minha irmã e sobre eu carregar o fardo pelos meus pais, e eu... nunca tinha contado isso para ninguém.

– Não dá para acreditar. É tão esquisito.

Ele confirma com a cabeça.

– Seria um pouco menos esquisito se você dançasse comigo.

O Renner estende a mão outra vez e eu a pego. Ele me puxa com delicadeza para perto dele, apoiando uma das mãos na minha cintura enquanto, com a outra, põe uma mecha do meu cabelo atrás da orelha e depois envolve minhas costas.

– Gostei do seu cabelo.

– Aff. Não mente. Tá horrível.

Ele ri enquanto me gira.

– Qualquer estilo fica bem em você. Juro.

– Que bom, porque estou pensando em fazer um chanel de mãezona.

Ele se encolhe.

– Como é que a gente vai explicar isso para os nossos netos?

– Nossa. Agora vamos ter netos? A gente nem falou ainda sobre ter filhos.

– Ué, foi você que falou em cabelo de mãezona...

– Aquilo... foi de verdade? – pergunto, apoiando a cabeça no pescoço dele.

– Não sei. Pareceu de verdade. E tudo o que eu te disse foi de verdade. Para mim. Aqueles sentimentos não sumiram desde que voltamos, e não posso continuar fingindo que nada aconteceu, porque a vida real não parece real sem você. Não posso fingir que não te amo.

Sou tomada por um calor que nunca vou esquecer, como uma bebida leve e efervescente. Olho bem nos olhos dele.

– Você me ama? Tem certeza? – pergunto, aproximando-me ainda mais para confirmar o que ouvi.

Ele passa os polegares pelo meu rosto num ritmo suave.

– Mais certeza do que nunca.

– Eu também te amo! – grito por cima da música, embora pareça mais *eutambemteamo*!

Os ombros dele relaxam de alívio.

– Eu não tinha certeza se você ia admitir.

Saboreio a vibração grave da voz dele.

– Tive que admitir. Só resta uma semana – respondo, incapaz de esconder minha decepção.

Resta apenas uma semana para andar por esses corredores, ver esses rostos conhecidos e lamentar a distância dolorosamente longa entre a sala A e a sala B. Apenas uma semana para lutar até a morte, tipo *Jogos Vorazes*, por uma valiosa mesa no refeitório. Só uma semana.

É estranho pensar que todo o ensino médio é uma forma de nos preparar para deixar tudo para trás. Você trabalha tanto para se estabelecer. Notas. Amizades. Reputação. Esses quatro anos parecem não ter fim – até que acabam. É como se eu tivesse incorporado o grande Usain Bolt e corrido a toda a velocidade até a linha de chegada. Mas, em vez de terminar vitoriosa, paro de repente, faltando poucos centímetros para atravessá-la. Não é só por causa do Renner que não quero atravessá-la. É por tudo. Vou sentir saudades de tudo, de todas as pequenas coisas, até de ter uma trabalheira para abrir a combinação do meu armário a cada tempo. De repente, uma semana não parece suficiente. De jeito nenhum.

– Uma semana, é? – O Renner segura meu queixo e me faz inclinar a cabeça para cima, com os olhos ardentes. – Então, é melhor aproveitar ao máximo.

Não é justo que, dos 720 dias do ensino médio, eu e o Renner só tenhamos cinco. Cinco. A vida é cruel. Mas cinco é melhor do que nenhum.

– O que isso significa? – pergunto, deixando a fantasia assumir o controle.

Ele ondula as sobrancelhas sugestivamente, apertando minha cintura.

– O que você quer que signifique?

Mordo o lábio, com receio de admitir a verdade: quero que signifique tudo.

– Me diz você.

– Acesso ilimitado aos seus lápis.

– Desde que você não demore quatro anos para devolver.

Ele abre aquele sorriso petulante, e seus olhos sondam os meus.

– Falando sério, com certeza significa andar de mãos dadas.

– Andar de mãos dadas? Em público? – pergunto de brincadeira.

– Ah, sim. No corredor, no caminho para a sala de aula, na biblioteca. Até sua mão cansar, perder toda a circulação e cair do braço.

Tirando a imagem mórbida, eu me deixo imaginar como seria andar pelo corredor, na frente de todo mundo, de mãos dadas com o Renner. Finalmente.

Tudo em mim quer dar um pulo no ar e um grito de alegria. Mas, para não fazer papel de muito emocionada, eu me limito a sorrir timidamente.

– Ah, é? Onde mais você seguraria minha mão?

Ele toca minha mão que está no ombro dele e a aperta para dar ênfase.

– Na cerimônia de formatura. Na festa de formatura. Quando eu for te buscar depois do trabalho na sorveteria. Quando te visitar na casa do lago. Todo dia. O verão inteiro.

Vejo tudo isso com muita nitidez na minha mente. Porque já sei como é andar no banco do passageiro da van dele, vê-lo sorrir para mim, ficar nos braços dele.

– O que foi? – pergunta ele.

Apoio a cabeça no peito dele e o aperto com força, como se ele fosse desaparecer de novo.

– É que eu… estou com medo. Já estou com medo de perder você.

Ele me abraça ainda mais forte, deixando um beijo delicado no alto da minha cabeça, depois recua um pouco. Ele segura meu rosto e centelhas de luz dançam em seu rosto.

– Olha, não sei o que vai acontecer nos próximos treze anos. Não sei nem o que vai acontecer amanhã. O que sei é que, neste momento, só o que eu quero é ficar com você, Char. É só o que eu quis desde que te vi no primeiro dia de aula. Então, por favor, para de planejar com antecedência por uns cinco segundos e fica comigo agora.

– Pode deixar.

Lágrimas de alegria inundam meus olhos quando percebo que talvez

282

seja isso mesmo. Talvez essa seja a verdadeira felicidade. Estar nos braços do Renner, rodeada dos nossos amigos mais íntimos.

Acolho tudo isso. As luzes transformando o ginásio no lugar mágico que é. A Kassie e o Ollie dançando e rindo a alguns metros de nós. A Nori conversando com a Tayshia perto da porta, gargalhando.

É verdade que posso ter visto o possível futuro de todos nós; talvez eu saiba exatamente como tudo vai se desenrolar. Mas, aqui e agora, estou presente. Neste momento, esta é a versão mais jovem que posso ser. Embora não seja capaz de controlar o que vai acontecer, nem quem vou perder na vida, sei que por enquanto posso aproveitar ao máximo.

E eu quero viver neste momento.

Carta para mim aos 30 anos – de Charlotte Wu

Para a Cápsula do Tempo da Escola Mapplewood 2024, a ser enterrada após a formatura

Querida Charlotte de 30 anos,

Escrevo para você momentos depois de subir ao palco na minha formatura. Vou ser breve, porque nossa mãe, nosso pai e o Renner estão esperando para tirar fotos minhas com a beca e o capelo.

Sejamos sinceras: você continua atrás de objetivos. Não há como impedir isso, e não tem problema. É bom ter objetivos. Eles nos impulsionam a seguir em frente.

Mas espero que, a cada meta conquistada, você pare um pouco para apreciá-la. Não deixe os planos do futuro atrapalharem a felicidade do presente. A Charlotte Adolescente passou tempo demais se preocupando com coisas que não podia controlar.

Não deixe o estresse das provas na universidade, o trabalho e os relacionamentos arruinarem sua capacidade de viver a vida ao máximo. Aproveite cada momento. Esteja presente. Acolha tudo, segundo após segundo, sem as amarras dos planos e da logística. Valorize o agora para sempre, porque, num piscar de olhos, ele passará.

E, aproveitando o assunto, não deixe o passado atrapalhar o

presente. Não deixe nem o medo nem a raiva te separarem do que você mais deseja.

Deixe o passado no passado e pare de esperar pelo futuro.

Com amor,

Charlotte Adolescente

Agradecimentos

Assim como a Charlotte Wu, eu era a pessoa que, nos projetos em grupo, assumia o controle porque não confiava nos outros. Sempre tive grandes ambições. Na verdade, passei a maior parte da vida de olho na próxima conquista: boas notas, uma vaga na universidade, o diploma, o emprego dos sonhos, a casa dos sonhos e assim por diante. Em todos esses anos perseguindo objetivos, aprendi algumas coisas:

1) A satisfação depois de alcançar uma meta é apenas temporária. O segredo da felicidade (para mim) é estar em paz com o "agora". Não quer dizer que você não possa ter sonhos, mas sua autoestima não pode depender deles.

2) Não dá para fazer tudo sozinha. É preciso uma aldeia para publicar um livro. E, de fato, ter uma equipe talentosa e apaixonada ao meu lado produziu resultados superiores a tudo o que eu poderia ter imaginado. *Caída por você* não existiria sem a dedicação e o apoio das seguintes pessoas:

Minha agente literária, Kim Lionetti, e sua maravilhosa assistente, Maggie Nambot, na Bookends Literary, por ter sido a primeira a enxergar o potencial deste livro.

Minha agente cinematográfica, Addison Duffy, na UTA.

Carmen Johnson, por ser a melhor defensora que este livro poderia desejar.

A equipe diligente da Amazon Publishing, do Mindy's Book Studio e da Amazon Studios: Laura Chasen, Tara Whitaker, Emma Reh, Tree Abraham, Chrissy Penido, Erica Moriarty e Ashley Vanicek.

A absurdamente talentosa e incomparável Mindy Kaling: como grande defensora das histórias contadas do ponto de vista das mulheres racializadas, você é uma inspiração para todas nós.

Minha família e meu círculo de amizades, que tanto me apoiaram nessa jornada maluca. E, finalmente, meu público leitor, que faz tudo valer a pena.

CONHEÇA OS LIVROS DE AMY LEA

De olho em você
Caída por você

Para saber mais sobre os títulos e autores da Editora Arqueiro,
visite o nosso site e siga as nossas redes sociais.
Além de informações sobre os próximos lançamentos,
você terá acesso a conteúdos exclusivos
e poderá participar de promoções e sorteios.

editoraarqueiro.com.br

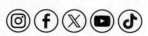